/城市红色记忆丛书/

南京 我的1949

刘未鸣　韩淑芳 / 主编

中国文史出版社
CHINA CULTURAL AND HISTORICAL PRESS

图书在版编目（CIP）数据

南京，我的1949 / 刘未鸣，韩淑芳主编 .— 北京：中国文史出版社，2019.12

ISBN 978-7-5205-1441-5

Ⅰ.①南… Ⅱ.①刘… ②韩… Ⅲ.①回忆录—中国—当代 Ⅳ.① I251

中国版本图书馆 CIP 数据核字（2019）第246385号

责任编辑：高　贝

出版发行：**中国文史出版社**

社　　址：北京市海淀区西八里庄路69号院　邮编：100142

电　　话：010-81136606　81136602　81136603（发行部）

传　　真：010-811366553

印　　装：廊坊市海涛印刷有限公司

开　　本：787mm × 1092mm　1/16

印　　张：19.25

字　　数：280千字

版　　次：2021年3月北京第1版

印　　次：2022年7月第2次印刷

定　　价：59.80元

编辑说明

EDITORIAL

（一）本套丛书旨在纪念中华人民共和国成立70周年及重要城市解放70周年，将视线重点投向新中国成立前后八个具有代表性的大城市的解放过程，通过亲历者的回忆，再现中国共产党领导下的伟大的人民解放战争，赞颂为建立新中国牺牲奉献的无数英雄儿女。

（二）丛书秉持“亲历、亲见、亲闻”原则，依托全国各级政协文史资料及有关党史、军史的亲历者回忆文章，全景呈现了70多年前城市解放重获新生的历史场景。

（三）鉴于原始资料来源纷杂，为增强丛书的可读性与连贯性，并统一全书体例，在编辑过程中对部分选文的标题、内容作了删减和修改，均在文中以注释方式作了说明。

（四）城市解放主题图书涉及内容广泛而复杂，由于编者水平、资料掌握情况和时间所限，难免存在不足之处，还望广大读者多批评指正。

编　者

2019年9月

目录
CONTENTS

第一章

崩溃前夜：夜幕沉沉的南京城

覃异之*：解放前夕，南京危机重重

蒋介石黯然离开南京

蒋介石于1949年元旦发表“求和”声明被毛泽东主席发表文章加以揭穿后，不得不于1月21日下午4时10分乘专机黯然离开了南京。

蒋介石临走的那一天，前往东郊拜谒了中山陵。陪同蒋介石谒陵的有党政军部分高级人员。我当时担任南京卫戍总司令部副总司令。我和张耀明、陈沛等南京卫戍总司令部的官员还同蒋合了影。蒋介石对我们讲了话，他说：“今天我们在军事上虽然失败了，但是只要我们知耻，发愤图强，前途还是大有可为的。因为我们还有长江以南及西南广大地区，比在黄埔革命时的基础好得多。”

我们送走了蒋介石后，心里都不是滋味。我还写了一首诗：“隔江烽火逼京都，立马中原负霸图（蒋介石客厅里挂有于右任写的对联，其中有‘立马定中原’一句）。惆怅秦淮拼一醉，自来难得是糊涂。”

但蒋介石在下台的前三日（1月18日），就把京沪警备总司令部扩大为京沪杭警备总司令部，并发表汤恩伯专任总司令（撤销衢州绥靖公署），实际是要汤恩

* 作者时为首都卫戍副总司令兼江北指挥所主任。

伯统一指挥苏浙皖及赣东地区的军事，积极布置湖口至上海的长江防务。同时蒋介石又派朱绍良为福州绥靖公署主任，张群为重庆绥靖公署主任，余汉谋为广州绥靖公署主任，陈诚兼台湾警备司令。在这样的布置之下，蒋介石表面上虽然下野了，实际仍能以国民党总裁的地位，在幕后操纵一切。

李宗仁上台后积极谋和

李宗仁上台后，即于 1 月 22 日发表声明，愿意在中共提出的八项条件基础上进行和平谈判。李宗仁急于同中共方面直接联系，考虑首先要同距南京最近的三野陈毅部联系，于是决定派李明扬到江北找陈毅。

当时扬州已经解放，长江已经封锁，必须持有卫戍总部的通行证才能过江。李宗仁派程思远两次找到我说："德公（李宗仁）派李明扬过江找陈毅，接洽直接谈判，请你大力协助。"我即以派情报人员过江为由，两次取得通行证交给程思远。当时发通行证也很严，必须填发证人和发证原因。因我是副总司令，这当然不会有问题。

在这期间，李宗仁曾约我几次长谈，主要说明他的"民主""和平"政纲，委婉地批评了蒋介石独裁带来的危机，并了解江防情况。我表示拥护李的"和谈"主张，并说："徐蚌会战失败后，不仅兵力大大削弱，士气也很低落，要想持久固守南京是不可能的。"

一次，李宗仁在与我谈话时提到"和谈"进行中的种种困难，首先是安全问题。他曾打算从安徽李品仙部抽来一个师担任南京的警卫，结果仅调来一个团的兵力。我告诉他："守备南京的四十五军有一个师，是我的老部下，师长叫钟迺彤，他手下有一团长叫张荣儒，是随我多年的参谋。这支部队我能掌握。"李宗仁要我立即部署一下。于是，我把张荣儒团调进城作为机动部队，配备有几十辆汽车，随时可以应急行动。李宗仁对此十分满意。

李宗仁还试图通过民主人士与中共方面取得联系。他上台不久，就曾派总统府秘书长邱昌渭暗中与罗隆基接洽。当时，罗隆基的好友、名记者浦熙修女士被南京卫戍总部扣押，罗正在设法营救。邱为了与罗搞好关系，暗中找我，请我设法释放浦熙修。他直言不讳地说："这是代总统的意见。"对此我当然执行不误。

李宗仁又通过甘介侯与美国驻华大使司徒雷登挂钩。很显然，李当时一手抓"和谈"，一手抓美援。在军事方面，李积极拉拢黄埔学生。他曾当面夸奖关麟征为中国少有的优秀将领，并打算以关代替顾祝同为参谋总长。关亦认为李恢宏大度，礼贤下士，可以共事。后来关到溪口面见蒋介石，把李的意见向蒋介石谈了。蒋对关说："这是别人对我们挑拨离间，不要上当。你是带兵的人，我已通知国防部要你担任陆军总司令。"关到南京见了顾祝同，顾对关说："行政院孙院长在广州，未经国防部的同意，竟直接发表张发奎为陆军总司令，这是从来没有的做法。你暂任陆军副总司令吧，一两个月后，把张调开再由你担任。"不久，张被调为战略委员会委员，关麟征接任了陆军总司令。由于李宗仁的一番话，蒋介石才松了口，关从此即更加靠拢李宗仁。

李宗仁为配合他的"和谈"主张，做出了一些姿态。1 月 24 日，他命令行政院办理下列各事：（一）把各地"剿匪"总部改为军政长官公署；（二）取消全国戒严令；（三）裁撤"戡乱"建国总队；（四）释放政治犯；（五）启封一切在"戡乱"期间因抵触"戡乱"法令而被封闭的报馆杂志；（六）撤销特种刑事法庭，废止该庭审判条例；（七）通令停止特务活动，对人民非依法不得逮捕。

但在 1 月 26 日的行政院会议上，没有同意取消戒严令。行政院的一个负责人说："开释政治犯与戒严法是两回事。触犯戒严法不能称为政治犯。戒严法所规定之事项，无一为政治犯性质。戒严地区的负责当局，为维持治安与秩序起见，仍应按照戒严法办理。"很显然，这是将政治性质事件，引用所谓戒严法来处理，把"政治犯"换上另一种罪名。汤恩伯在 2 月 11 日发表谈话声称："南京上海等地区接近前线，在全面和平未实现前，仍继续执行戒严令，本人业已手令京沪各地，以后不准有罢工、怠工及聚众威胁情事。为安定各地秩序，如有暴动情事发生，为首暴徒，由地方军法机关处理，就地枪决；希望南京上海新闻界根据正确事实报道，以安民心。如有破坏政府全面和平主张，破坏军事区安全，扰乱社会秩序者，将予以严处；奉令停刊之报纸杂志，在没有正式接到复刊许可时，不得复刊”等等。

李宗仁抓住“释放政治犯”这个招牌，来提高自己，打击蒋介石，以显示他比蒋介石开明，借此挽回国民党在蒋管区的人心。在这个问题上，我是支持李宗仁的。南京卫戍总司令张耀明的态度是“不反对释放政治犯”，但是他怕负责任，迟迟不执行李的命令。我建议李宗仁给南京卫戍总部下释放政治犯的手令。李宗仁立即下达。命令一到，张耀明即批“贾副司令核办”几个字。于是，我迅速释放了南京在押的政治犯 300 多名。汤恩伯得知后大为不满，派人到南京来查问此事。我只得将李宗仁的手令拿出来。汤没办法，立即下令把南京的政治犯全部移押上海，由汤总部直接处理。当时我释放政治犯，也有自己的想法。国民党的政权已无法挽救了，我想就此做几件有利于人民的事，在将来和平谈判成功时，取得中共的谅解，以便得到较好的政治地位。

震惊京沪的暴动案

南京解放前夕，社会秩序十分混乱，物价一日数涨，街头巷尾银圆贩充斥，伤兵到处闹事，流氓地痞乘机杀人越货，粮店被抢日有所闻。前方各部队被歼后，逃到南京的军官甚多，卫戍总部的军官收容所人数不断增加。这些军官生活甚苦，满腹牢骚，常到外面滋事。

由于政府迁往广州，各部留京职员感到今后出路及生活都成问题，困难重重，于是分别组织了联谊会，以便向政府要求发给应变费，遣散人员发给遣散费。2 月 3 日上午，各机关留京职员联谊会在财政部大礼堂联合举行成立大会，由各单位派代表一人参加。主持大会的是财政部专员周臣千，到会代表有 100 多人。因人多杂乱，身份无法鉴别，许多特务乘机混入，会场秩序无法维持，继之发生骚乱，一片喊打声。警察局派武装警察到场弹压，中午始告安定。周臣千等数人被扣押，社会部一职员受伤。事后卫戍总部发言人罗春波（政工处长）发表谈话，认为这个联谊会是非法组织，表示要严加取缔。

在这期间，南京还发生过一次震惊京沪的暴动案。2月上旬，卫戍总部召开了一次有军、警、宪负责人参加的会。警察厅厅长黄珍吾报告说："最近在首都警察局中发现了秘密组织，宪兵第七团也有人参加。此案牵涉很广，最好由卫戍总部派负责人与宪、警两单位共同处理。"当时卫戍总部决定派政工处长罗春波负责处理这一案件。

卫戍总部稽查处（军统南京工作机关）发现孟士衡（东北籍人）活动频繁，并侦知孟是民革秘密组织的负责人，常出入光华门内大光新村2号吴士文家。东北籍特务秦范五与吴士文同住一个院子，并参加了孟等人的组织。2月7日据秦范五密报，2月6日晚上8时，孟士衡、吴士文、肖俭魁（又名肖成玉或振青，宪兵七团逃兵，据说曾到江北与中共江淮军区取得联系）等在吴士文家开秘密会议，决定发动一次5000人的暴动。行动计划是：控制飞机场；截断交通干线；扣留李宗仁及其他重要军政人员；成立南京人民解放委员会；迎接解放军渡江。他们决定以2000人在市内暴动，3000人迎接解放军渡江。2月9日孟士衡到上海。2月10日罗春波派政工处上校附员马志青（东北籍）追踪到沪。11日马把孟从曲友诚家骗出将其逮捕，并于11、12两日先后逮捕了肖俭魁、马骏名、吴士文、王鼎臣，15日逮捕了夏琫瑛等人。

在此案发现之前，警察厅厅长黄珍吾因送家眷南逃，用公家汽车将家具细软运走，被警察巡官扣留，《南京晚报》用大字标题报道了这一新闻。黄见报大发雷霆，勒令《南京晚报》停刊。经该报负责人找我转圜，才许复刊。黄因此怀疑警察局内部有问题，一面扣押和他捣乱的巡官，一面深入调查警察局内部的情况。后终于发现南京中区警察局局长马某及北区警察局局长刘某，均与孟士衡有联系，于是先后扣押局长以下10余人。同时，宪兵方面也扣押了宪兵第七团的下级军官和士兵20余人。4月4日，汤恩伯命令将孟士衡等人押往上海，交其总部处理。民革京沪地区负责人王葆真亦因此案牵连，在上海被汤恩伯扣押。5月9日，孟士衡、吴士文、肖俭魁等被汤恩伯、毛森杀害。

在国民党崩溃的前夜，嫡系部队也动摇起来。在 2 月至 3 月间的一个上午，张耀明对我说："据稽查处（军统）方面的情报，四十五军九十七师师长王晏清有通敌嫌疑，请你约他来总部谈一谈。"我说："王是军校学生，又是陆大毕业，必须谨慎处理，如果搞错了，将影响高级军官的情绪。"当天中午，我正在和王晏清谈话，忽接汤恩伯的电话，要卫戍总部把王扣押待查。我马上告诉王晏清，要他赶快逃走，然后用电话报告汤恩伯说："王晏清已回师部去了，已电赵霞军长就近办理。"当天晚上，王晏清即以奉命过江演习为名，把部队拉跑了。因这支部队是由蒋介石的警卫师编成，天亮后国民党派飞机投下传单，王只带一部分人到达了江北解放区。赵霞因此被撤职查办，以卫戍副总司令陈沛兼任四十五军军长。此案发生后，国防部大为震动，蒋介石亲自从溪口打来电话查问。

4 月 1 日，在国民党和谈代表团飞赴北平的同时，南京人心受到很大影响，南京各大专院校学生掀起了反征兵、反征粮、反征实、反美援、反假和平运动的浪潮。李宗仁曾召集了各大学校长及首都军、警、宪和国防部有关单位开了一个会。张耀明说："我是不同意学生游行的。我主张把学生围困在学校里，以免出问题。"李宗仁不同意张的意见，他说："我在北平就让学生游行，并未发生什么事故。学生们有一股热忱，你越压他们，他们反抗越强烈，给他们游行出口气，有什么关系。"国防部政工局长邓文仪在会上说："学生游行，军官总队也游行怎么办？"李说："让他们分开游行好了。"各大学校长大多同意李宗仁的意见。

3 月下旬以来，军官收容所政治队的军官（由政工干部编成，邓文仪、罗春波直接操纵），不断同驻地附近的南京剧专学校学生的"活报剧宣传队"发生冲突。这些政工特务们常到剧专学校去捣乱。邓文仪不止一次表示，要以"群众运动对付群众运动"。因此，张耀明坚决主张使两者分别游行，以免冲突。张和邓文仪反复交涉，结果决定军官总队提前游行。

4 月 1 日，各专科以上学校学生和职工 1 万余人举行游行，在这过程中并未发生什么事故。不料参加游行的剧专同学乘返校车至白下路大中桥时，竟受到驻在该地附近的军官总队特务们的毒打。其他学校学生闻讯赶来声援，并到总统府请愿，也遭到毒打。政大司机陈祝三当场被打死，尸体被特务劫去。我闻讯即到卫戍总部，见特务抓来了剧专师生数名，其中有教师陈仲宣。特务们气势汹汹地叫嚷："抓到几名捣乱的共产党了。"我问明情况后，就下令释放了被捕师生。这一天，被伤害的学生达到200余名。张耀明星夜召开紧急会议，决定控制电信，封锁新闻，并决定用"互殴"的说法来掩盖事实真相，推卸罪责。事后张耀明发牢骚说："邓文仪给我们添麻烦，真浑蛋。"

4月16日，黄绍竑携带和平条款回南京请示。4月18日，程思远对我透露，李宗仁、白崇禧曾召集桂系重要人物黄旭初、李品仙、夏威、程思远等开秘密会议，听取和讨论黄绍竑关于进行和谈的报告。在会上，白崇禧坚决反对签字。李宗仁沉默许久，最后表示要向溪口请示才能决定。我听到这个消息后，便去找白崇禧（我与白是邻居）探问究竟。白说："我们决不能在这个断送江山的条款上签字。"我说："这个江山签字也完了，不签也完了。"白很严肃地说："我们不签字，在将来的历史上就不负这个责任。"我未再说什么。

接着，我又去见李宗仁，李表示目前签字有困难。看他当时的意见，似乎在蒋介石控制下有不能签字的苦衷。李说："我绝不会把战争带到广西去，我一定要对得起广西父老。"我曾幻想广西能有局部和平，内心颇为快慰，因为我的家眷正在广西宜山家乡。

在南京的最后日子

4月19日，李宗仁、何应钦在南京召集11人小组委员会，听取讨论黄绍竑报告赴北平和平谈判情况。次日，李、何联名电复北平中共方面，拒绝签订和平协定。这一消息传出后，南京局势发生了剧烈的波动。居民向外搬家的人越来越多，京沪火车及京杭汽车拥挤不堪。22日上午，京沪火车中断，搬家的人都涌向京杭汽车方面，就更增加了军队撤退的困难。浦口方面战况渐趋激烈，南京可以清晰地听到隆隆炮声。

这一天上午，蒋介石在溪口派吴忠信乘专机到南京，接李宗仁、何应钦到杭州去开军事会议。当天下午，卫戍总部接到汤恩伯全线撤退的命令，立即召开秘密会议。在会上，有人建议要二十八军工兵营在撤退时破坏下关火车站及轮船码头。我对此坚决反对。会上反复争论，最后张耀明同意了我的意见。张和我又研究了撤退后维持南京秩序的办法，决定成立一个临时组织。之后，张又悄悄地对我说："有人劝我不要走。"我说："你决定怎么办？"张说："我不反对中共所提出的和平条件，但要我背叛老汉（蒋介石），我实在做不到。"当天晚上，张耀明到外面接洽后，决定请马青苑（张的朋友和同乡）出来维持过渡期间的秩序。深夜，马到卫戍总部来研究维持秩序的办法。张和我决定留一个营（欠机炮连）给马组成纠察队，保护水电厂（我接到首都电厂陆法僧厂长的电话说，保护电厂的宪兵已撤走了）及维持街上秩序。随之，我把留下来的郑营长介绍给马，并对全营官兵讲话。当晚，李宗仁、何应钦从杭州飞回南京，立即下达了紧急撤退的命令。

南京机关部队的撤退，原规定 23 日凌晨 2 时集合完毕即开始行动。但由于各单位争先恐后，道路拥挤不堪，至 4 时还走不动。6 点钟左右才陆续移动，我们卫戍总部的部队到 4 时还挤在明故宫机场附近动弹不得。这时，李宗仁的汽车正好经过这里，他看见我，即要我过去。李说："你不必随部队行动了，可以乘下一架飞机，先到上海再说。"我即和张耀明商量，他同意我先飞上海，要我先给他办两件事：一、帮助他的家眷尽快乘船到台湾；二、向汤恩伯报告撤退情况，并请示卫戍总部的部队如何处理。李宗仁的专机于上午 9 时多起飞，我也于上午 11 时左右搭空军司令部的运输机离开南京，径飞上海。

（本文选自《崩溃的前夜：纪念南京解放、建国四十周年专辑》，1989 年版，原标题为《忆南京解放前夕二三事》）

周家让*：金融市场动荡，民不聊生

南京解放前后，金融业从动荡走向逐步稳定，经历了艰苦的斗争。当时，市场行情瞬息万变，牵动着千家万户，为万众瞩目。笔者身历其境，对有些事情印象颇深，至今难忘。这里录下的只是一鳞半爪而已。

局长办公室成了留守处

早在1948年底，在解放战争节节胜利的形势下，国民党政府由官僚资产阶级掌握的主脑金融机构四行二局一库（四行是中央银行、中国银行、交通银行、中国农民银行；二局是邮政储金汇业局、中央信托局；一库是中央合作金库）就悄悄地着手从南京撤离。他们首先忙着将银行里的黄金、白银、美钞装箱转移；其次是动员银行员工随机构迁移离开南京，为的是以后要用这些人。笔者当时就业于邮政储金汇业局，自然也在被动员之列。为了笼络人离开南京，邮汇局当局宣布：凡愿随机构迁移离开南京者，地点有上海、广州、重庆……可任选一地；可以领取一笔本人和家属充足有余的路费；还可以领到一笔可观的搬家费。

到南京解放前夕，各大银行留下的员工仍然不少。邮政储金汇业局由局方批

* 作者时为邮政储金汇业局员工。

准公开成立了留守处，凡留下来的职工都归留守处管理。于是，留守处忙着清理局里的资财和各处的房产，并派人加强保管。局长早已撤离南京到上海去了，局长办公室成了留守处的办公室。颇有讽刺意味的是，邮汇局当局不会想到，原来指定的留守处负责人和几个办事员，竟都是中国共产党地下党员。他们正是利用留守处这个公开的机构，展开了许多革命活动。原先进行清点后制成的资财清单，中华人民共和国成立后只改了一下标题，就变成了接管时的资财移交清册。

金圆券泛滥成灾

国民党政府溃逃前，南京市面上流通的货币叫金圆券。提起金圆券，不得不讲述它的来历。那是 1948 年 8 月 19 日这天，南京国民党政府突然宣布原来流通的法币收回作废，发行新的货币——金圆券。并规定法币 300 万元换金圆券一元，同时强制收兑民间金银外币：纯金一市两兑金圆券 200 元，纯银一市两兑金圆券 3 元，银币一枚兑金圆券 2 元，美钞一元兑金圆券 4 元。

政府又明令，凡老百姓私有的金银外币都要兑换成金圆券，否则，一经查出，除没收外，还要严加追究。政府宣布：金圆券每元含金量为 0.22217 克。这实际上是一场大骗局。金圆券仅仅是一张纸，既无充足的黄金做储备，又无充足的物资做保证，纯粹是借此向老百姓搜刮金、银、外币。

在发行金圆券的同时，"政府"宣布管制物价，规定所有商品的价格，不得超过 8 月 19 日这天的市价，即所谓"八一九防线"。这样，很快就造成物资逃避，黑市猖獗，市面上出现了强烈的抢购风潮。笔者当时亲眼看到，中央商场（现人民商场）里面所有商店被抢购一空。店员们守着冷清清的柜台，无货可售，但为应付当局"不得随意停止营业"的禁令，还得"照常营业"。笔者走进中山南路一溜边的"棺材店"，一点不假，连棺材也全部抢购精光。

到南京解放前夕，金圆券发行已无发行限额，政府没有任何约束，很便当地向钞票印刷机尽量要钱，可老百姓大吃苦头了。根据统计，同 1948 年 8 月 19 日的价格相比，此时黄金上涨225万倍，银圆上涨175万倍，大米上涨142万倍。这些都已成为天文数字。物价成百万倍地上涨，当时人们用麻袋装钞票购买商品，已不是什么新闻了。

大白天里的大黑市

其时，城里的金银黑市交易就在大白天公开进行，当局已无法取缔。新街口、三山街、建康路、山西路、热河路等几处黑市交易点，就设在大街上，任何人都可以进行买或卖。这些地方整天大头（银圆）敲得震天响，美钞刷起一片哗哗声，人头攒动，其场景就像上海的股票交易市场一样。笔者当时位于新街口邮汇大楼（现中国工商银行南京分行营业部）楼下大街上，就是大头贩子、黄金贩子、美钞贩子最活跃的地方。

当时，市民们都急于将手中的金圆券换成大头、黄金或美钞。机关公务人员、教师、工人发下薪水，无不急急忙忙来到这里，把金圆券换成大头。待要用时（如每天上菜场买菜），再拿大头到黑市上去换成金圆券，用多少换多少。笔者当时就是这个队伍中的一员，记得每月领到薪水，就以“百米冲刺”的速度跑到楼下黑市交易点，把金圆券换掉。那个时候，金圆券正以一分一秒的时间和速度在贬值，谁也不愿意把金圆券留在自己口袋里过夜。

笔者有一项文字记录：1949年4月22日下午3时，一位朋友在新街口买进大头，每块是金圆券30万元，到了下关后，大头就涨到55万元一块，等送了客人上车回到新街口，大头已涨到每块要金圆券100万元了。由此可见，涨风之烈，老百姓受害之深。到4月23日白天，有些商人已公开拒绝接受金圆券，而要大头、黄金或美钞了。

老百姓见了“青天”

解放军进了城，南京市军管会立即派出军事代表接管了国民党的各大银行，并派代表进驻其他私人银行，展开了繁忙的接管工作……

此时，市场上大头、美钞、黄金黑市猖獗，兴风作浪，投机商人乘机囤积居奇；从阴暗角落传出谣言，说人民政府不承认金圆券，金圆券只能当手纸了……这一切都波及市场物价，对人民生活影响颇大。一位老大爷在街上当众哀叹：“我家里还有一些金圆券哩，现在国民党政府拍屁股一走不认账了，这不坑了我们老百姓吗？”

市军管会金融贸易部以高效率展开各项工作，积极筹备银行开业。在南京解放后的第九天（5 月 2 日），就建立了中国人民银行南京分行和下属的分支机构，正式开始营业。银行在全市各营业点立即收兑金圆券，按每日宣布的牌价兑换人民币，一直收兑到 5 月 5 日为止。这天的牌价是：金圆券 8000 元兑换人民币一元。市民们说：“国民党发出的钞票，共产党来收兑，哪个朝代也没有的事，这不明摆着向着我们老百姓吗！”

与此同时，人民银行拿出雄厚的资金进入黑市，收购大头、黄金、美钞，以消除这个破坏正常金融活动、危害物价的祸根。人民银行同兴风作浪的投机商展开了针锋相对的斗争。“我有的是钞票，你抛我收，看你有多少货抛出来。”笔者当时就和另两个同志，在军管会金融贸易部安排下，三人一组，穿着西装，在新街口以“大亨”姿态出现，拿人民币收购了大批大头、黄金和美钞。

此外，市军管会还采取了其他有力措施，果然没有多久，新街口等处的黑市交易点没有了。老百姓手里的金圆券都换成了人民币，原来的谣言不攻自破。不仅于此，随后不久，人民银行对老百姓在中华人民共和国成立前，直至抗战前的旧银行存款，都一一加以清理，分阶段，参照各个时期的物价，按比例折成人民币，发还给存款人。人们原以为中华人民共和国成立后变成废纸的存款单，如今竟死而复生，无不喜出望外，不禁感动得连声叫喊：“德政！德政！青天！青天！青天！”

金融史上没有的新鲜事

南京解放初期，由于诸多因素，物价波动较大，米、布、油、煤的价格，日有上涨。人民银行为了稳定人民的生活，决定举办一种全国金融史上未有过的新型储蓄，叫折实存款。这种折实存款的计算单位，就由中熟米一斤、十二磅龙头布一尺、豆油一两、统煤一斤等四种物品的价格合成，以市场价格为准，四种物品的单价加起来之和，即为一个折实单位。存款人按每天的折实单位牌价（由人民银行每日在报上公布），以人民币折算成折实单位存入银行，取款时，如物价上涨，折实单位的牌价也会跟着提高，存款人可按提高后的折实单位牌价取出人民币，不会受物价上涨因素的影响。存定期的还可得利息（折实）。这四种物品，都是老百姓每天必需生活资料，其价格在当时是颇有代表性的。如此存款取款，存户毫不吃亏，因此大受老百姓欢迎。市民们笑着说，人民政府想出的办法真好，有钱存折实存款保险，何必去黑市买大头呢？笔者手头有一项当时的资料，列表如下，从中可见一斑。

日期（1949 年）	价格（一个折实单位的人民币）
6 月 21 日	287 元
6 月 22 日	289 元
6 月 23 日	300 元
6 月 24 日	309 元
6 月 25 日	307 元
6 月 26 日	311 元

这项折实存款，直到物价基本稳定后的 1950 年 11 月 20 日，人民银行才停办。

（本文选自《金陵破晓　纪念南京解放 40 周年史料专辑》，南京出版社 1989 年版，原标题为《南京解放前后的金融业动态》）

沈安娜*：国民党在南京的最后几次“中常会”

“最后的晚餐”

1948年12月31日，蒋介石在他的黄埔路总统官邸举行晚宴，到场的有李宗仁、孙科等40多人。

辉煌耀眼的彩灯映出的是一张张忧心忡忡的阴沉面孔，无人笑谈，唯闻杯盏之声。在座的都是国民党要员，他们深知局势的严重，隐隐意识到这是蒋家王朝“最后的晚餐”了。

餐后，蒋介石以低沉的语调说：现在局面严重，党内有人主张和谈。我对于这样一个重大问题，不能不有所表示。现拟好一篇文告，准备元旦发表。蒋介石说这番话时，仍然板着那张上海人说的“死人面孔”，可以听出他内心极度的无奈和恼火。

蒋介石让张群给大家念文告。这纸文告，洋洋数千言，旨在“求和”文中也暗含“下野”之意。但他对和平提出了五项先决条件，归结起来就是，要在保存国民党的“宪法”“法统”和军队等条件下，才能同共产党重开“和谈”。这实际

* 作者时为国民党中央党部速记员。

上是一个很有欺骗性的和平阴谋。

张群念完文告，全场鸦雀无声。蒋介石扭头问坐在右边的李宗仁对这篇文告的意见，李宗仁答道：“我与总统并无不同的意见。”

这时，CC派骨干分子谷正纲等人语带悲腔，坚决反对发表这个有总统下野表示的文告。也有人表示同意发表。于是双方又开始争论。

本来就心怀鬼胎、怒火中烧的蒋介石，被他们的争论挑得火更大了，他咬牙切齿地说：我不想离开，是你们这些国民党员想让我离开！我之愿意下野，不是因为共党，而是因为本党内部的某一派系！

这“某一派系”，无疑是指李宗仁和白崇禧为首的桂系。

几小时之后，城墙上就出现了这样的标语：“蒋总统不辞退，共产党就不和谈。”“蒋总统不辞退，就没有希望得到美国的援助。”有人认为这是李宗仁为首的主和派干的。

事实上，此时美国大使馆一直赞成和谈，支持李宗仁及其主和派。

“国军”大败，蒋介石心急如焚

1949年元旦，蒋介石的“新年文告”发表了。同日，蒋介石召集国民党高级官员在南京总统府举行团拜仪式，似在向大家告别。

但是蒋介石还不引退，是想等待共产党方面对他的元旦求和文告的反应，他在“走开以前”，还要布置许多事情。元旦那天，在蒋介石发表文告的同时，毛泽东为新华社写了新年献词《将革命进行到底》。1月5日，新华社又发表了《评战犯求和》。

1月10日，规模巨大的淮海战役结束，“国军”大败。

1月14日，毛泽东发表了《关于时局的声明》，提出八项和平条件。

面对淮海战役的失败，面对共产党的八项和平条件，主和派认为别无选择，只好接受。

蒋介石犹如热锅上的蚂蚁，在南京频频召开了一系列会议，研究对策。我和机要处的职员忙得不可开交。

蒋介石看到毛泽东《关于时局的声明》后，即召集他的智囊团陈立夫、谷正纲、彭昭贤、李唯果、黄少谷、陶希圣等十余人开会讨论。会议做出三项决定：

一、对中共所提和平条件不做拒绝表示，要以和平姿态争取延长三个月的时间，在江南最少再征集 50 万军队。

二、和谈由国民党和民社党、青年党三党出面，以民、青为前锋，以证明南京政府并非一党政府，而是三党政府。

三、统一对和谈的领导，中心地点需在上海；对不受蒋领导而奔走和平的人物及碍于环境不能逮捕之民主人士，授中统以特权，不择手段对付之。

“中常会”气氛凝重，人心惶惶

1 月 15 日，蒋介石又召集国民党高层人士张治中、邵力子、张群、吴忠信四人研究和谈问题。蒋介石在会上说，先研究一下中共提出的和谈八条件。接着他对张治中和邵力子说：“政府中只你二人不是中共指明的‘战犯’有和谈资格。”会上，张治中和邵力子都主张与中共和谈，认为不要失去机会，再打下去，会大家同归于尽的。张群还拉张治中、邵力子一起劝蒋介石引退，以争取美援。

1 月 17 日，蒋介石召开国民党中常会，讨论与中共和谈问题。

1 月 20 日，蒋介石再次召开国民党中常会，讨论蒋介石引退，与中共和谈问题。

在南京召开的这最后几次中常会，我都参加了速记。我将蒋介石主持的中常会决定及蒋等人的所谈、所想、所为以及其他布置，一一记录下来。由华藻带回上海，上报吴克坚，随即上报西柏坡的中情部。

1 月 21 日下午 2 时，蒋介石在南京黄埔路总统官邸召集国民党中央常委临时会议，这是蒋介石在南京主持的最后一次国民党中常会。

会议由孙科主持。我和居正修担任速记。这也是我奉命打入国民党中央党部十余载，最后一次担任国民党中常会的速记。

会议开始前，蒋介石还没有到场，会场气氛非常紧张，个个如同热锅上的蚂蚁，露出备受熬煎之状，不少人预感南京难以保住。有人说：过年也过不好了。邵力子说：完了完了，全是好战的结果。就连参谋总长顾祝同也说：再也打不下去了。

有人猜测，蒋介石想以广州为“陪都”，宋子文已被派去广东省当主席，行政院长也改由孙科充任。

众人非常关心军事方面的形势，便向一名高级军事人员打听消息。没想到他竟对大家说：“共军已抵达长江北岸，龙潭（南京）已在共军大炮射程之内，京沪铁路随时有中断的可能，诸位应早做准备。”

全场顿时一片混乱。有的呆若木鸡，不知所措。有的摇头顿足，连声叹气。有的三三两两交头接耳，惶惶不安，都盼赶快散会，另谋出路。我听见两个中央常委在互相出主意。一个说：你的家眷该先去广州。另一个说：你的孩子小，要早些安排呀！还有的虽然表面镇静，但都在暗中料理后事。

这帮昔日趾高气扬、盛气凌人的大人们，现在都惶惶不可终日，如丧家之犬。

我趁官员们七嘴八舌之时，扭头用手势和表情暗示身旁的速记同行居正修：不要等了，一走了之。

居正修因为经常参加各种会议，早已感觉到国民党政府末日不远。国民党“总统府”要用他工作，却只给他一张去广州的机票，不管他全家老小八口人的出路，他不愿眼看着骨肉被拆散，已于半个月前，把家眷送回家乡海宁。但自己何去何从，思想斗争十分激烈。

居正修为人老实正派，他的心绪，我早已看在眼里。所以暗示他“不要等了”。

会毕，居正修想方设法购买去上海的车票，离开南京，弃暗投明。居正修在

1998 年发表的一篇文章中感慨地说："沈安娜暗示我走新生之路，使我避免了骨肉分离。"

正在大家议论纷纷的时候，会场突然安静下来。我不用看就知道，是"老头子"出场了。

蒋介石缓步走到他的座位上，像往常一样，扫了众人一眼，自己先坐下，然后示意大家坐下。我注意到，今天他的神情格外凝重。

蒋介石出示他和李宗仁的联名宣言，宣布"由副总统代行总统职权"。蒋介石终于"引退"。

这次会议，实际上就是蒋介石正式宣布"引退"的权力移交仪式。我清楚地记得，当时的场面甚为凄婉。蒋介石声音低沉，似有无限悲伤，与他平日慷慨激昂骂共产党、训斥部下的情景截然不同。与会者中，已有人黯然流泪，有的竟泣不成声。

CC 系少壮分子谷正纲忽然起立，含泪大声疾呼："总裁不应引退，应继续领导，和共党作战到底！"

蒋介石以低沉的语调说："事实已不可能，我已做此决定了。我今天就离开南京。"说完，起身便走。

李宗仁忙问："总统今天什么时候动身，我们到机场送行。"蒋介石说："我下午还有事要处理，起飞时间未定。你们不必送行！"这时，老态龙钟的于右任急忙追上前去，喊道："总统！总统！"蒋介石停步问道："何事？"

于右任说："为和谈方便起见，可否请总统在离京之前，下个手令把张学良、杨虎城放出来？"

蒋介石把手向后一伸，不耐烦地敷衍道："找德邻（李宗仁）去！"说罢，加快脚步离开，像是怕有人再找他麻烦似的。

于右任这位长须髯髯的古稀老人，在众目睽睽之下，讨了个没趣儿，尴尬地慢慢走了。其他人也黯然地离开了总统官邸。我亲眼看到了国民党历史上这极为黯然的一幕。

这次会议后，机要处接到通知：各机关文书档案尽快分三类处理，一类文件即特别重要的马上带走。我被分配整理机要处需要带走的一类文件，于是我又趁机挑选了一些有情报价值的材料。

（本文选自《丹心素裹　中央情报员沈安娜口述实录》，中共党史出版社2016年版）

王端骧、沈良骅、任国常*：南京五厂拒迁台湾

蒋介石令南京五厂拆迁台湾

1948 年 11 月下旬，淮海战役中的蒋军主力在宿县被全部消灭，将领大部被俘，南京政府动摇，各机关紧急疏散。

1948 年 12 月底，蒋介石电召孙越崎到他的“官邸”，要把这五厂迁到台湾去，并“限 1 月 11 日迁出南京”。这是孙所意想不到的事，也是极不愿意做的事，但推卸不了，只得召集我们五厂的负责人开会，把情况告诉了我们。我们也同样表示不愿迁厂，但认为蒋既这样坚持要迁台湾，已无法挽回。于是由各厂有关人员集中在城内中央电工楼赶编迁建费用预算，总数为台币 132 亿元。送蒋后当即批准，交财政部照拨。

迁建工厂虽由各厂自行办理，但在码头看守和装船等事宜，均有共同关系，因此成立了迁厂委员会，推定沈良骅为主任，张心田为副主任，参加会议的除五厂有关人员外，资委会有关人员也被邀参加。旋由中央电工厂总经理恽震在上海

* 王端骧，时为中央无线电厂厂长；沈良骅，时为南京电照厂厂长；任国常，时为南京电瓷厂总经理。

租得一艘载重8000吨的新康轮，按照预定计划，先上驶至马鞍山装运马鞍山机器厂的机器材料，然后下驶到南京下关，装运其余四厂的机件等。

五厂拒迁台湾

1949年1月，南京四个电工厂的器材已装箱陆续运到下关码头待运，其中无线电厂的器材则是从远郊的板桥镇装在驳船上，集中在下关码头附近的三义河口，等待转运装轮。新康轮也由马鞍山装上机器厂的器材下驶到南京。这时南京国民党各机关正在疏散，纷纷抢占码头，新康轮无法靠岸，只得停留江心，在岸上堆放的四个电工厂器材无法搬运上船。

当时新康轮船长对沈良骅说："我听到国民党军队要在南京下游的江阴，封锁长江航道，如果我们的轮船久停下关，万一封锁在内，不能回上海不得了，我急于要回去。"

正当这个时候，蒋介石受不住解放军即将渡江和国民党内部的压力，于1949年1月21日下台，离开了南京赴奉化，由李宗仁代理总统，维持南京残局。孙越崎抓住这个大好时机，当天下午在资委会内召集我们几个负责人开会，先听取了大家对时局剧变的看法后，当机立断，宣布各厂不迁了，并写了条子由资委会正式命令四厂把已到下关码头的器材运回各厂原址，重新安装，迅速恢复生产。

马鞍山机器厂已装新康轮的器材改运上海起岸，支援资委会上海机器厂，由孙另行电令上海资委会办事处夏宪讲照办。沈良骅亲去下关码头告知新康轮船长，并签准其放空回沪，运费照付。

电照厂原来底子差，建筑物少，拒迁台湾后，资委会把10幢活动房屋拨交该厂作为员工单人宿舍。无线电厂原厂址在板桥镇，交通不便，拒迁后改至市内水晶台原美军顾问团地址（原系资源委员会在抗战前建造的办公楼），恢复生产。所有各厂未动用的预算，仍照原分配数由各厂作恢复生产和扩建之用。

会后孙告诉我们，他立即要向李宗仁代总统汇报。这消息到达各厂，全体员工莫不额手相庆，这说明了孙对于这一事件的决定是深得人心的，也是他爱国心切、敢冒风险的大胆行动。

汤恩伯一再催迁五厂

1949 年 3 月初，孙越崎接到上海京沪杭警备总司令汤恩伯电报称：“奉层峰（指蒋）令，催促南京五厂迅速迁台，盼复。”孙接电后，得知蒋虽下台在奉化，但对迁厂事并未忘怀，于是又召集开会商议，大家认为事关重大，要想出妥善的应付办法。最后孙决定，蒋的军政事务很忙，暂时拖延，不予置复，可以马虎过去。

大约过了半个月，孙越崎接汤恩伯第二次来电，催促五厂迅速迁台。孙又召我们开会，这时他着急了，不知道蒋为什么念念不忘催促五厂迅速迁台。此时正在酝酿国共和谈，立法院在南京复会，行政院迁回南京，孙越崎就去向代总统李宗仁说，在当前情势下，南京五厂迁台，对于和谈不利，似不宜急于进行，李宗仁当即表示同意。这样孙越崎与我们就比较放心了。实际上当时李宗仁并无军权，南京仍在汤恩伯的军事控制之下，他可以为所欲为，我们随时有发生意外的可能。

不久电照厂接到驻孝陵卫京沪警备副总司令万建藩的命令，要传讯厂长。沈良骅知道问题严重，不得不去，但大家以为沈此去有被扣的危险。当时副厂长吴祖恺（现任咸阳彩色显像管厂总工程师）在旁，愿陪沈去。沈进司令部后，由一姓崔的处长领进办公室。万问工厂何以不迁，沈说，装运困难。万同他缠磨了一阵，最后说，迁厂是上级命令，不可不听。沈见万没有扣留他的意图，告辞出去，与吴副厂长急速回厂。

沈良骅被传至孝陵卫司令部之次日，孙越崎召集四厂厂长会议。会上各厂厂长提议，停迁是各厂员工一致的愿望，不能让孙越崎一人担负风险，各厂厂长应分担些责任。原来资委会停迁五厂的命令收回，用同一日期，同一编号，改由厂长联名请求，根据员工愿望，请求停迁。孙以为不可，经厂长再三说辞，将来论责任，厂长无法推卸，现在分担些责任，理所当然。同时这样做与用会令停迁，实质上并无区别，孙委员长是资委会的最高负责人，与汤恩伯公事来往，如此措辞比较妥善一些。经厂长等共同陈词，才决定这样办了。此即所谓“双重稿命令”问题。

停迁后立即恢复生产

五厂迁台经费，原本批准预算包括拆卸、迁台运费和在台重建三项经费，合计台币 132 亿元。现在只拆不运，不迁不建，余款较多，先提用台币 54 亿元，尚余台币 78 亿元，为了免被扣发，即行设法全部调回大陆。经副委员长兼台湾糖业公司董事长吴兆洪和财务处长季树农与台糖公司商妥，即由该公司在沪售糖所得的金圆券拨与五厂，当日向台湾银行提取台币交与台糖公司。各厂得此一大笔建厂补助经费，用来维持到解放后，还有很多余款。

各厂将机件由码头运回原厂址后，即行安装好，设法恢复生产。无线电厂因原地址太远，另觅南京市内珠江路东端的水晶台为新厂址。这里原是资委会于 1936—1937 年所建的会址，抗日战争时期，曾做过伪满洲国驻南京的使馆，日本投降后，为美军顾问团所占用。

1949 年 1 月美军顾问团撤走，资委会收回了该处，在五厂拒迁后，拨交无线电厂作为复工的厂址。即将原装驳船待运的器材，共有 20 船，每船载 20—40 吨，自三义河通过秦淮河运到汉西门，再装汽车运到水晶台。由于该处原为办公房屋，不适于做工厂，便将旁边原有的一个汽车修理场改建为工厂车间，自 3 月中旬开始修建，到 4 月中旬全部完成。孙越崎要求王端骧厂长以最快的速度把厂房修好，恢复生产。他曾多次亲自到水晶台新厂视察修建及开工情况。

任国常于 1946 年 1 月由美国、加拿大考察回国，经资委会派在南京筹建“南京电瓷厂”，成立了中央电瓷公司，任公司总经理，主管各地电瓷厂工作。南京电瓷厂于 1947 年底建成投产。任的家属住在上海，其本人在南京建厂，并督促生产。

淮海战役后，国民党政府濒于垮台，任国常的妻子坚持要去台湾，任只得同意送她去。1948 年底，任回到南京，蒋介石令南京五厂立即拆迁台湾，并组织了五厂负责人参加的迁厂委员会。任就叫南京电瓷厂厂长殷向午负责拆卸机器设备，装箱待运，并派游恩溥、杨长亮、许仲三人随同张心田、马师亮二人去台湾寻找厂址。当时厂内职工对迁厂事很不满意。1949 年 1 月下旬，蒋介石宣布下台后，孙越崎即召集我们决定停迁，把已运抵下关码头的机件运回原厂，立即重新安装，恢复生产。任国常一方面电告游恩溥等回来，又电告其家属也即回沪，1949 年 2 月 8 日他们同轮回到上海，迎接解放。

（本文选自《回忆国民党政府资源委员会》，1988 年版，原标题为《南京五厂拒迁台湾的斗争》）

刘敬坤*：惨遭镇压的南京学生运动

反对内战，爱国学子决定游行示威

1949年元旦，蒋介石宣布下野，由李宗仁代理总统。李先生一上台就提出和平谈判的主张。直到3月下旬，国民党方面才决定派张治中等七人为和谈代表，于4月1日到北平和中共代表举行和谈。但学生们这时还不知道国民党代表将于4月1日飞赴北平。

大致到了3月27、28日时，在南京的各大专院校师生得知了国民党代表将赴北平之事，遂决定在4月1日国民党和谈代表飞往北平进行和谈的那天游行示威。

南京当时只有十一所大专学校（包括临时迁校的安徽大学），因国立音乐学院和东方语专当时已没人在校，所以在组织“四一”游行的那天，只有九所大专学校，即中央大学、金陵大学、金陵文理女子学院、中央政治大学、建国法商学院、戏剧专科学校、边疆学校、安徽大学、药学专科学校。

3月底的最后两天，游行的准备工作大致安排停当，决定所有参加游行的各校于4月1日上午8时到中央大学四牌楼本部大操场集合；由剧专的队伍领头，

---

* 作者时为中央大学学生。

中央大学的队伍压后阵。剧专的学生不多，距中大又远，干脆他们除留少数人看家外，所有参加游行的人前一天就到中央大学文昌桥宿舍借住一宿。

游行前的几场风波

游行的前一天晚上，我们突然接到停止次日游行的通知，大家都感到十分诧异，大部分同学都转不过弯子。

4 月 1 日上午 7 时多，大家都吃了早饭。突然学生应变会的杨育平在饭厅前大声宣讲，说政大和建国法商学院的学生已到了大操场，并要求中大的同学立即集合，到大操场整理队伍。于是有的同学和杨育平发生了激烈的争辩；杨育平态度激昂，坚持要集合队伍参加游行。其实，以当时形势来说，政大、建院两校的队伍都已如约到了中大的大操场，中大如果硬是不出场参加游行是不可能的。

中大四牌楼本部学生在文昌桥宿舍食堂前进行了约半小时的辩论，多数学生坚决主张游行，并且已自行集合起队伍。最后在文昌桥宿舍集合了不足一千人的队伍，也没有带什么旗帜、标语等物就赶到四牌楼大操场与大队会合。这时金大、金女大、中大丁家桥分部、边疆学校、安徽大学、药专等学校接到电话后，也把队伍带到了四牌楼中大操场。剧专的学生本来就住在中大，所以也和中大学生一致行动，参加了游行。按照原来议定的游行队伍次序，剧专排在最前。

上午 8 时多，一位国民党下级军官突然到文昌桥宿舍找我，自称是军官收容总队的，和我的一个同乡熟识。他很诚恳地说明了来意，所以我就接待了他。他到我的宿舍后，悄悄地说：“你们今天要游行？我劝你不要去。我们军官收容总队里贴了好多你们中大写的标语，有‘拥护毛泽东’‘共产党万岁’‘打倒国民党’等。那些军官看到后都气死了，说你们中大有共产党，要在你们队伍游行时动手打你们。我看到做好的木棍，一头钉上了钉子，外面包上布，他们准备用这种木棍打你们。我们是老乡，所以偷偷地跑出来通知你，你万万不要去参加游行。”我听了这位好心同乡的话以后，就对他说：“他们打人，你万万不要参加。游行的事，大家都去，我是不能不去的。”送走了那位好心的同乡以后，我到了操场。

正在集合队伍的时候，胡小石先生派人到大操场把中大学生应变会的主要负责人常建宇、杨育平、黄学孝等人找去，我也跟在后面去了。胡先生早在大礼堂门口的台阶下等着了。白发苍苍的胡先生一面说，一面不住地挥动着他的手杖。等我走近时，胡先生正说着：“孩子们，今天不能去游行呀！我在办公室里一连接到张耀明（首都卫戍司令）的几个电话，他说，你们学生有游行的自由，我就有镇压学生游行的自由，张耀明他们是拿枪的人，他们会屠杀你们学生的。这种事我见多了。北伐时，东南大学的学生为了响应北伐军，要在校内组织学生游行示威，结果为首的三个同学被孙传芳捉去枪决了，他们的遗骨就埋在梅庵（今南工六朝松下）。看到张耀明杀气腾腾的讲话口气，你们今天出去游行，一定要流血的，你们都是我的学生，我不忍看到我教的学生流血，更不忍看到你们在年轻的时候就送掉了性命。你们的奋斗精神，你们救国教民的愿望，我都了解，中国太需要你们这些孩子了，你们徒手是对付不了那些屠夫的啊！”胡先生说着说着，泪水哗哗地流了下来。他一面流着泪，一面还喃喃地说着：“孩子们，你们万万不能出去游行了，一旦发生了流血事件，我向你们的父母无法交代啊！”

陪同胡先生前来劝导学生的校长室秘书也来劝说：“胡先生这样大年纪，他一听说你们游行，一起床连早饭都没有吃就到办公室来了。你们听听胡先生的话吧！张耀明的电话是我接的，确实是像胡先生那样讲的。我们无论如何不能看到你们流血不管。”这时，大家都被胡先生的诚挚感动了。但我们还是回到了操场，检查和整理了队伍，估计全部游行队伍有七千人左右。因为是临时集合的队伍，所以也没开宣传车，没有标语和布标，各校只扛了一面校旗。

约 9 时许，队伍才从四牌楼中大操场出发，经保泰街到鼓楼与金陵大学队伍会合后，沿中山路、新街口、中山东路、大行宫、太平路、三山街、昇州路、中山南路返校。游行进行了三个小时，约 12 时许结束。很奇怪，大队游行时，并没有发生任何意外，也没有发现任何破坏游行的迹象。

据事后得知，李宗仁先生得知学生要在 4 月 1 日游行示威时，就通知张耀明说："今天学生游行，如果发生任何事故，要拿你是问。"所以张耀明虽然磨刀霍霍准备动手，但碍于"李代总统"的严令，所以就没有发作出来。

总统府门前的流血惨案

中大学生 12 点多回到学校吃中饭。饭后，大家都在午睡休息。约一点半光景，突然有人敲打铜盆，边敲边喊要大家集合。我走出宿舍一看，只见杨育平在敲着铜盆喊着。我走到食堂前的空场上，看见一位生疏的面孔正在演说。我悄悄问另一个同学："他是哪里来的？"那位同学告诉我说："他是剧专来向我们求援的。"另一位生疏的面孔又接着说："剧专今天上午游行回校时，走到大光路，突然有军官收容总队的人跑出来（该队就在大光路附近），手里拿着木棍，看到学生就打。剧专逃出来的同学就拼命跑到建邺路政治大学求援，我们政大的同学当时立即集合，开了一汽车人到大光路去援救剧专，同时我就陪着剧专的同学到中大来了，来请中大的同学去援救剧专的同学，因为我们政大的同学太少了，怕打不过那些军官收容队的人。"

经这两位同学一说明，事情已基本上弄清了。这时已经聚集了很多人，大家一致要求到大光路去救援剧专的同学。我看到这情况，一时也拿不出主意。正在犹豫之中，杨育平已把队伍集合好了，并由学生应变会主席董俊松同学（法律系 47 级）出来讲话。董俊松是四川人，他说："我们现在要去大光路开仗。"同学们也一致高呼："我们到大光路去，为剧专同学报仇。"当时传说剧专已有同学被打死。

这样，中大四牌楼本部的同学大致七八百人就匆匆集合起来，由董俊松同学带队，徒手开出了文昌桥学生宿舍。这时我正好见到俄文系李鑫同学，他对我说："大家都去了，我们只有跟着去吧？"我说："我们应当去，就是现在的游行队伍无法控制，这样空手到大光路去，不是白白送死吗？"李鑫说："这有什么办法，明明知道去了要出事，但是大家都去了，我们不去也不行呀！"这样，队伍就由成贤街、碑亭巷前进。队伍在行进时，也没有呼喊口号。

等队伍快出碑亭巷转到国府路（今长江路）时，我赶快找到董俊松同学，问他："你准备把队伍带到哪里？"董说："带到大光路去打仗。"我说："我们现在就七八百人，又都是空手，这样去和军官收容总队去打仗，不等于拿肉往老虎嘴里送吗？"董俊松听我这样一说，也感到自己的行动有些问题，就立即征求我的意见说："你看怎么办？"说着说着，大队已到了国府路转大行宫路口了。董就连忙通知带队的排头同学说："大家把队伍停下来。"于是队伍就停在国府路转大行宫的路口上。

经商定，决定游行队伍沿国府路直走到总统府门前示威。这时，大概是下午三点多钟。中大学生队伍在总统府门前停了下来，由董俊松、杨育平等同学前往总统府交涉营救剧专的事情，个把钟头仍无结果。这时到了 5 点钟降旗的时间，我们全体请愿队伍都起立行注目礼。刚降过旗不一会儿，总统府门前开来了一大队警察，约有上百人光景，密密麻麻地排在总统府大门前，双方僵持着。

约 5 时半光景，突然从大行宫方向开来了三部卡车，车上全是手拿棍棒的军人，并且争先恐后地下了车子，手里拿着棍棒，一面向请愿队伍跑，一面喊："打小共产党！打死共产党！"三卡车估计总共有一百多人。我们立即将队伍缩小，女同学全部进入队伍里面，男同学一律到外面。军官收容总队的打手已跑到我们面前，举起手中的棍棒就对着我们乱打起来。我看得很清楚，棍子一端确实是用布包着。这时，我们的请愿队伍一下子乱了。

这时，总统府的大门猛地关了起来，由开来的那一队百十来人的警察排在大门外紧紧阻拦着。这时，我已被划到了包围圈以外，只有木棍挥舞，喊声震天，其中有我们同学的抗议呼喊声，也有军官总队的"打死共产党"的咆哮声，我站到总统府门前对面的大照壁下对现场做了一番观察。我看到军官总队的暴徒冲向学生队伍时，同学们都逐步退向总统府门口。在总统府关闭大门时，曾有个别同学抢先一步挤进了总统府大门，门前的警察拼命阻挡同学涌向总统府大门。

一部分同学冲进了总统府，军官总队的人也随之涌进继续追殴学生。同学们腹背受敌，前有警察队伍的阻挡，后有军官总队暴徒的攻击。抬眼望去，空中全是棍棒在挥舞，双方队伍的阵线已完全分不清了，我看了几分钟现场情景，自己一时也没有了主意。等稍一冷静下来，我想我应当立即离开现场，赶回学校。为避免引起怀疑，我在离开现场时并没有跑，只是急步由国府路转到小火车路上去。

一到小火车路上，我就拼命跑了起来。到了珠江路口，实在跑不动了，我就由小火车路走到珠江路口，又由珠江路转到一条小巷里，到了文昌桥宿舍后面的兰家庄时，我连一步也走不动了，人像瘫痪了一般。我扶着树在路旁休息了一会儿，才由大门回到文昌桥宿舍。

我进入宿舍区一看，空无一人。于是我又沿成贤街、碑亭巷，想再到总统府前现场看看。我出了成贤街，刚到碑亭巷，就看到同学们三三两两迎面而来，一个个都是衣履不整，有的身上还带有血迹，有的衣服被撕破，有的没有了鞋子，只穿着袜子走路。碰到几个熟识的同学，他们说："我没关系是轻伤，重伤在后面。"

我走到美术馆时，碰到李鑫正在护送一辆三轮车，我说："车上是谁？"李鑫答我："车上是贯通（晋贯通），他受伤了。"我继续走到国府路上，这时暴徒已打罢散去，老远看见总统府门前，地上一大片星星点点的东西，而却看不见一个伤者躺在地上。等我走近看，地上全是鞋子，重伤的同学都已被抬到路边，正等待上救护车。

我问几个受伤的同学："你们都在哪里被打的？"有的回答说是在总统府门前，有的说是在由总统府到碑亭巷的路上，有的说进了总统府以后被军官总队追了进去挨打的。根据伤情来看，多数是在头部，一小部分是腿部以下。同学们告诉我说："受伤的总人数有一百多人，总统府门前遍地是人，最重的几个人已运到大学医院去了，我们留在这里等救护车的，都不是最重的，轻伤的都自己走回去了。"

我问他们："你们看清了军官总队是拿什么东西打的吗？"他们一致说："是拿木棍打的，木棍打人的那一头是用布包着的，外面看起来是布，但是打到头上或腿上就是一个一个的血洞，像狗咬的一样。”我又问：“我们同学有没有被抓走？”他们说：“最初我们都没有看到，后来我们被打昏了倒在地上，就不知道了。”我问他们：“女同学有没有被侮辱的？”他们回答我说：“我们都只看他们打人，没有看见他们侮辱女同学。”这样，等把最后一批伤者送上救护车后，我也跟着车子回校了。

我们回到文昌桥学生宿舍时，看到宿舍区内已有三三两两的同学在走动，个个无精打采的样子，像是吃了大败仗一样。我们一看这样不行，就主动出来承担责任。我考虑首先必须把防卫学校的巡逻队组织起来，就派体育系的张梅林任临时巡逻队的负责人（后来找到了巡逻队长潘良第，由张梅林和潘良第临时负责），把全部留校的同学组织起来，每人准备自卫武器，放在身边，不脱衣服睡觉，准备应付夜间可能发生的意外事故；同时，要求所有留校同学一律搬至二楼住宿，在楼上准备大量石子、木棍、石灰，并用铁床把楼门堵死，只留一个门出入；晚间，把仅有的一个楼门也堵死，也把楼梯堵死。

晚饭后，又要求炊事员把菜刀磨好，把火叉、火棍（铁器）、铲刀等防卫武器备齐，每人至少掌握一个战斗工具，轮番睡眠。有个炊事员大概当过兵，居然跑来对我说：“先生，要开仗，我会打枪，有枪给我一支。”布置就绪后，我们一夜都没睡觉。我们晚上又得到消息，军官总队中确曾有人主张夜袭中大，把中大彻底毁掉，但由于赞成这个行动的人太少，没有成为事实。第一夜总算是平安过来了。

4 月 2 日，文昌桥宿舍区的同学仍然很少（这时已完全停课），我们也派不出人到金大、金女大和政大、剧专、建院去联系，这些学校也没有人到中大来联系，连丁家桥分部也没人到四牌楼本部来。我们对校外的情况基本上还是一无了解。这次血案重伤者就有二三十人之多（当时还没有死亡的人），连轻伤者加在一起（剧专和政大的受伤者在内），数字估计有 150 至 200 人之多。这样大数字的受伤者，在学生运动中是少有的，我们当然有责任把血案报道出去，但此时既无法与外界取得联系，也就无法向外报道了。

这时，杨育平首先回校了，他要求我们把血案的经过报道出去，由他负责和金大、金女大、政大、建院、边疆学校和安徽大学、剧专等校去联系，组成“四一”血案后援会，由我负责起草各项文件，刊行铅印、油印报刊。这是 4 月 2 日中午以后的事情。直到晚上，中大回校的人还是很少，能动手写文章的就更少了。

4 月 3 日晚上，我们开始了起草各项文件的工作。由张梅林到珠江路花红园 32 号去把大学评论社的几个人一齐请来，并且要他们带着油印机前来。不久，大学评论社的胡南林（总编辑）、杜斯煌、傅群、樊康携着油印机来了。我向他们简单地说了血案的经过，并要他们在当夜和我一起完成如下工作：（1）告全国同胞书一篇；（2）告全国同学书一篇；（3）“四一”血案经过的新闻报道一篇。文章要当夜写好，当夜印好，次晨 6 时前一律发出。

所有的工作都在宿舍里进行，参加工作的有下列人员：大学评论社的胡南林、杜斯煌、傅群、樊康、张梅林（体育系）、王道义（法律系）、詹汝琮（俄文系）和我八人。大家商量的结果，确定由胡南林写告全国同胞书，樊康写告全国同学书，杜斯煌、傅群和我三人合作写“四一”血案报道的新闻稿件（杜斯煌原为《大刚报》记者），王道义、张梅林二人负责印刷、夜餐等事务。

（本文选自《江苏文史资料集萃·政治卷》，1995 年版，原标题为《南京四一血案亲历记》）

第二章

秘密行动：没有硝烟的战斗

沈世猷*：我是如何从汤恩伯江防司令部获取情报的

1948年秋，我人民解放军先后发起辽沈、淮海、平津三大战役，同国民党军展开空前规模的战略决战。此时，中共中央要求在敌占区的各地下党组织和策反战士密切配合军事战线，对敌人展开殊死的决斗。就在这种形势下，我和爱人、内侄怀着对党崇敬的心情，满腔热忱地一起参加了由华东野战军地下情报策反工作者吴明义（化名邬一声）和上海地下党员王月英（化名李敏）领导的地下工作，并在南京我家（吉兆营24号）建立起了地下联络点，迅速开展了敌江防战备情报的侦取和宁沪线上的策反活动。

当时，我在国民党国防部第一厅（主管人事）任中校参谋，情报主要靠我从敌人的心脏里侦取；主要靠爱人丁明俊与地下党联络；内侄丁良典是国民党CC系控制下的"建国法商学院"学生，分工他搞联络点的保卫工作。情报到手后，迅速转交给吴明义、王月英两同志，由他们设法送到华东野战军首脑机关。就这样，一个有合法身份和小家庭掩护的、精悍的、匕首式的地下联络点，用大量的机密军事情报和有效的策反斗争，迎接了我军渡江战役的胜利和南京、上海的解放。

---

* 作者时为国防部一厅中校参谋，中共地下党员。

打入汤恩伯江防最高指挥部

1948 年 11 月底，淮海战役第一阶段，我人民解放军全歼黄伯韬兵团，重围黄维兵团，切断了徐州南北的交通线，淮海战场迅速呈现出势如破竹、所向披靡的形势，国民党首都和江南心腹地区受到直接威胁。

据此，蒋介石迅速做出两项重大决策：一是责成汤恩伯立即在常州筹建京沪杭警备总司令部，二是在江南各省成立新军编练司令部。当时我由于在国防部任职，很快就得知了这项情报，并及时报告给吴明义、王月英两同志。

我们分析判断，认为这是国民党在三大战场上军事惨败、人心动荡、危机四伏的严重形势下，准备实行退守长江、偏安江南、重建新军、伺机反扑的战略转移决策。我们地下工作者，应不失时机地不断猎取到敌人新的军事情报。上级要求我由国防部一厅打进汤恩伯的江防最高总指挥部（京沪杭警备总司令部）。

1949 年 1 月 5 日，淮海战役即将胜利结束，汤恩伯在常州筹建的京沪杭警备总司令部，急忙驻南京孝陵卫，并马上收罗残部部署“长江防线”，企图凭借长江天险和依靠美国的支援，阻止我人民解放军强渡长江。汤恩伯和陈诚、胡宗南等人一样，是蒋介石长期倚重的高级军事实权派，其江防总部置于国民党首都，直接控制京沪杭心脏地区，并统辖江南半壁河山，既是他们吹嘘的“固若金汤”的“千里江防”的最高军事指挥机关，也是显赫一时的江南小朝廷，可以说是蒋家王朝行将灭亡前支撑国民政府假和谈真备战的最后的反动军事堡垒。

淮海战役结束后，我华东、中原两大野战军，以排山倒海之势，南下扑江而来，准备发起渡江战役。这时，我党要求地下情报战士，配合大军渡江，侦取国民党江防部署的情报。不入虎穴，焉得虎子。

我遵照组织的要求，改变了原计划去湖北策反国民党倪祖耀军的任务，千方百计打进汤恩伯江防最高指挥部去。但是，在此以前，人事部门已经公布了我离开国防部去湖北倪祖耀军的命令，而且人事处张光宇处长明确表示不同意我到汤总部去工作。

怎么办？在困惑和焦虑中，我想方设法，通过种种迂回的途径，利用同学、同乡、同事的关系和国民党机关中派系的矛盾，得到了掌握实权的参谋长周自强的同意（我和周过去同在汤的三十一集团军供职，交情深厚），由他亲自下令让我到汤总部第三处任中校参谋，主管作战。

我由于多年来一直在汤恩伯的嫡系部队中工作，又是军校毕业，科班出身，军阶较高，同学、同乡又很多；加之，由于地下工作的需要，又处处用心于人际关系，大家相处甚好。这样一来，给我侦取情报工作带来了极大方便，我名义上是第三处参谋，实际上成了主管部参谋，经常跟随头目到处活动，参加各种重要会议，了解到许多重要情况。

密取江防军用地图

1949 年初，汤恩伯把号称 60 万人马（实际只有 40 余万）的溃败军和杂牌军组织起来，部署在控制江南数省的京沪杭战区和长江下游一千数百里的江防全线上。可以想见，他们倍感部队分散，处处薄弱，兵力使用，捉襟见肘，加之，败军残将，士上气低落，缺乏战斗力。但是，敌人出自其反动本性和自恃强大的主观臆断，自认为尚有中国西部和江南半壁河山的统治，仍可坚持与人民为敌。汤恩伯在完成江防战备后，曾宣称：“长江是不可逾越的天堑，加上我海军优势，定能阻止共军渡江，共军定会像当年的曹孟德一样，战败收兵。”

根据地下党的要求，我当时利用在敌作战部门任职的有利条件，重点侦取敌江防兵力配备的最新情报和备战动向。当我得知汤总部高级将领作战指挥密室里，挂有一张大幅江防军用地图后，立即使出全身解数设法搞到它。

这个作战室由一个专职参谋管理，他负责标记全部江防阵地兵力配备的位置、数量，如阵地兵力有了变动，逐日逐时地更换标记。于是我有意识地接近他，联络感情，在经济上慷慨解囊，以讲义气等手法，不久便取得了这个主管参谋的信任，当上了他的助手，我可以视需要自由进出这个作战密室，随时了解到江防阵地兵力情况；与此同时，我还和汤恩伯专用电话室的主管参谋有所联系，汤恩伯与各高级将领的主要通话内容，也随时可以了解到。

在此期间，我除了直接搞到许多核心机密情报外，还联络配合其他同志猎取敌人的多种有价值的情报。如敌淞沪地区的工事构筑防御配备要图及作战计划要点，此材料机密性很高，共有三份，分别保存在汤恩伯江防总部、联勤总部工兵署和蒋介石、何应钦直接控制的最高统帅部。这个材料也被我和所在单位的地下工作同志，通过直接或间接的办法搞到手并复制出来了。

又如，全国陆军作战部队、第二线整训部队和全国空军部队的人员、编制、装备、训练、飞行机种、架次、基地等情报，也通过有关的同志利用各种关系搞到手并复制出来了。这样一来，到 1949 年 1 月底，汤恩伯京沪杭警备总司令部的全部兵力部署（实际上是全国的陆军兵力部署），我地下工作同志全部猎取到手，特别是对汤总部的江防部署了解得更为具体，诸如江防最高指挥机关的编制指挥系统、作战方针、作战地段；长江南岸主阵地的兵力配备、长江北岸桥头堡阵地的兵力配备、敌总预备队的兵力和控置地点、后方部队的兵力和控置地点、江防后方指挥所的位置，以及江防各部队的历史和主要指挥官的姓名、特点，他们之间的矛盾和派系斗争，等等。并且以极迅速机密的方式报送给我华东野战军首脑机关，使我渡江大军对敌千里江防的情况了如指掌。

不仅如此，敌江防备战的新动态和研讨中的新情况，也能及时发现并侦取到，现在记忆犹新的有这样几件事。

第一，汤恩伯总部为了在总体上弥补他江防兵力的不足和在战术上弥补兵力分散的弱点，曾决定二十四师全部装备成汽车、摩托化师，使它成为载运快速部队的战场机动力量。我特地要求并得到批准去参加这个师的实战演习，取得了第一手情报。

第二，有一天，我在司令部接到装甲兵司令蒋纬国送来的一份报告，他又派来位军官和我联系，请求批准在江南地区修筑坦克进出道路和筹工备料的实施办法。我当时有些着急和不知所措，这倒不是怕敌坦克有什么了不起，而是敌人的筹工修路和备料，会给江南人民带来灾难，于是，赶快到地下联络点汇报情况、研究对策，针对太子司令有保存实力畏战之心，无疆场用命求战之意，以及汤总部畏惧太子权势的心理，我决定借故拖着不批不办，用这个办法破坏了敌人的计划。

第三，在紧急战备、狗急跳墙的心理作用下，敌人有时异想天开，出些啼笑皆非的馊主意。一天，汤总部一位副参谋长亲率作战人员到江边视察战备，竟试验用汽油倒注江面，幻想在我军渡江时，火烧战船。这种方案自然不会被采纳，但说明敌人在挖空心思对付解放军，是值得高度警惕的。

第四，1949 年 3 月 23 日，汤恩伯召开江防部队全体高级将校会议，汤亲自主持，参谋总长顾祝同亲自参加。会议第一天，汤恩伯讲话，我争取被选派为作战参谋部门的出席人员，到会亲自听取了汤的讲话。他讲了江防形势，备战措施，在讲到江防作战的战术时，他说："打共产党必须看得准，来得快，打得狠。"叫嚣"我汤恩伯是买不动、骗不了的，凡对国民党有二心者，一律杀！杀！杀！"但历史是无情的，汤恩伯的杀声未落，不怕杀头的首都警备师师长王晏清于 24 日率部过江起义了。这大煞了汤恩伯的威风，也大煞了高级军事会议的风景，与会的将校们如闻晴天霹雳，惊呆了，会议陷入一片混乱。这时国民党行政院院长何应钦，只得亲自出马，到会讲话，安定情绪。他讲话假装斯文，隐晦曲折，扯了什么和战不测的时局，吹了什么黄埔军校，出师北伐，还喋喋不休地为蒋介石第一次引退东山再起和这次引退的深谋远虑涂脂抹粉，最后声嘶力竭地号召到会将校，忠于领袖，挽回危局。

这些重要情报和敌人的新近备战动态，和上述敌江防部署情报一样，都由我及时地送到了地下联络点，再由我爱人、内侄转送到中央地下工作者手里。

义旗纷举，敌人众叛亲离

我打进汤恩伯江防总部以后，很快发现敌人的统治中枢神经非常紧张，惶惶不可终日，特别害怕陆军的战场起义，更害怕空军的后方起义。但是，越害怕，狼来吓，由于我地下党的正确领导和情报战士紧张而有效的工作，在汤恩伯京沪杭警备总司令部成立后的三个月里，空军、海军、陆军（指王晏清起义）先后纷纷起义，并均获成功。这大大震动了敌长江下游京沪杭战区，他们痛楚地感到，楚歌四起，众叛亲离，山雨欲来风满楼。

1948 年 12 月 16 日，我地下党员俞渤同志驾驶巨型轰炸机飞向解放区，震动了敌首都的上上下下，威胁到敌后方。在俞渤行动的推动和鼓舞下，我南京地下联络点的同志加快工作步伐，先后策反了三架飞机起义。这三架飞机是：1949 年 1 月某日，张致荆同志从上海江湾机场驾驶 C-46 巨型运输机起义，飞向解放区；1949 年 3 月某日，唐宛体同志从台湾驾驶 C-47 型运输机起义，飞向解放区；1949 年 4 月 9 日，沈济世同志驾驶巨型运输机，从上海飞向解放区。紧接着，蒋介石号称王牌嫡系部队的伞兵三团 2500 余人，于 1949 年 4 月 13 日，乘坦克登陆艇在海上起义，驶向解放区。

起义的成功，就如十月怀胎，一朝分娩。怀胎即发动起义的过程，是极其艰苦细致曲折惊险的，稍一不慎，不仅前功尽弃，还会招来灭顶之灾。国民党高级将领陈仪因策反不成遭镇压；上海战役时，有一排长准备战场起义，不慎事泄，立即被枪决，就是明证。这里仅挂一漏万地简要叙述一下第三架起义飞机的发动组织过程，借以窥见一斑吧。

自 1948 年 12 月，我家成为党的地下联络点以后，在国民党空军供职的沈济世同志常到我家来。我和沈是老同学、老相识，又都是地下工作者，常在一起谈形势，议前途，对国民党的腐败、黑暗抱有同感，深恶痛绝；不久，吴明义、王月英两同志来到我家，我们就开始联系策划空军起义事宜。沈济世为了解除起义的后顾之忧，事先把爱人通过地下联络点送到解放区，并把家具等私人财物从敌空军营房转移到我家来，沈济世本来决定与第二架起义飞机（唐宛体）一起到解放区去，但飞机到南京机场停机加油时，唐宛体突然提到敌驻上海的空军里有一位驾驶员，根据其思想倾向，可以争取起义。沈济世凭着对党的一片忠心，放弃了马上飞到解放区和爱人团聚的机会，断然改变计划，留下来策动这一架飞机起义。

驻上海这架飞机的驾驶员叫刁光弟。沈与刁原来只是一般认识，交往不多；但从侧面了解分析，刁的父母均在北平，肯定有怀亲思乡之感，即决定以此为契机，打开突破口。刁光弟与唐宛体素来友谊深厚，沈在谈时故意告以唐已去解放区，察言观色，再动之以情，晓之以理，告之以利害、前途等，终于使刁的思想转变，表示愿意驾机起义，于是起义飞机驾驶员问题解决了。然而飞机上的机械员，也是重要角色，飞机的维护、修理和加满汽油，保证飞机处于良好状态，全靠机械员；飞机舱门的钥匙，也是由机械员保管的。因此，沈济世又用心在机械员里物色对象，很快找到了罗锡令同志。

罗对当时的现实不满，特别常常为飞行员瞧不起机械员而愤愤不平，牢骚满腹。沈济世就针对他这种不满心理，指出这是旧社会和旧军队制度造成的不合理现象，并趁机告知解放军内部的官兵关系是平等的，人与人之间都是互相尊重的。话投机了，又经过一段时间的交往和攻心工作，最后罗表示决心起义，并保证把飞机维护好、加满油，随时可供起飞之用。

可是，罗又为人重感情，讲义气，他说："我们走了，不能把仪表员、报务员等人丢掉不管。"要求沈济世再去做好他们的工作。沈济世根据仪表员宋允培，通信员汪伯泉、段德济，军械员于振超等都是青年军人颇具正义感的特点，分别给予启发诱导，使他们进一步认清旧社会的黑暗，旧军队的腐败，看到反动的国民党政府就要垮台，青年人应认清形势，奔向光明。最后，他们终于提高了认识，答应参加起义。

起义飞机从上海起飞到济南着陆，仅仅两三个小时，他们勇敢机智地闯过了数道险关。

第一道险关是，假试飞名义，蒙蔽敌人。根据当时各方面的情况他们决定，于 1949 年 4 月 9 日下午 4 时假试飞名义起义。于是，前一天晚上 8 时左右，对准备起义的 6 位同志，分别通知他们做好一切准备。到了 4 月 9 日上午，沈济世为了使下午的行动免受阻挠，便以悠闲自得的样子混进机场值班室与值班员聊天、下棋，当值班员离开值班室去厕所的短暂时间内，冒名值班员打电话给机场航行调度室，佯称一架飞机刚修好，准备下午试飞，询问下午天气如何。这就为下午的试飞打了招呼，等于先备了案。

但随之而来令人提心吊胆的，就是冒用值班员名义的事怕在下午 4 时起飞前暴露。沈济世便请志同道合的通信员段德济同志守在值班室，任务是一步不离，随机应变，在预定的下午 4 时起飞前，不使机场调度室和队部值班室发觉冒名试飞的事。段德济忠实地完成了这项生死攸关任务。令人感动的是，这位同志一直看守到下午 4 时飞机起飞时，自己无法随机起飞，一个人仍留在国统区。

4 月 9 日下午 3 时，沈济世冒充值班员，按照往常飞行的惯例，先打电话给汽车队要辆吉普车，车到门口时，沈济世等 6 个像平时飞行一样，身穿飞行服，手提航行包，泰然自若地一齐坐上了汽车，直奔机场航行调度室。由于上午已和调度室通过电话，打了招呼，所以比较顺利地骗取了起飞通行证，而后驱车进入停机坪。

车抵飞机旁，同志们先后下了车，沈济世即向守卫在飞机旁的卫兵出示了飞行通行证，卫兵还行了举手礼，并说："请上飞机吧！"这时，人人心花怒放，疾速地打开了机舱门，拿去了轮挡，几个箭步一齐登上了飞机。

起飞的时间定在下午 4 时，这是经精心安排的。根据计算，飞机下午 4 时起飞，6 时黄昏前后即过可飞抵解放区济南着陆；这样，即使在 5 时左右被敌人发现，他们也无可奈何了。因为根据当时的飞机性能和飞行员的技术水平，不可能派战斗机来追击，即使来追也无法返航了。

第二道险关是，穿过云海，寻找地标。沈济世等从上海江湾机场起飞后，即迅速对准航向，在航线上爬高至5000尺，全速航行。飞机快飞到山高万仞的泰山时，正巧遇上一片云海，无法辨认地标，也看不见山峰所在，大家的心情又紧张起来了。如不及时采取措施，盲目地飞出云海，则很可能撞山失事，造成机毁人亡的严重后果。在这样的紧急关头，沈济世当机立断地告诉刁光弟，把飞行高度再升高1000尺，同时把航向偏右一度，有意识地偏离泰山，以确保飞行的安全。此时此刻，沈济世一步不离地守在驾驶室，紧张而仔细地向前方观察，以期发现云洞，穿出云层，辨认地标，判断飞机的正确位置。

不一会儿，沈济世敏锐的眼光发现飞机的右前方有个云洞，立即告知了刁光弟，刁抓住这个转瞬即逝的难得机会，操纵飞机迅速从云洞中穿出了云层。这时，大家的心情才得以缓和下来，飞机继续向前航行，很快到达了黄河。大家知道，济南位于黄河南岸，飞机不能继续北飞了。应立即转航飞向目的地。但济南位于飞机东面，还是西面？飞机应该向东转弯，还是向西转弯？这又是令人焦虑的事。沈济世根据航行资料计算，判断飞机的地理位置在济南之东。因此，告诉刁光弟沿着黄河向西飞，稍倾，即找到了目的地，济南城呈现在眼前。

第三道险关是，沉着机智，排险着陆。这架巨型运输机经过两个小时的航行，闯过了道道险关，终于到达济南上空了，大家多么欢欣鼓舞啊！可是，飞机正在空中盘旋，寻找机场位置准备着陆时，意外的情况又发生了。济南机场附近对空射击的枪声响起来了。原来是我地下党的电台遭到了破坏，起义之前，通报解放区的电报未能发出，以致发生了误会。这时，机上的同志焦急万分，齐声责怪沈济世未能搞好联络，而且天也近黄昏了。

在这紧急时刻，沈济世一方面要求大家沉着冷静，另一方面责成飞行员打开机身下面的舱门，放下起落架，表示要求着陆。这样做的开始一段时间，地面枪声仍不停止，飞机继续在空中盘旋。时间一分一分地过去，油快耗尽，夜幕降临，机场跑道，正在消失。怎么办？在这千钧一发之际，突然间对空射击停止了，同时，机场上跑道两侧出现了数堆焰火，把跑道照得通明，迎接飞机着陆。这时，飞机上6位同志的焦急心情才得以平静下来。

紧接着要进行夜间照明降落。夜间着陆的技术要求较高，而刁光弟因是副驾驶，对这种着陆的技术和经验，均稍逊一筹。在这种情况下，刁光弟由于精神紧张，在操纵飞机着陆时，前后三个起落架的轮子未能同时着陆，而且前轮先着地，这样由于反作用的弹力，把飞机弹跳起来又猛地落下；又由于惯性作用，使站立在驾驶座椅后面的沈济世在机舱内上下碰撞，以致头部受伤而昏迷过去了，飞机着陆后，沈济世被立即送进医院。

不久，当他从昏迷中醒来，神态还未完全清醒，睁开疲惫的眼睛一看，才发现自己睡在医院的病床上，病床四周站满了同机起义的同志和济南警备区的同志。沈济世非常关心地先问刁光弟和其他同志的安全，大家齐声回答："都好。"接着又询问飞机情况，机械员罗锡令回答说："发动机受点震动，但尚完好。"对警备区同志代表党、政、军的亲切慰问，沈济世含笑点头，表示感谢党和首长的关怀。

白皮红心的地下联络点

1949 年春节后，我人民解放军积极准备渡江，国民党江防部队也在加紧备战，我第三野战军上海地下据点的情报工作者更是紧张空前。一天凌晨，吴明义、王月英两同志从上海来到我家，刚一坐下来就说："我们要和地下之家告别了。"接着谈了当前我军准备渡江的形势，并说，组织上高度重视我在敌江防指挥部机关工作的有利岗位，对插进敌人心脏里的这把尖刀，寄予极大希望。最后告诉我，爱人、内侄在南京的情报任务，要交由南京地下党的同志接待，并明确了关系转移的联系方法，说完就匆匆离去了。

吴、王两同志走后的第三天晚上，听到有人敲门，并把门环打了两下，我爱人丁明俊走出去开门，迎面站着一位身材较高、目光蓄锐的陌生人。丁问："有什么事吗？"他回答："来找房子的。"丁会意地笑了，随即把这位陌生人请进了房间。他见了我，立即拿出王月英的亲笔信，信中大意是介绍"家兄"到地下联络点来工作。顿时，我们一见如故，热情地握起手来。后来才知道，这个"家兄"

即南京地下党的卢伯明同志。

在白区的险恶环境中，我地下工作者的纪律是极其严格的。不仅每个人都要隐姓埋名（用化名），平时工作联系，情报传递，都是单线的，不该知道的情况，绝对禁止知道，禁止打听，连妻子儿女也不例外；无论多么亲近、感情多么深厚的人，见了面也不能不择场合地流露感情，更不能正常地送往迎来，常常是用知心地点头和会意的目光表示，大家心照不宣，但肝胆相照。

这里有必要简单介绍一下作为地下联络点的我家所处的地理环境。我家住在南京市珠江路西口，东面不远的地方就是戒备森严的国防部，对面还住着保甲长，他们经常配合军警在夜间进行突击户口检查，或进行重点搜查。在敌人鼻子底下设地下联络点是既危险又安全的地方，关键的问题是时时刻刻提高警惕、打好掩护和采取必要的安全措施。

当时我家的住宅，是面南三开间三进老式平房，与西邻同山共墙扣连，东侧是一条僻静小巷，三进宅后二尺许隔围墙是北邻。二进居中，原是我家的主房。这中进西间不临街巷，前后窗下均有小花坛可见，这间房的位置是安静严谨的，原来是我夫妇结婚用房，丁良典从保卫工作角度考虑，建议让给党派来的人住。这间房还有个方便之处，前后有两个角门，后角门直通后院，可以从侧巷后门进出。我夫妇带着婴儿则搬到后院后进居住。后进是正房两间，上有阁楼。我夫妇也住在西间，可与中进西间临窗相望，易于呼应照顾。这间房又隔成里外两小间，里间做我夫妇卧室，外间则安排为地下联络点接头议事的密室。后进东间是大会客室，丁良典来为了读书安静，是住在后进阁楼上的，现在则在东间增设一张床铺，既可在楼下随时照看后院和后大门，也可以随时到楼上观察附近街巷邻舍的动静。

从上述可以看出，地下联络点实际使用的是中进西间、后进两间和整个后院。那么，中进东间和临街的第一进安排什么人住和采取什么措施，对地下联络点的保密和安全，就事关重大了。丁良典根据实际情况，建议把中进东间继续借给原籍宿县一个中年女教师和她在南京当中学教师的弟弟同住。

人世间常有许多偶然性的巧合，中华人民共和国成立后得知她这个弟弟当时已参加了南京地下党领导的地下活动，中华人民共和国成立前夕加入了中国共产党。临街的第一进，借给由原籍来南京避战火的一位同族长辈居住，他是抗战胜利后介绍我夫妇订婚的媒人。他的长子是我中学时代的同班同学，不久也携眷来南京，与其父同住第一进，之后他的三个弟弟也来同住。这样一来，前院住的两姐弟一家和父子们一家，都是我家的同乡、世交、至亲和好友，底细都很清楚，又是投宿而来。我和良典认为，这种亲友借居关系，不仅平时都会友好相处，即使有什么风吹草动，一般也不会对我家暗加伤害，不会干出出卖我家的事来。

为了确保安全，预防万一，丁良典对进出住宅、送往迎来等问题，提出了具体要求，要大家切实遵守。他要求党派来的人，一律从后院侧巷后门进出，要求我和爱人迎送党派来的人只到后大门为止，不出大门一步；平时买菜购物，出出进进，要求我爱人抱着婴儿，给人以标准“家庭妇女”的印象。

良典对我说：你可以戎装整齐地大模大样地从临街正门进出；他自己则经常戴着“建国法商”的大学校徽，从正门进进出出，凡来地下联络点活动的同志包括国民党高级军事机关中地下情报策反战士，都由侧巷后门进出，但其他国民党军事机关、部队的军官、同僚等，都由我在临街正门迎送。这样一来，真真假假，假假真真，俨然的堂堂正正的“国民党军官公馆”，把“共产党地下之家”的真相掩盖起来了。

尽管如此，还是要居安思危，没事想到有事。丁良典说：万一出现敌情，也不必慌张，沉着应战。他的预定方案是：敌情到了前后大门，地下工作同志可以从卧室角门，通过我夫妇的卧室，登梯上阁楼，站到侧巷的角门边听听动静；如敌情发展到后院以至楼下，则可轻轻开开角门，一步跨到围墙上，背阁楼后墙而立，再听动静；如果敌情发展到房内，进而上阁楼搜人，这时即可从后围墙跳到后邻矮房，跃过连片几间矮房，俯卧在房脊背后，再听动静或立即逃出虎口。这是预防万一的应急方案。

在那风云变幻的日子里，尽管精心安排种种方案，还是整天提心吊胆地生活着。记得有一天，我家初生的婴儿小红突然发起高烧来，我爱人急得没法，就打了电话给我。恰巧，这时我正陪着汤恩伯和几个头目在江防作战室里，看着军用地图听取江防兵力部署和研究作战方案。听说有电话叫我，我非常紧张和担心，生怕敌人产生疑虑，于是就斩钉截铁地回了她一句话："你不要婆婆妈妈的。"这句话使我爱人惊恐万状。原来我和她约定过：为预防万一，地下联络点和地下工作者如发现危险征候，就立即报警，隐语就是"不要婆婆妈妈的"。她听到这句话，估计我发生了问题，十万火急，连小红的病也顾不上看了，立即做了应变的措施。直到我下班回家，才知道是一场虚惊。至于担任地下交通的同志，一次次地传送情报，也是备尝辛劳，历尽艰险，有时要废寝忘食，夜以继日；有时要顶风冒雪，风餐露宿；有时要乔装打扮，闯过一道道难关。这里限于篇幅就不一一叙述了。

时间紧急，不冒点风险，岂能成大事？

国民党长江防线原定的作战方案是这样的：在长江南岸设立阵地，配备主力坚决防守，以阻止人民解放军强渡长江；在长江北岸设置桥头堡阵地，以长江北岸沿江的主要城市作为支撑点，凭借海空优势，支援江北桥头堡阵地，以阻滞人民解放军进入渡江准备位置。据此，敌江北桥头堡阵地只配备有限兵力，如在安庆放一个师，裕溪口放一个团，浦口是首都的屏障，也只放一个兵团，瓜州放一个师等。他们鉴于江北桥头堡阵地东西线拉得太长，兵力薄弱而分散的情况，决定在人民解放军向江北前哨阵地搜索进逼阶段，用长江南岸主阵地的机动兵力去江北出击，得手后迅速撤返南岸。敌人这一如意算盘即江北扫荡计划，很快随着国民党芜湖张奇华二八二师和江宁王晏清九十七师的起义而凄然告终。于是，长江北岸的敌人，被迫龟缩在孤立分散的桥头堡据点内不敢动弹，只能等着挨打；同时，也使敌江北沿江据点之间漫长广大地带成为真空，有利于我渡江大军接近和控制长江北岸，进行渡江侦察和渡江准备。

1949 年 4 月中旬，我人民解放军进攻和拔除敌江北桥头堡据点的渡江序战开始了。在东线，我渡江大军于 4 月 17 日左右，以迅雷不及掩耳的攻势攻占了敌江阴要塞的屏障江北八圩据点；与此同时，西线渡江大军进攻江北重要据点安庆的战斗也开始了。在此渡江前夕，我们这些地下战士，立即投入了争分夺秒的地下情报战斗。现在记忆犹新的有下面几件事。

当我人民解放军进逼和向安庆据点发动进攻时，敌守军桂系的一个师，即向汤恩伯求援，汤开始按兵不动，不予理睬；继而迭电告急，汤考虑要尽可能保住江北桥头堡阵地，也为了照顾与当时伪代总统李宗仁和伪华中“剿总”总司令白崇禧桂系头目的关系，才决定派兵支援。抽掉浦口李延年兵团九十六军，转道长江南岸，向安庆驰援。

这一情况，我非常重视，从我得知安庆敌军第一份求援电报起，就时刻注视着事态的发展；当得知汤恩伯派九十六军驰援安庆的情报后，我立即把它送到地下联络点，紧接着，把九十六军的行军路线、行军日程、宿营地点等最新情报，及时地向卢伯明同志做了汇报。而后，又很快得知，敌九十六军到达安庆对面的长江南岸时，北岸安庆的桂系师已仓皇过江南逃，九十六军不仅扑了个空，而且也不能再回防浦口，使敌屏障首都的兵力减少了一半。此情报又及时地向卢伯明同志做了汇报。

1919 年 4 月中旬的一天晚上，卢伯明同志匆匆忙忙来到我家地下联络点，交给我一项紧急任务，要求侦取到安庆至芜湖间重点是荻港一带敌人江防兵力配备的全部情况，越快越好，越详细越好。这个任务在当时来说确实很艰巨，因为要了解某一具体地段的敌情，已属战术范围，这在敌江防最高指挥部里，没有把握搞到，要是到敌绥靖区和兵团机关去搞或到实地去猎取，那难度是很大的。

同时，汤恩伯江防总部，此时已加强对内部人员的特务控制，稍有不慎，就有暴露的危险；但是，这一任务一定要坚决完成。怎么办？我正在到处窥测时机时，正好主管这段防务的参谋人员古某要外出视察江防，这时我当机立断，利用老同学、老同事的良好关系，毛遂自荐暂时代理其业务。在代理他参谋业务的短暂时间里，发现了第七绥靖区新报上来的荻港地段兵力配备详细军事图。可是这张图细致而复杂，不是看一眼就记得的，如要重绘一张，非几小时不可，在办公室怎么进行呢？如把图带回家也很危险，万一视察江防的人突然回来，岂不败露！再说，带这样的文件出大门，也可能被发现。我左思右想，难下决心。

然而，我再一想："我军将要横渡长江，时间紧急，不冒点风险，岂能成大事。"最后果断决定：背水一战，把江防图带回家。下晚班时，我把江防图装进上下班常带的公文包里，怀着警惕和紧张的心情将图安全地带到家即地下联络点。这天晚上，卢伯明也来了，为了同志的安全，劝他走了。到夜深人静时，我和爱人丁明俊一起，把这一江防军事图上的兵力配备情况，详细誊记下来，连在荻港一带敌人江心洲上一个排一个班的配备，都没漏过。我俩彻夜未眠，直到东方发白，吃过早饭，我上班后把图放回原处，我爱人则把誊记下来的那份图迅速转交给卢伯明同志。

已经到 1949 年 4 月 20 日左右了，卢伯明又突然交给我一项十万火急的情报任务，就是要迅速侦取到敌人在长江南岸全部炮兵火力的配备情况。我当时对敌人炮兵部队和炮兵业务不熟悉，但我完全理解党下达这一任务，是为我渡江大军做渡江攻势的战前准备，是至关重要的。

于是，我怀着迎接大军渡江的激动心情，马上投入了猎取最新炮兵情报的战斗。就在这一重要时刻，敌江防总部突然宣布，规定机关内部人员不准外出，一律住在机关内保持紧急战备状态。这样一来，我取得的情报如何送出去就成了问题。如果偷着回家，容易暴露；如果让卢伯明去取，风险更大。面对这突如其来的情况变化，卢伯明沉思了一下，把任务交给了我爱人丁明俊，卢说："看来这任务只有借重嫂嫂了。"

我和爱人商定的联络方法是：我爱人装着抱着孩子到中山陵去玩，在敌江防总部东边一条白杨路上和我见面。我则利用敌江防总部忙于加强和视察江防炮兵战备的时候，捕捉机会，越俎代庖，取得了敌长江南岸全部炮兵火力配备的情报，到约定的那条白杨路上交给了我爱人。当天晚上，卢伯明就到地下联络点来，从我爱人手中取走了这份紧急的重要情报。

地下情报起了大作用

震撼世界的渡江作战开始了，1949 年 4 月 20 日和 21 日，我西路和东路大军首先在安庆、芜湖之间和江阴一带江面，万帆竞渡，打过江来。敌江防总部惊慌失措，试图以二十四师快速部队前往防堵，但又惧阵不前。于是，敌人西起江西湖口，东迄江阴，惨淡经营几个月的千里江防，溃于一旦。

这时，我渡江大军从东西两面对敌首都南京钳形夹击合围之势已成。汤恩伯江防总部于 4 月 21 日午前，迅速决定成立上海指挥所。我根据过去取得的情报得知，敌人原定部署是：如我军渡江成功，他们将撤到太湖以西苏皖两省南部山地做第二阵地，趁我军刚渡江立足未稳之际，与我军进行决战。现在尚未见到敌人下达江防部队撤退的命令，却急忙成立上海指挥所，这里有什么新的阴谋，需要迅速察析，应敌人转移上海，到上海指挥所去侦取新的情报。

4 月 21 日午后，我回到地下联络点来，打算就下一步的行动计划，和卢伯明同志商量决定。但是，一直等到深夜，卢伯明还是未来。情况紧急，时不我待，我做了最后抉择：继续坚持在敌人心脏里盯住敌人，决定第二天早上乘早班火车到上海指挥所去。这时我爱人对我说："解放军从南京东西两面渡江，敌人势必从南京赶快撤退，你留在家里等南京解放不好吗？"又说："如果真的一定去上海，我可以带着孩子陪你一起去，还像在南京一样有个家，党和同志还会照样需要我，也能助你一臂之力。"

我沉思了一会儿，然后坚定地说："组织上交给我的战斗岗位是在敌江防总部的心脏里，我不能擅自离开我的战斗岗位。转移上海，盯住敌人，是当务之急。现在，卢伯明同志没有来，我们都走了，就会和组织失掉联系，你应该在南京站完最后一班岗，等待南京解放军和卢伯明同志到来。"

我于 4 月 22 日，乘最后一班列车去了上海。临行前，我又留下两份情报，写了一封短信，把妻子婴儿托付给卢伯明同志，就匆匆离家了。我到上海得知，汤恩伯江防总部于4月25日转道杭州撤退上海，又急忙收罗残军，组织起所谓“上海保卫战”。此间，我几经周折，紧张地辗转寻觅，终于和王月英同志取得了联系。

这时，我们得知了一个重要消息：南京政府的首席和谈代表张治中先生，因和谈破裂，滞留北京，是回南京复命还是留在北京参加人民政府，正在犹豫之中。根据周恩来的指示，我和上海地下党的同志，想方设法极其秘密地把张治中先生的妻子儿女（还有保姆）一行8人安全地送到了北京，使张治中喜出望外，立即坚定了留在北京的决心。在此期间，我和王月英同志一直保持着联系，坚持着用一件件地下情报迎接了大上海的解放，迎接了渡江战役的全部胜利。

4月23日，南京解放了，那天，街上的秩序还很乱，南京人民纷纷涌上街头，欢声雷动，热烈欢迎伟大的人民解放军，热烈欢呼永垂史册的渡江战役的胜利，热烈庆祝天翻地覆的南京解放。

这时，卢伯明和他的爱人刘贞同志来到了我们原来的地下联络点，我爱人和他们热烈握手庆贺，情绪十分激动，她向卢伯明汇报我去上海的情况和始终盯住敌人的决心，并把我留下的情报交给了他。卢伯明也满怀豪情地对我爱人说：“这次西路渡江大军从荻港江面突破，沈世猷搞的情报起了大作用。”又说：“我们要向全国进军，要解放全中国！”

紧接着，渡江战役的前委首长刘伯承司令员派一位同志身着便衣到了我家，亲切慰问，并再三说，沈世猷同志在敌高级军事机关里工作，作用很大，要继续坚持地下斗争，党组织会采取一切措施保护他的安全，同时也要求我爱人不要暴露身份，以防意外。党组织的关怀鼓励和叮嘱，使我和全家内心深处倍感欣慰。

（本文选自《金陵破晓　纪念南京解放40周年史料专辑》，南京出版社1989年版，原标题为《战斗在汤恩伯江防司令部中》）

陈修良*：南京地下党的斗争

南京地下党的形势

1947 年下半年，我军由战略防御转入战略进攻，国民党军队节节败退，经济上日趋崩溃。为了镇压革命力量，国民党政府先后颁布了《维持社会秩序临时办法》《戡乱时期紧急治罪法》《特种刑事法庭组织条例》等一系列反动法令，妄图维持其摇摇欲坠的统治。面对这种形势，中共南京市委充分估计到敌人垂死挣扎将给我们工作造成的极端困难，一面强调"稳扎稳打"，继续动员群众与反动派做斗争，揭露他们的腐败；一面撤退一部分暴露的党员与非党进步人士到解放区去，同时加强重点工厂、学校、机关的组织力量，加紧训练干部。

1948 年 1 月，工人工作委员会（简称"工委"）的一个负责同志彭原因叛徒李长荣告密被捕。李原是京沪铁路工人、下关站支部委员。1946 年参加"同心会"，后向敌人自首，并在上海接受了军统特务的训练。次年 7 月被派回南京。他伪装革命，与下关车站支部委员张家元联系，企图重新混入党内，进行破坏工作。由于我们警惕性不高，彭原在同他联络时被捕，同天被捕的还有张家元、孔罗礼，

* 作者时为中共南京地下市委书记。

后来又陆续逮捕了4个党员，致使下关支部的活动完全停顿，书记马继善等5位同志不幸牺牲。

彭原被捕一事，对我们领导机关威胁极大，因为他同市委负责人都很熟悉，万一出错，我们就无法在南京继续工作了，但彭原同志坚贞不屈，虽遭酷刑，拒不供出党的关系，因而组织没有被敌人破坏。这一事件，教训十分深刻，主要是领导思想麻痹，对敌人的阴谋估计不足，使得下关党支部工作长久不能恢复，这是当时南京地下党一次最大的损失。

两浦铁路工人中党的组织力量较强，1948年6月市委决定在这里发动一场大罢工。从5月开始，工人们就一再向厂方提出发还欠薪，要求发米贴，但路局根本不理，黄色工会则站在厂主一边，我们因此决定领导工人进行斗争。事前党在两浦地区已经发展了一些党员，分布在浦镇机厂各主要车间，浦口的车务、机务、检车段、港务所等处我们也做了布置。

6月中旬因米贴问题仍然得不到解决，群情激昂，向黄色工会提出要求，结果工会与厂方互相推诿。7月2日，两浦地区一场暴风骤雨终于爆发了。浦镇机厂工人率先罢工，浦口工人迅速响应，声势浩大，工人们高呼："两浦铁路工人团结起来！"当浦镇罢工工人游行队伍到达浦口车站时，连自来水厂、电厂工人也闻讯而起，参加了罢工，弄得两浦机器停开，机车不动，车站无人售票，水电也没有供应，一列列军车都不能开出。两浦工人的罢工严重影响了津浦、陇海等路列车的正常行驶，急得国民党政府毫无办法。铁路当局向法院控告工人罢工是"捣乱""破坏秩序"，由于"本月初正值中央大军与匪军激战于黄泛区之间，运输部队军用物资万分紧张，实为有意妨害戡乱"。他们虽然逮捕了一些工人领袖，但广大工人群众并不妥协，一致要求改善生活，争取生存权利。最后，反动当局无可奈何，只好答应了工人的部分要求，释放了被捕工人。这次罢工宣告胜利。

两浦铁路工人的工潮也影响到其他产业部门。要求发放米贴的消息一经传出，各工厂纷纷掀起工潮，资源委员会下属的几个企业，永利铔厂、兵工系统都行动起来，这些斗争基本上均取得了胜利。共产党在工人中的威望日益增强，党员数量也不断增加，同时又开辟了一些空白单位的工作。

“五二〇”运动后，国民党以中央大学为重点在各校施行了大逮捕。市委为此进行紧急讨论，坚决领导群众举行反迫害斗争，鉴于国民党当局不许学生组织自治会，破坏民主选举，1948 年 4 月 1 日，我们成立了“中央大学学生争取自治院系联合会”（后改组为“学生院系自治联合会”），使敌人难以达到控制目的。由于群众拥护，反动派无法摧毁，中大学生争取自治反迫害的斗争，也取得了胜利。后来我们还举行“清贷运动”对抗国民党政府取消放贷金制度，学生发起组织“自费学生请求贷金联合会”，向院方交涉，争取社会的同情。4 月间自费学生因交不出伙食费，食堂停发伙食，100 多位一年级学生发表了“绝食宣言”。这些斗争大都取得了胜利。

5 月间市委研究继续开展反卖国、反独裁、反内战斗争，决定发动全市性的“五二〇”运动周年纪念，举办讲演、营火晚会、歌咏大会、史料展出等活动，学生、市民踊跃参加者达数万人。

5 月 21 日，纪念晚会演出《典型犹在》（把蒋介石比作袁世凯）的戏剧，被特务捣毁会场，数名学生被捕，关在国民党青年部机关里。学生们怒不可遏，将“青年部”牌子换成了“特务部”。这次斗争政治影响很大，《中央日报》专门发表社论，扬言要对学生“操刀一割”。

果然不久，敌人终于向青年学生举起了屠刀，国民党派特务、警察进入宿舍，大肆逮捕进步学生。市委对此早有准备，分批撤退了一些党员和群众到解放区或其他地区去避难，同时发动群众抗议、反对传讯学生，营救被捕学生。

7 月 6 日的逮捕，朱成学、李飞等 3 名党员被捕，他们是出走去解放区，在水西门与交通接头时被捕的，后来被判了重刑。8 月 19 日、11 月 25 日和次年 1 月，国民党又连续进行了三次大逮捕，其中以 8 月的一次规模最大。登报指名到法院传讯者达 228 人，被关押入狱者 115 人，在反大逮捕斗争中，我们虽然遭到一些打击，但也得到了很大的收获。从此以后，国民党在学生群众中的一切欺骗都失效了。南京学生在解放前夕所进行的壮烈斗争确实是可歌可泣的。

根据中央指示，因为形势变化，需要我们总结在蒋管区工作的经验，所以上海局于香港举办了几期干部训练班。参加学习的主要是上海、南京、台湾三个方面的部分负责干部。这种训练班既像小整风，也像学习班，以总结工作经验为主。上海局书记刘晓告诉我，上海局已在香港办了干部训练班，南京、台湾、武汉等地的干部也要去学习。

南京可去四个人，单独成立一个训练班，名单由市委自己决定，时间约两个月。讨论结果派了下列同志前去，“工委”方面：陈慎言、高骏、叶再生、曾群；“学委”方面：王明远、欧阳仪（女）、颜次青、翁礼巽、胡立峰、李照定；商场：陆少华；小教：潘家珍（女）；公务员：王嘉模。

上海局决定由我去香港领导南京总结经验。6 月间，我同刘晓一起搭轮去香港住在上海局的机关里，其余同志住在训练班，经常由学习班负责人王明远或陈慎言汇报学习讨论中的问题。记得当时我还到台湾训练班去讲了题为“公开工作与秘密工作”的课。经过认真学习，上下反复讨论，我们按照上海局的意见，写出了《南京建党总结》，这个文件总结了前一阶段的成绩与缺点，对后来工作影响很大，起到了统一思想的作用。

8 月中旬，我们忽然接到上海来电，得知南京发生朱、华、李三人被捕的事件，刘晓让我和王明远两人先行回宁，处理有关事宜。我们将这个总结抄了一份，其主要内容包括：党的工作的成绩、缺点及其原因；领导作风问题；今后建党方向；发展党组织的需要以及怎样发展党员；发展与巩固相互关系；健全支部组织；改进支部工作和干部问题等。

我和王明远回到南京，处理了中大学生被捕问题，虽然敌人捕去了我们一些同志，但党的组织还完整地保持着。我把原住的地方让给王明远，住进了林征、江谨同志家里。这个地方在湖南路 223 号楼上。

1948 年 9 月，刘晓又来信要我去上海讨论工作。上海局估计南京会比上海早解放，所以要做好紧急准备，南京党的中心任务是加强情报与策反，迎接解放军渡江。为了防止敌人破坏，党的秘密工作要重新布置。南京党须先提出自己的新任务，改变工作计划。讨论结果由我执笔写了一份《上海局给南京市委的指示信》，时间是 9 月 27 日。信中介绍了全国解放战争的形势，要求南京方面继续巩固与扩大党的组织，积极进行策反、怠工等破坏工作，注意研究敌人政治经济的动态，开辟文化宣传部门及建立外县、近郊农村党的组织，输送干部至解放区和加强群众工作等。

市委讨论了这封信，做出如下措施。

一、成立策反部门，调史永负责。策反工作由上海局委托我单线联系。通知全体同志，凡是在军事机关有起义可能的线索，均集中于策反部门，策反部门对上海局负责。

二、建立文化工作委员会，由王明远兼管，学生工作委员会书记由盛天任担任。文委下面还有一些报馆关系和新闻记者。利用国民党军队的演剧七队组织地下文工团掌握电台、电信局等机关，解放军尚未入城，我们就广播了南京解放的消息。

三、加强警察工作委员会，任务是准备解放时维持地方治安，保卫安全。

四、建立公务员工作委员会，下面分几条线，有国民党政府、国民党中央党部、市政府的各个部门；军事机关有国防部、美军顾问团、六二兵工厂、兵工署等机关。中华人民共和国成立时这方面共有党员 100 多人。公务员工作主要是搞情报，保护档案、资料。另外，公务员工作在南京还有特殊作用，如应付户口，造身份证，侦察敌人动态等。

为了减少解放军流血，顺利占领南京，我们首先考虑加强策反工作，准备里应外合，使敌人的海、陆、空军失去抵抗力，内部发生动摇，弃暗投明。在敌人溃退前，要防止破坏，保卫好人民财产，反对国民党迁移人力、物资去台湾；并应考虑为中华人民共和国成立后的接管做好准备，以便我们能够顺利地接管城市，恢复生产。因此，须多采用攻心战术，使国民党的公务人员不跟着逃跑，有用之才留下来，为新中国服务。

里应外合，多次成功起义

1949 年 1 月，“工委”委员叶再生因叛徒告密不幸被捕，为了避免牵连，我只好又一次搬家，搬到鲍浙潮同志为我准备好的一个秘密机关，在中华路 85 弄内。鲍浙潮的公开职业是华德电料行经理，该行主要股东系上海益丰搪瓷厂老板、鲍的表兄闻鸣皋。上海局通过鲍的关系，在这个店里投资。后来，因为我在南京没有职业，上海局遂将华德电料行的股票归入我名下，鲍浙潮的组织关系也由上海转到了南京，由我同他个别联系。鲍的老伴邱嵋林同志也尽力掩护我们工作，我在这个地方一直住到南京解放才离开。鲍除做掩护外，还承担管理电台的联络员工作。上海局当时有一个秘密电台设在南京，派了庄佩琳、丁宁来做译电员，住在玄武湖附近，由鲍负责联络。

1948 年 12 月 16 日，南京发生俞渤驾驶 B24 轰炸机起义的事件，对蒋管区震动很大。俞渤原是国民党空军第八大队的飞行员，有一定的正义感，厌恶内战，积极寻找我们党的关系。原来由上海局派林诚医师同他联系，林是南京空军医院的军医，后来上海局把林诚的关系交给了史永。俞渤要求在起义前批准他入党，我们批准了这个请求。

16 日晚，蒋介石正在空军俱乐部召开庆祝会，嘉奖飞行人员，俞渤登机起飞了，本想把炸弹扔在俱乐部上面，可惜没有命中。一阵爆炸声震动了南京全城，国民党紧张得全城戒严，侦骑四出，并派飞机进行追击，但一无所获，这架飞机一直飞到石家庄解放区机场去了。

驾机起义前，我们曾通过潘汉年在上海的一个电台（刘人寿同志负责）打电报给中央，询问飞机降落地点及信号。中央回电：“可在石家庄或沈阳机场降落，信号是一块白布。”俞渤的飞机内共有 5 个人，因汽油不足，飞不到沈阳，于是就在石家庄降落了。飞机到达时，石家庄城防司令员曾涌泉亲自出迎，当地军民欢声雷动。这是第一架从南京起义的飞机，接着上海、西安、杭州、香港等地均有飞机起义，投往解放区。

南京警卫师是蒋介石的御林军，师长王晏清，我们一个做新闻工作的党员李益之（陆平）通过关系，得识开明人士邓昊明。邓思想比较进步，他的外甥王晏清是黄埔军校毕业生，被蒋介石重用，委以九十七师师长。该师有三个团，第一团是保护蒋介石的，第二团保护陈诚，第三团保护顾祝同。邓力劝王不要再为独夫民贼蒋介石效忠。开始他尚有一些犹豫，说："我可以背叛国民党，但不能背叛蒋介石，他是我的老师，他是好人，下面用的有坏人，他是受骗被包围的。如我领队起义，别人会骂我忘恩负义。"邓昊明反复晓以大义说："顺乎潮流的起义是大节，忠于个人是小节。"最后终于说服王晏清，决心站到人民一边来。王要求会见我们市委负责同志，我们派史永同他见了面，王看到我们对他十分信任，热忱很高，遂下定了起义的决心。

1949 年元宵夜，李益之在王晏清家中，大家装作打麻将，讨论起义细节。会上决定：（1）把部队驻扎在靠近解放区的江宁县板桥镇，通知解放军告之渡江日期，警卫师让出一段路给解放大军通过；（2）九十七师先占领下关，阻击浦口国民党二十八师撤回江南；（3）派一个团到城东占领重要党政机关，如后勤司令部、总统府、兵工署、飞机场等，在解放军入城之前控制南京，活捉战犯，使解放军可以顺利占领。这个计划经过详细研究，我们以为很有把握。

王晏清在起义前，要求同我第三野战军通一次电报，并把九十七师的电台呼号告诉了我们。李益之也把三野的密码告诉了他，但没有讲清呼号。王晏清回到板桥师部，晚间忽然打了一个电话给邓昊明，询问三野的呼号。此时李益之正在邓家听到此事大吃一惊。次日邓即向史永做了汇报。果然不出我们所料，邓昊明很快就被敌人监视了。我们立即通知邓、李，火速逃往香港，他们先到了上海，后在沙文汉等安排下方才脱身而去。

敌人发现王晏清有叛变的嫌疑，即由南京卫戍总司令张耀明邀请其去他家吃饭，王不知他的用意，欣然前往，结果被张扣留软禁，要王交代问题，王拒绝不肯招认。后来卫戍司令部副司令覃异之私自放走王晏清，王弃家出走，回到板桥师部，马上带了两个团北渡长江前往解放区。另一个团尚在城里，王打电话要他们一同过江，由于团长不在，无人指挥，未能成功。事情发生后，正在溪口的蒋介石大为震怒，他一面派兵追击，一面用飞机轰炸，并撒下许多传单要部队回去，扬言谁拿王晏清头来赏洋 5 万。当时王带过江约 4000 人，后因被追击，多数逃散，只有一个直属特务连 100 多人平安到达解放军驻地。

“学委”委员沙轶因的姐夫杨兆龙当时任国民党政府检察署检察长，思想比较倾向革命。我们通过沙的关系，派白沙同志去和他谈话，杨兆龙深感国民党政府腐败，司法界黑暗，决心弃暗投明，为共产党做一些工作。我们要他同代理总统李宗仁商谈释放政治犯。李宗仁表示要求与我党商谈和平问题，这在当时我们是不能决定的。我们主要担心危险时刻，国民党可能会杀害政治犯。后来李宗仁有事去广州，我们又让杨兆龙跟踪前往，通过反复工作，李迫于全国形势，终于下令宣布释放政治犯。我们南京被捕的几个党员和进步群众也得以释放。

杨兆龙在南京解放前夕，还将最高法院检察署的档案材料保存了下来，中华人民共和国成立后完整地交给了军事接管委员会，这件事非常重要。这样一个有功人员，不幸在 1957 年反右斗争时被错划为“右派”，1971 年又被“四人帮”诬为“反革命分子”被捕入狱，折磨致死，直到 1980 年他的冤案才平反昭雪。

1949 年 4 月以前，南京市委已经布置通力合作，准备迎接解放。4 月 1 日下午，我们忽然听到建康路一带有许多学生被特务追捕，枪声四起，急促的脚步声逼近我们住处的小巷口。开始我们以为是来捕人的，但却不见有人进巷来，猛抬头看到一批便衣特务在殴打一群学生。我们知道出事了。我不顾一切去找王明远（他负责学生工作），查问学生游行示威是谁布置的，他说连他也不知道。后来查明这件事是大学党组织擅自发动群众搞起来的，未经市委同意。学生们要国民党飞往北平的代表答应共产党提出的八项条件，立即停战，因此遭到国民党反动当局的屠杀。

那天下午正当学生游行结束、队伍纷纷回校时，国民党南京卫戍总司令张耀明奉蒋介石之命，派遣军警、特务殴打剧专、政治大学的学生，中央大学党组织率领学生队伍到总统府示威，亦遭暴徒毒打，结果学生被打伤 100 多人，打死 3 人，成为有名的“四一”惨案。

次日，南京大专学校学生组成“四一”血案后援会、控诉团等，发表了《告全国人民书》《关于四一血案驳中央社的声明》，接着又发出《致北平和谈代表会议电》《再致北平和谈代表会议电》，周恩来同志得此消息后，提出要国民党政府对“四一”惨案做出处理。

4 月 4 日毛泽东同志代表党中央就“四一”惨案发表了《南京政府向何处去？》的文章。新华社发表了《南京惨案与和平谈判》的社论，宣称：“南京及一切其他惨案中牺牲的爱国人民报仇的时候已经不久了，南京及全国人民解放的时间已经不远了。”

中华人民共和国成立以后，华东局副书记陈毅在一次会议上，批评我们不应在即将解放的南京发动“四一”游行，我连忙承认了约束不严的错误。这是黎明前的一次大搏斗，虽然群众受到惨杀，但政治影响极大，烈士们的鲜血没有白流，蒋家王朝的末日就要来临了。

迎接解放，胜利会师

我们估计战火迫近南京时，敌人可能采取如下行动。

一、负隅顽抗，死守南京，力图造成南北划江而治的局面。

二、且战且退，逃向西南。那时敌人会纵火烧杀，破坏全城，如工厂、学校、机关、仓库、码头、轮渡及各种设施，劫走档案、文物等。

三、插白旗投降。

这三种行动以第二种可能最大，因为敌人兵力不足，派系林立，不可能固守南京；插白旗投降也不大可能，因为蒋介石嫡系汤恩伯手中尚有军队，他们是最顽固的一派，决不肯轻易投降。因此我们必须做好保护人民财产的充分准备，按照上海局的指示，南京党提出以下几个方面。

一、瓦解敌人宪警力量（可惜警卫师起义时没能占领南京）准备内应。

二、组织群众护厂、护校，保护机关、仓库，维持地方治安，特别要重视人民的自卫力量和利用敌人的警宪力量。

三、调查敌机关人员、物资、地产、特务组织，准备接管。

四、稳定人心，宣传我党的方针政策，使大部分公务人员留下，为人民服务。

国民党虽然前线已溃不成军，但在南京城内还是敌强我弱，所以我们仍然需要“积蓄力量”“待机而动”，利用合法组织，进行工作。当时敌人在各机关组织了所谓“应变会”，准备逃跑。这个组织各种人物都可参加，有许多是同情我们而准备留下来的。

我们及时调整了党的组织，以适应日后的接管工作，抽调一批党员去加强工人、学生、店员、公务员等工作；加紧组织工人自卫队，布置夺取敌人武器；发动一部分群众和党员参加“应变会”，保护工厂、学校、机关，并通过“应变会”进行调查研究，清点物资，登记造册。中大“应变会”甚至从警察大队弄到200多支枪和一部分弹药，武装了纠察队，用以保护学校安全。

据不完全统计，南京城内工人、苦力、店员组织起来的自卫队约数千人，警察内部可以控制的约2000人，保护了全市土地财产登记册，并制作了300余本图册。按照接管系统分为几类，如国民政府、市政府、军事机关、学校、报馆、公用事业、电台、邮政等，按我们党的组织也做了调整。大约有800多党员准备去配合解放军进行接管。中华人民共和国成立以后，我们很快配合进城部队参加了军管会的工作，地下党员熟悉情况，解放军称他们是“引路人”。

此外，我们还通过邮局，发出许多给国民党各机关负责人的信，宣传党的政策，要求他们立功赎罪，保护人民财产，规劝他们不必弃家逃往台湾。

经过努力，在保护人民财产方面，大家做出了应有的贡献，敌人没有能够达到破坏的目的，除下关车站和国民政府司法行政部被敌人临走时火烧了一部分外，其余机关均完整地保护下来。南京的电灯、自来水、电信、轮船、火车、汽车交通等在中华人民共和国成立时均未停过。我们能够做到这些，经过了艰苦的斗争。

例如，敌人本来要把永利铔厂迁往广州，并威胁说，如不迁走，就要放火烧毁。我们立即联合职员、工人一同护厂，反对迁移。我们的口号是“职工团结，劳资合作，保厂护家，共渡难关”。同该厂厂长协商的结果，决定不迁，并组织了保厂护家指挥部。为了防止敌人破坏，加固了门窗，增加纠察队站岗，围墙加电网；厂方还出了一笔钱，买了三个月的粮食和咸菜，准备长期对抗，这个厂终于完好地交到了人民的手中。

利用敌人武装，保护治安。4 月初，市委根据中央“入城指示”，在内部广为传达，这个指示精神大致是：人民解放军已做好一切渡江准备，要地下党也做好迎接解放军进城的准备工作。“工委”“警委”按照市委布置迅速做出决定，控制了各警察局的人、枪、弹药，组织船只迎接解放军部队过江入城，保护重点设施，如电台、电厂、自来水厂、桥梁、仓库等，并利用由我们掌握的力量，维持地方交通与治安。

4 月 21 日党中央发出“打过长江去，解放全中国”“向全国进军”的命令，是日晨，解放军在各口岸发起渡江作战攻势，突破了敌人的江防。22 日南京城内已经能听见隆隆的炮声。23 日晚，强大的人民解放军势如破竹，攻入南京。

我军渡江入城前，敌人纷纷向南溃逃，城里成了真空地带，一切镇压人民的统治力量完全解体。这时有不少坏人想趁火打劫，市委立即决定号召各部门各级组织，全力以赴保护好人民的财产。解放军渡江时，由于上海局策反工作成功，林遵第二舰队在笆斗山起义，狮子山炮台也起义了（台长是一个党员）。此时，国民党长江防线全被踏破，但敌人并不甘心失败，溃退时还打算破坏老江口轮渡栈桥，由于工人群众勇敢斗争，敌人的阴谋未能得逞，南北交通保持畅通，我军渡江顺利。

24 日拂晓，在我地下党员率领下，以水上警察局二号巡艇为首的第一批巡艇到浦口去迎接人民解放军，这是敌人“封江”以来从江南抵达江北的第一批船只，但单靠巡艇还不能承担这么重的运输任务，因此我们又组织民船和停泊在下关沿江一带公私营轮船公司的大小机动船只一起出动，很快帮助解放军渡过了所谓天险，特别是老江口的栈桥，火车轮渡发挥了很大作用，一次便能运载一个团以上的人马、大炮、战车等。当时敌人的飞机还在轮番轰炸扫射，但已经无法阻挡我千军万马。

从 24 日清晨到中午，经轮渡往返不停运输，胜利地把停留在江北浦口一带的人民解放军三十五军全体人马渡过了长江，浩浩荡荡进入南京城。

三十五军政委是何克希同志，我和他很熟悉。他带领队伍先行进城，驻入励志社，作为军部办公地点。他在打听我的下落，我也在打听他的行踪，后来得知他们已经到了励志社，我立即于 24 日清晨坐上一辆接收来的吉普车直驰而去，要求同何克希见面。当时我还穿着老百姓的衣服，门岗禁止车辆进去，我说明了身份与求见何克希的来意，门岗立即通报。何克希见到我高兴得跳了起来，连声说："我们会师了，我们会师了！"

会客室里忽然走出一个老相识陈同生同志（当时是三野联络部部长），手捧一包东西交给了我，他笑嘻嘻地握住我的手，指着东西说："这是你们最需要的东西。"我问："是什么？"他说："华东局叫我带来给你的一包电台密码。"这时我才恍然大悟这就是南京快解放的几天前，我通过上海局打电报向华东局要的密码和呼号，就说："现在已经解放了，我也不再需要打电报了。"可是他一定要我收下，说："这是我的任务。"后来我将这包东西原封不动地交给了刘伯承同志。

又过了几天，华东局负责人都到了南京，他们中间有饶漱石、陈毅、曾山、刘晓等，不久宣布成立新的南京市委，刘伯承任书记，宋任穷任副书记，我任组织部部长，张际春任宣传部部长，陈同生任统战部部长。南京从此从国民党反动统治下解放出来，我也完成了党交给我的地下工作任务。

（本文选自《江苏文史资料集粹·革命斗争卷》)，1995 年版，原标题为《在敌人心脏南京的战斗》

章师明*：我所参与的农工党在南京的革命活动

我是1947年7月在上海参加中国农工民主党的，介绍人是当时中国农工民主党华东局和上海市委负责人虞键、申葆文二人。监誓人是当时农工民主党中央由香港派到上海来的曾伟同志，他也是当时中共南方局地下党员。

1947年10月我到了南京，在交通部津浦铁路局当实习生。1948年夏，虞键同志来南京帮助重建“农工党”南京市地下组织。他找到我，要我出任“农工党”南京市支部委员会委员，并以铁路实习生职业为掩护从事革命活动。我记得支部委员会委员还有覃汉川、倪伟思、燕非平、朱静芳、梁均超、阳昌明、扬坚等同志。覃汉川同志任支部主任委员，其他委员都做了具体分工，有的负责组织，有的负责宣传，有的负责民运，有的负责军运，我则负责工运和青运。委员会不定期举行会议，交流情况，研究工作，解决问题。

农工党在南京做了大量工作

以覃汉川同志为首的“农工党”南京市地下支部建立以后，在“农工党”华东局指导下，积极进行了革命活动，做了大量工作。根据我的记忆，主要有以下

* 作者时为农工民主党南京市支部委员。

几个方面。

第一，发展党员，壮大力量。支部刚成立时，党员人数不多，主要是一些老同志，经过大家的努力，到南京解放前夕，已有党员400人左右。党员中有工人、农民、公教人员、知识分子、铁路职工、工商业者和旧军警人员等。他们有的编入小组，不定期举行碰头会，会上大家学习形势，交流从事地下活动的情况，研究如何完成上级交下的具体任务等。有不少党员单线联系，工作和情况都通过个别接触联系，我当时就个别联系了40至50个党员。广大党员都以社会职业为掩护，积极从事反蒋民主活动。

第二，编印地下刊物，进行宣传活动。“农工党”市支部出版了地下刊物，向人民群众宣传革命大好形势，揭露国民党反动派和谈阴谋，宣传中国共产党的各项政策，特别是城市政策。具体担任此项工作的是在水西门南京度量衡厂工作的陈继明同志，刊物编印就在他家。在1949年农历年期间，我还到他家了解过刊物编印情况，我也亲自将刊物分发给我所单线联系的党员。刊物的名字我记得叫《前进》。此刊物南京解放后更名叫《前进日报》。还以四开版铅印发行过一段时间，社长是覃汉川，总编辑是郑永欣。

第三，利用各种关系，搜集情报，特别是军事情报送给中共地下组织参考。重要的我记得有倪伟思告诉过我曾经搞到了国民党江防情况。

第四，在市郊建立据点，迎接解放军过长江。“农工党”地下支部积极在南京西郊江心洲和八卦洲一带发展党员，特别是船民和旧军警人员参加“农工党”，把他们组织起来，以配合解放军打过长江。

第五，进行军事策反工作。为了分化瓦解白区国民党反动派统治势力，“农工党”支部在南京解放前做了大量的军事策反工作。其中有成功的也有失败的。从现役军人和特务到街道派出所巡官警察，都是策反对象。当时就有很多军警界人员经过工作参加了“农工党”组织。

第六，受“农工党”华东局的委托，在邻近的省和地区发展党员，建立组织，进行革命活动。我所承担的工作主要是在皖南、安庆和江阴一带。

第七，布置维护社会秩序和社会治安的工作。我记得在“农工党”支部委员会议上曾数次研究讨论在南京解放时，特别是在国民党军队溃退、解放军尚未进城时，“农工党”组织和党员如何全力以赴地维持社会秩序和治安，保护国家财产的问题。此项工作曾布置到党员，特别是参加组织旧军警人员以及管理物资的党员。1949 年 4 月 23 日南京解放时，在维护治安和保护国家财产方面曾起过一定作用，当城里真空时，有些党员就保护过一部分物资，以后移交给军管会的有关部门。

“农工党”在南京解放前做了大量工作，以上仅是我所知道的一部分。

为了迎接解放军过江，“农工党”组织决定，要我在南京近郊江心洲、八卦洲一带发动群众，发展“农工”成员，建立据点。1948 年秋的一天下午，我找到了住南京西郊上新河螺丝桥棉花堤的一位老“农工党”成员肖树茂同志（抗日战争期间，他曾在四川重庆市北碚镇金刚碑“农工党”办的民利制革厂当工人），要他在江心洲农民中间开展活动，发动群众，发展成员，建立“农工党”地下组织，他欣然接受了任务。

在此期间，我曾多次到江心洲一带召开 5 人左右的小型谈心会和进行个别访问，在不到两个月的时间内，就发展了成员数十人，建立了十来个“农工党”小组。另外，我还多次由肖树茂、叶世明陪同到八卦洲去开展活动，通过叶世明在八卦洲也逐步发展了一些“农工党”成员。在上新河和燕子矶一带，我们还吸收了少数要求投靠人民的国民党的军警人员参加“农工党”。经过半年的努力，在上述地方共联系发展了农工党成员近 200 人。在发展成员中，我们有意识地吸收了一些船工加入“农工”组织，以便解放军过江时派船接应。

1949 年 4 月 20 日，百万雄师过大江的前夕，南京的国民党军队就已经全面崩溃。23 日解放军渡江进入南京城，红旗插上了伪总统府。我们在江心洲、八卦洲一带的“农工党”成员，虽用不着用民船接应解放军过江，但当时在协助解放军维持地方治安、保护国家财产，以及协助解放军搜缴国民党溃散部队枪支弹药等方面做了不少工作，起了一定作用。南京城解放后几天，人民解放军进驻上新河时，“农工党”成员将保存和收缴的物资与武器都交给了解放军部队，拿到了收条。

南京解放后，“农工党”中央派季方同志来南京整理党务，成立了党务整理委员会，并建立了西郊“农工党”总支部，以肖树茂同志为总负责人。1949 年 12 月“农工党”中央举行全国五干会议，决定将“农工党”组织中属工人农民的成员，分别交给工会及农会，“农工党”组织不再联系了。

接收吴子培为皖南地区特派员

1948 年秋天，吴子培同志从安徽屯溪市专程来南京找我。吴子培同志是我父亲章伯钧青年时代在安徽省桐城县中学读书时的同班同学，中华人民共和国成立前曾任皖南“贵徽”师管区司令，“北伐”时，任国民革命军第八军副团长。

抗日战争胜利后，吴子培于 1946 年曾到南京找过我父亲，谈到他对国民党反动统治的不满，要求参加反蒋民主活动。我的父亲曾对他说：“我的儿子章师明现在上海同济大学读书，将来你可以找他，要他设法介绍你参加‘农工党’地下组织。你可以在皖南一带进行革命活动。”

1947 年 10 月我离开上海时，父亲对我说：“我有一个小同乡，也是我中学同班同学，叫吴子培。此人虽在国民党政府做过官，但一直不被重用，为人较忠厚，对蒋介石的反动统治不满，想在政治上找一个出路。将来他如果去南京找你，你可以接待他，和他谈谈，如果他要求参加‘农工党’，你可以当介绍人，并要他回屯溪一带发展组织，在国民党军队中搞点策反工作。”由于我父亲的关照，所以我把吴子培同志的情况向“农工党”南京地下组织汇报后，就介绍他参加了“农工党”，由我和他单线联系。

不久，“农工党”华东局的虞键同志来南京时，我又向他汇报了吴子培的详细情况，经研究决定委派吴子培为“农工党”皖南地区特派员，负责在屯溪一带的“农工党”地下组织活动，接受我的具体领导。吴子培同志回屯溪以后，在 1948

年冬及 1949 年春，积极开展了民主革命活动，发展了一批“农工党”地下成员，在屯溪一带进行革命宣传活动，进行策反工作，他还推荐许致中同志为“农工党”屯溪地下组织总干事。

这里值得叙述的一件事就是：皖南解放后，吴子培和许致中同志到南京，向我谈了他们如何策动当时国民党屯溪保安司令方师岳起义一事。据许致中同志说，屯溪即将解放时，他曾到屯溪城里与方师岳接触，说服动员他率部投向人民，方师岳眼见国民党反动派大势已去，当即表示愿意起义，和平解放屯溪。约定当人民解放军向屯溪县城挺进时，以摇旗为标志，欢迎解放军进城。许致中与方师岳谈话以后，立即找到已渡江的解放军某部前进指挥所，将方师岳准备起义的情况做了汇报。但因接谈的同志未及时向上级汇报，而部队又快速前进，致部队到达屯溪时，将放下武器迎接解放军进城的方师岳作为战场俘虏抓了起来。中华人民共和国成立以后，经过了解审查，最后按政策定方师岳为起义人员。

支持吴钟祺率部起义

1948 年冬天，吴子培同志从皖南来南京找我，谈到他有一个儿子叫吴钟祺，是黄埔军校 18 期炮兵科毕业生，现在国民党江阴要塞黄山炮兵总台第 6 台任上尉台长。吴老先生对我说：“现在国民党大势已去，解放军节节胜利，天快要亮了，蒋介石的反动王朝即将彻底完蛋了。我的儿子还很年轻，我不想让他跟国民党跑到台湾去，你可要为我的孩子在政治上找一个出路啊！你能不能介绍他加入‘农工党’，参加革命活动。我的儿子是炮兵台长，将来解放大军打过长江时，他可以率部起义投靠人民。”

当时我有点犹豫，不敢贸然表态。因为他的儿子是国民党现役军人，才二十几岁就当上了上尉台长，政治思想到底如何，摸不着底。因此我推托说：“你的孩子不在南京地区，我们不好联系，以后有机会再讲吧！”他觉察到我有所顾虑，便诚恳地说：“你放心好了，我和你父亲是中学同学，我不会坑害你的，我的儿子对我很孝顺，是听我的话的，在我未找你之前，我们父子二人已谈过了，吴钟祺是想投靠人民，争取有个光明的前途的。”我听他讲得很诚恳，就答应可以考虑向“农工党”地下组织反映，并要他将他的儿子在江阴的地址写给我，我还对他说：“以后的事你可以不管了，如‘农工党’组织同意，由我们派人去江阴要塞和吴钟祺联系，你可以立即写信告诉他说，不久南京章师明可能要介绍一个朋友去江阴拜访他。”

江阴要塞黄山炮台隶属于国民党京沪杭警备总司令部，是长江江防第一线。黄山炮台为国民党江防要塞主炮兵阵地。黄山江面最狭处只有2300米，当时克虏伯15厘米野战重榴弹炮射程30里，国民党军队自恃可以用大小火炮封锁长江，可以阻止百万雄师过大江。淮海战役取得伟大胜利后，人民解放军已逼近长江。我想如能争取到吴钟祺弃暗投明，率部起义，掉转炮口，轰击江北国民党军队桥头堡阵地，掩护解放军过长江，对人民解放事业是很有帮助的。因此，在和吴子培老先生谈话后，我即将情况向倪伟思同志做了汇报。倪听了认为很重要，即向上海“农工党”华东局组织请示汇报，并建议派人去江阴与吴钟祺接头。

不久，“农工党”华东局派上海市“农工党”地下成员周公南同志到江阴与吴钟祺联系，并告诉他：“章师明同志已同意介绍你加入‘农工党’，‘农工党’组织已批准，由上海‘农工党’组织与你单线联系，并要你很好隐蔽下来，在国民党官兵中进行工作，待解放军过江时率部起义，为人民立功。”

1949年4月20日，百万雄师过江向江南挺进时，吴钟祺同志就在中共江阴要塞地下党组织的起义斗争中投向了人民，为人民立了功。中华人民共和国成立后吴钟祺同志得到共产党和人民政府的关怀照顾。他现为南京市政协委员，他的几个孩子都走上了为人民服务的岗位。他现任“民革”南京市委员会副主任委员，一家人过得美满幸福。他的父亲吴子培老先生中华人民共和国成立后到了北京，曾任中央建工部下属某砖瓦厂厂长，退休后，于1961年病逝南京。

说服关堃巨弃暗投明

还有一件值得叙述的事，就是南京“农工党”地下组织如何争取国民党军统直属京 2 组组长中校关堃巨弃暗投明。

关堃巨于 1930 年在北京加入“农工党”（当时叫中国国民党临时行动委员会）。在“农工党”内，他曾任总务干事、组织干事、青年运动指导委员会委员等职。在抗日战争时期的日伪统治区，关曾在南京私立南方大学任注册组主任兼代教导主任，还在汪伪考试院任专员。抗日战争胜利后，他于 1946 年参加了国民党军统，在保密局任党政组通信员、大学站直属员并兼特务办的边声通讯社、公论通讯社的副社长兼总编辑。1948 年保密局又委派关为南京潜伏特务，任直属第 2 组组长，了解掌握国民党反动派逃台后潜伏南京的特务动态。

面对这一突如其来的情况，“农工党”组织如何办？当时以“农工党”华东局特派员身份来南京工作的倪伟思同志，当即返回上海向虞键同志做了汇报。不久，虞键和倪伟思同志来南京对“农工党”南京地下组织进行改组，重建市支部。经过反复考虑，决定争取关堃巨为我所用。根根关当时的情况，支部认为争取他转变有可能。一是当时革命形势大好，解放军节节胜利，国民党面临全面崩溃，关堃巨拖着一家老小，不能不有所考虑。二是他充当军统特务虽已有一段时间，但没有发现他有明显的破坏活动。

原则确定后，覃汉川和倪伟思等同志便约关堃巨谈话，讲了革命的大好形势和中国共产党的政策，向他指出：只有弃暗投明，立功赎罪，才有出路。在形势所迫和党的政策感召下，他表示愿意投向人民，立功赎罪。

因此“农工党”组织当即规定：1. 关堃巨今后必须毫无保留地将军统和他本人的一切活动情况（包括所见所闻）及时地如实地向组织汇报请示，不得有任何隐瞒；2. 指定介绍关堃巨加入“农工党”的同志为联络员，负责与关联系；3. 关堃巨报送的情报，由倪伟思同志转送给中共领导的有关方面。

在南京蒋家王朝面临崩溃的前夕，特务头子毛人凤布置任务，给关堃垕一部分电台，叫他潜伏下来，在南京解放后进行破坏活动，并将关提升为“潜京2组”上校组长。关立即将军统布置的潜伏情况，人员名单，与台湾联系的密码，办法和呼号汇报给“农工党”组织。对汇报的这一情况，“农工党”组织当即做了研究，决定要关接下这部电台。因为当时南京即将解放，我们要加强对敌工作，加紧搜集情报，配合解放大军胜利渡江，此时更需要关发挥更多的作用。

后来关堃垕向“农工党”组织提供了许多重要情报，如毛人凤密令关追踪中共中央委员曾山同志的手谕，“潜京2组”特务电台的密码，以及军统少将特务“潜京1组”组长荆有麟的活动情况等。“农工党”组织得到这些重要情报后，立即转送给中共联络员。关除提供情报外还将军统局发给“潜京2组”的“应变费”的大部分交给“农工党”组织，作为对组织的贡献。计有银圆100枚，大米20担。这对帮助“农工党”一部分地下同志渡过生活难关起了一定的作用。

为了打消关的顾虑，记得在南京解放前夕，有一天覃汉川同志还陪同我到关家，介绍我与关见面，因为关知道我父亲章伯钧。关见到我很高兴，我除了谈了当时的革命形势以外，还鼓励他好好干，为南京的解放贡献力量。

1949年4月23日，南京得到解放。不久，“农工党”组织就将关堃垕和他的那部电台一并移交南京市军管会。“农工党”组织争取关堃垕弃暗投明的工作到此结束。

（本文选自《金陵破晓　纪念南京解放40周年史料专辑》，南京出版社1989年版，原标题为《解放前农工民主党在南京的革命活动》）

夏琫瑛[*]："民革"内部的反蒋斗争

加入"民革"地下组织

我于1943年秋从成都朝阳大学经济系毕业，在重庆钟复光女士创办的中兴学校任教务主任。后经著名进步教授劳君展（许德珩夫人）的大力推荐，担任了国民党中央妇女运动委员会妇女福利科总干事。抗战胜利了，在全民的欢呼声中，传出暗流：国民党还在有关战场部署兵力，准备打内战，妄图消灭共产党。人们刚刚舒展的眉头又升起了愁云，国民党政府"还都"南京之前，劳君展对我说：你这次随"妇运会"回南京，要有准备，听说国民党还要打内战。你要团结同志，在地方上积蓄力量。

1946年，蒋介石不顾人民的反对，急促召开了所谓制宪的国民大会，制定了反人民的宪法。当时只有国民党的御用小党民社党和青年党参加。当时很多民主人士断然与国民党决裂，斗争推向了新的阶段。

国民党革命委员会（简称"民革"）朱子帆同志当时为国民党安徽省政府秘书长，亲自来南京联系工作，他找到我，与我恳谈，要我参加"民革"地下组织，

---

* 作者时为国民党中央妇女运动委员会妇女福利科总干事。

介绍我与曲绍卿女士接洽。后来又见到地下负责人孟士衡、关吉罡和潘幸生等。第一次会见地点是国民党司法院公务员惩戒委员会宿舍（潘、曲住处）。当时分工由我负责了解上层妇女情况和有关机关、学校动态及协助解放区同志到宁治病、资助路费以及传递印刷品等。

我利用国民党中央妇女运动委员会福利科总干事的合法身份和国民党妇女组织中的矛盾，取得了全国妇女生产事业促进社理事长的公开职务。运用各种关系在国民党社会部获准了登记，从中央合作金库申请了一批贷款，在市中心新街口复兴商场内开设了第三缝纫合作社，由我当经理。这样，既有了联络地点，又解决了一些活动经费。组织上有人来联络，按规定到柜台举手为号，不必通报姓名。同志们在活动中缺少路费和需要就医等困难问题，我都尽力设法帮助。有时有紧急会议的通知，就立即传达。

秘密集合采取多种形式，如请客、宴会、访问等，极力避免暴露，见到不认识的同志，也不互通姓名，彼此心照不宣。听候领导传达、分析形势，提供线索，策划活动，接受任务。

当时中央党部内部的打狗运动日益扩大，揭发出贪污白报纸案，丑闻百出。国民党当局企图收买人心，大谈所谓发扬民主，玩弄“还政于民”的骗局，决定召开行宪国大。“民革”地下同志看到报纸登载有“为了保障妇女权益，选举法规定在全国性的妇女团体中产生十名代表，但这些妇女团体必须是在选举法公布前成立备案的”。

“民革”负责同志认为我竞选国大代表，完全符合国民党中央规定，能担任代表才能了解整个会议情况，对地下工作开展有利。安徽省各方人士对我参加竞选表示支持。但首先遇到的是国民党中央选委会提名关难过。光有支持没用。后来当局宣布提名组织名单，我们妇团是归第七组提名，组长是居正。居正是我原毕业学校朝阳大学董事长。朝阳大学无人竞选，在宁的朝阳同学一致函恳居正提我，安徽省有关方面也向居正推荐。

安徽省的代表，立委议长纷纷为我竞选向居正提出种种理由：全国“妇运会”

是广东、江苏、浙江、湖南等省包办，对安徽欺压，使安徽妇运不得开展。国民党中央妇运无皖人参加，所有委员均是广东等省人士。这样列举事实，争取到了官太太们占据的名额。

因我是妇女生产事业促进会成员，无人与我竞选，被提名后，不管多少票都能当选。投票箱设在小火瓦巷小学内。选举日妇女姐妹们投我的票，仅是清茶一杯的招待。这一斗争胜利是来之不易的，因国民党中央曾怀疑我是共产党。在劳君展推荐我进中央妇委会时，主委刘衡静曾说我是大别山中共抗日根据地出来的，但知名度不大，中央查不到此人根底，可能是共产党分子。虽有怀疑，在选举会上都不能以此为由不提名，居正提出时，虽遭国民党 CC 派反对，由于我条件过硬，经几起几落终于提出。

国民大会正在发代表证时，首都南京忽起轩然大波。蒋介石悍然宣布不承认，引起各地民选代表极大的愤慨。他们迅速组织起来向国民党当权派据理力争，并采取睡马路、请愿、绝食等各种形式大闹南京。“民革”地下组织对他们进行慰问，表示支持，还鼓动记者访问，发表代表谈话。民选代表本来在地方上就有威望和实力，现在得到各方的正义支持，一时间报纸杂志相继载文评议，街头巷尾也议论纷纷。蒋介石威信扫地，不得不承认取消了资格的部分民选代表。

那些日子国大会堂戒备森严，周围由宪兵日夜看守。蒋介石为了继续实行独裁统治，在选举副总统上搞鬼。当时总统候选人是蒋介石和居正，但居正只是陪选而已，蒋知其选后必然下野让副总统出面，由他在幕后控制。副总统候选人有孙科、李宗仁、程潜和莫德惠。

在副总统竞选达到高潮时，蒋指令陈立夫命令 CC 国大代表一律支持孙科。此事我们当时并不知道，但在正式开会时我听一个 CC 系代表说，这次选举会场要搞“保甲制度”，一个人监视 10 个人，非投孙科不可。我将此情况报告了朱子帆，提出打破保甲制必须上台选举，并用屏风隔开，不受别人控制。

记得当时对国民大会后南京政治形势是这样分析的：李宗仁若代总统可能与中共合作，缓解冲突或停止内战，故主张支持李竞选，我们把 CC 系的企图揭露了出去，不料第二天李宗仁在南京发表声明放弃竞选，并披露这次国大选举副总统存在某种压力，使各代表不能本其自由意志投票。蒋介石迫于各方压力，只得再劝说李宗仁参加竞选。

正式选举投票后当场向全市人民直播票数，会场上斗争异常激烈，广东代表支持孙科，广西、安徽代表绝大多数支持李宗仁，台上电钮明示彼此票数，孙票多时会场安静，李票多于孙票时会场出现少数人起哄，摩拳擦掌者有之，吹口哨者有之，大叫砸烂大会堂者有之。

一次，闹者正高叫时忽然孙票又增多起来，闹者怕担毁坏孙副总统竞选之罪，又平静下来。台上“孙科、李宗仁、李宗仁、孙科”之声此起彼伏，几乎持平，大家也不知已至尾声，忽然李票又高于孙票，选票数完。李宗仁以微弱的多数战胜孙科。顿时外面鞭炮齐鸣，传来祝贺李宗仁当选副总统的欢呼声，这一结局是对蒋介石独裁统治的一个打击，据传当时蒋介石在后台狠狠地打了陈立夫的耳光。但李宗仁当了代总统后，未能实践他与中共合作的诺言。

大会结束后，国民大会成立联谊会，大会闭幕后联谊会处理日常事务。我们接着在联谊会里斗争。民革地下组织指出，向联谊会提出提案。当时在京代表左派较少，由我们“民革”成员曲绍卿、胡笳声和我三人，又请出了国大代表大学教授余精一，请他领衔。联名提出“为满足全国人民对和平之迫切需要，诚应撤销戡乱会，宪法与法统亦不坚持……”的提案，提交国民大会联谊会审议通过，国民党当局压制不予审议公布。

我们又请余精一教授向南京各报交涉刊登，都遭到拒绝。最后又设法疏通《中华时报》，于 1 月 22 日将提案全文刊出。余等三人为避免特务迫害，立即撤离南京，而我因事务未了，独自留在南京。不两日，就发现后面有人跟踪，我想可能发生意外，随即将子女送回安徽老家，只身一人，依然往返于妇运会、合作社之间，直至料理完毕。

秘密筹划“南京暴动”

“民革”南京地区组织，建立于 1946 年夏，地下市委由九人组成，孟士衡同志担任主委兼军事策反工作。当时我任妇运委员。在此以前，国民党内的民主派、革命派早已进行了不少反蒋斗争。孟士衡同志就曾奉李济深指示，秘密来往于徐州、安徽阜阳、河南商丘等地进行军事策反工作。

组织建立后，进一步开展了一系列活动，并将对国民党军队的策反工作视为整个工作的重点，孟常以同事、同学、同乡等关系在国民党政府各部会以及军、警、宪内部串联，积极发展那些不满蒋介石独裁统治的人士加入“民革”组织。如南京中区警察局局长马广运、北区警察局局长刘海亭也先后被发展为组织成员。这两个警察分局的许多巡官警员也加入了“民革”组织，当时驻防南京的宪兵七团大都为东北人，孟士衡便以同乡（孟是东北吉林人）关系积极在该团开展活动，建立了良好的工作基础，发展了相当数量的官佐士兵为组织成员。我所负责开办的缝纫合作社就是“民革”地下组织的联络点。孟士衡就曾在此接待过江淮解放区来买药的人。

1948 年 10 月，孟士衡同志以“政治研究会”名义，在华侨招待所召集会议，由关吉罡同志主讲《国际形势问题》，分析当时美苏对立，社会主义阵营日益强大。由孟士衡主讲《中国目前党派分析》，指出国民党反动派已是残局不可收拾；依附国民党的民社党和青年党不过是蒋介石御用的小爪牙，没有群众基础。只有共产党掌握了真理，受到全国人民和各民主党派的拥护，是建立社会主义新中国的中流砥柱。会上还揭露了蒋介石的所谓“总体战”。到会百余人，都是我们平常直接和间接联系的蒋政权中下层人士。大家认识了形势以后，更加激发了对蒋介石集团的不满和团结反蒋的热情。

1948 年底，人民解放军取得了淮海战役的伟大胜利，国民党中央政府开始南逃，带走了他们的死党、亲信，而把大部分中下层公教人员就地遣散，只发三个月的遣散费。这些公教人员组织“南京公务人员联谊会”，包围财政部门，要求增发经费。“民革”地下组织成员、财政部专员周臣千同志到联谊会上讲演，揭露批判对中下层公教人员的不义措施，号召大家团结斗争，并公布国民党掳走国家资财，不顾人民死活，断人生计的罪行。最后，政府被迫做了让步，增加遣散费。

解放军进逼长江，国民党大势已去，“民革”地下组织也加紧了反蒋政治宣传。孟士衡布置吴士文同志拟写传单，提出“打倒蒋介石，打倒国民党反动派，拥护共产党，欢迎人民解放军，中国共产党万岁”等口号；号召公职人员各安职守，一不跟国民党逃跑，二不破坏公物档案，迎接解放。大批传单被连夜包扎成卷，投进邮筒，分送到各机关团体。

国民党在溃逃之前，金圆券一再贬值，老百姓争向银行挤兑黄金，鼓楼中央银行前挤死了好几个人。由于国民党首都警察厅黄珍吾的姨太太携带金银及贵重衣物十几箱，乘军车驱向机场途中被宪警扣留，黄珍吾大为震怒，下令追查，抓了大批警察、巡官、宪兵，其中有几个“民革”成员，包括刘海亭、马广运等。作为南京暴动基本队伍之一，我们所能掌握的警察力量，受到了破坏，后来在内外舆论的压力下，黄珍吾只好释放刘、马等人。

1949 年初，由于军事形势急剧变化，在南京的国民党要员们惶惶如丧家之犬，纷纷南逃，政府各机构亦大部南迁广州、台湾等地。此时，“民革”南京地下组织所筹划的暴动工作则到了最后准备阶段。

2 月 5 日，“民革”主要人员在大光新村 5 号吴士文家召开紧急会议，最后商定具体计划。吴士文曾在国民党宪兵部队工作过，在此之前吴曾受孟士衡委派赴江北与解放军做过接触。孟士衡与宪兵七团通信连的肖俭魁等出席，据吴士文说当时解放军江淮区派军代表王虎臣同志参加了会议。

当天皖籍流亡学生与军警团因看电影发生冲突，一学生被殴致死，我被“安徽旅京团同乡会”叫去办理交涉和处理善后事宜，故未去吴家开会。事后得悉，这次会议决定乘南京城防空虚，国民党军队军心不稳，士无斗志之机以起义的宪兵、警察为基干，号召大中专学生和市民相配合，举行一次大规模暴动，扰乱蒋军防备，威慑其心胆，以策应中国人民解放军过长江。

具体行动步骤是：扣押留南京的国民党军政首脑，建立南京市人民政府迎接解放军渡江，并派人过江与解放军取得联系，以获得支援。会后孟士衡即亲去上海向“民革”中央常委兼京沪地区军事特派员王葆真同志汇报并做最后决定，同时准备和计划中的上海地区的暴动相呼应，孟士衡赴上海前又关照肖俭魁设法去搞炸药等爆破器材，并布置王鼎臣、吴士文积极做好技术上的准备工作，待命炸毁飞机场。谁知吴士文的邻居秦范五是军统特务，他和吴是同乡，平时故意在吴面前对时局发牢骚，伪装进步，吴未能严密防范。秦范五探得情况后即向国防部新闻局马志清告密，王、吴在执行任务之前，不幸被捕。

2 月 7 日晚，两名特务闯进我的住处，声称奉中央命令，所有国大代表一律随国府他迁。不走者，即认为有勾结共党，准备投降，中央决不宽恕。并说飞机票都预备好了，要我立即收拾动身。我虚以应付，乘机摆脱了特务，连夜逃到上海，住在民主人士徐友擎女士家（徐是我多年老友）。很快，我与孟士衡同志联系上了，他通知我 13 日下午 3 时去上海“民革”地下组织曲友城家开会，并说余亚农同志也已来沪（余中华人民共和国成立后曾任安徽省副省长）。

13 日下午 2 时半，我赶到曲家，只见大门敞开，屋内一片狼藉，书报杂志抛撒满地。曲坐在矮凳上发愣，曲夫人丽珍浑身颤抖，口念阿弥陀佛，正面对供桌上的观音菩萨作揖，对我进入竟未发觉。经我呼唤，曲掩上房门，低声给我讲了事情的原委。

当天上午 9 时许，孟士衡、余亚农以及曲、刘 4 人围桌而坐，正在分析京沪形势，商谈工作，忽然有人敲门，进来两个人，其中一人是孟的同乡、大学同学，当时在国民党首都卫戍总司令部任上校专员的马志清，另一人穿着西装革履带着公文包。据马介绍说是李宗仁的代表，他从公文包里取出署有“代总统李宗仁缄”的大信封，对孟士衡说，现在准备重开国共和谈，李代总统请你赴京商讨方略，说着取出 10 万元金圆券给孟，说是代总统给的路费。同时还邀孟等去吃俄国大菜。

孟十分欣喜，竟毫不怀疑，余亚农同志则没有轻信，推说肚子不好未去，曲、刘也未去。12 时，孟回来说马志清等人已把车票买好，下午接他上车。正当他们拟订与李宗仁谈话的内容时，外面开来一车军警把曲家围住，七八个手持长枪的士兵冲进来，把孟反铐带走。余亚农乘混乱之际，机警地把口袋中与中央地下组织联络的电话号码搓烂，投入火盆。特务们带走孟士衡，又抄了曲家，翻得一塌糊涂。

我怎么也未料到孟士衡竟会这么快就遭逮捕，十分吃惊。曲对我说："你赶快离开，防备外面有狗。"我迅即经过邻居室内穿过小巷绕道离开，到上海"民革"地下联络员胡楚衡同志家，告知此事后，又返回徐友擎家。

被捕入狱，屡次被审

15 日夜，一群全副武装的军警敲开了徐家大门，手拿我的照片说："陈大庆司令（上海警备司令）请夏代表去谈话。"我说："现在深夜两点了，夜间不办公，明天再说吧。"他们不由分说，连推带架，把我推出大门，搡进挂着黑窗帘的小轿车。出来时，我见四川北路街口停了十几辆小汽车，敌人抓我这个手无寸铁的妇女，也竟然兴师动众，如临大敌，真是虚弱至极。

当夜，我被关在上海警备司令部二十大队部，次日早晨又被用专机送往南京，带到长江路的卫戍总司令部。在会客室内，忽见六安谢芸皋在此看报，我趁送我进去的人走出之际，走近谢，请他为我外传一信息，说我已到卫戍总部。但他无动于衷，仿佛陌生人一般。对他如此态度我一直不解，直到中华人民共和国成立后才听说谢被判 20 年徒刑，死于狱中。

晚上，我被关在卫戍总司令部机关，睡在桌子上，房中的大灯正对头上彻夜通亮，门口还有士兵站岗。第二天，特务送来一叠十行纸，上面还规定项目要我写清。我见纸上写着：你参加"民革"组织的经过，担任职务，所了解的"民革"军事部署，对"民革"组织的展望等。我挥笔写了"我未参加，不知道"几个大字，就再也不予理睬。

两天后特务来收卷，见此情景，恼羞成怒，吼道："敬酒不吃吃罚酒，不识抬举，等着瞧。"随后即给我戴上手铐打入卫戍总部后院的"看守所"，一个凶狠的大麻子特务还把我的大衣、手表、钢笔夺去，连发夹、带子也被拿去，还被女特务搜查了全身，我恨得几乎昏厥。经过狭窄的过道时，忽听有人惊呼："夏大姐也进来了！"听到这熟悉的声音，我这才知道孟士衡也被关在这里。

我被带进女牢，特务猛地一推，我跌倒在地晕了过去。苏醒过来，只听耳边有妇女、小孩的哭泣声，原来是母女二人，孩子还在吃奶，敌人竟凶残至此，真令人痛恨至极。镇定之后，想了许久，我毅然进行绝食斗争，以示对抗，四天过去了，我极度虚弱，生命垂危。忽然进来一个素不相识的人，自称是"民革"组织派来的，他带了食品，跪在我身边说进牢如何困难，求我听组织的话，吃些东西，我这才稍稍进食。事后我才知道是特务玩的鬼把戏，企图留个活口。

不久我被转送到羊皮巷监狱，由保密局宪兵看守，一人一间牢房，终日不见阳光，饭也是从窗口递进的，特务每日查监一两次，每次查后即紧紧锁住。过了两天听到牢中有人叫我夏大姐，原来是地下"民革"成员刘海亭、马广运、许志远等。他们早被关在此，我进来时他们从小洞中看到。后来刘等被保释。

在牢中，敌人搞过几次审讯，卫戍总部罗春波亲自到保密局，企图通过审讯弄清我与王葆真的关系（王老是李济深同志在香港密令委派的华东特派员）。

第一次秘密审讯是在一间四面无窗的地下室。主审罗春波坐在一张长桌前，周围坐了大约 30 个特务。罗采取疲劳战术，一直到深夜，我抱定一死，咬定"不知道"。罗见我态度如此，叫道："把马骏民带上来！"马拖着脚镣被带进来，罗指着我问他："你认识她吗？"马回答认识后即被带下。罗春波企图以此来压我承认。我反驳道："我是国大代表，到处开会，认得我的人多得很，你不是也认得我吗？认得我说明什么问题？"我又怒斥道："我是妇女团体选出的国大代表，根据宪法规定，国大代表就是犯国法，也必须经国民大会批准公开审判，你们嘴上高谈民主，居然无辜对我秘密逮捕审讯，这是违法的。"罗理屈词穷，借口接电话，狼狈地收场。

过了七八天，对我进行了第二次审讯。先又是一番升官发财的诱骗，见无作用，特务们把我带到刑讯室。远远地就听到皮鞭的抽打声和受刑人的惨叫声。走进审讯室中，有的被电刑，有的被吊打，有的上老虎凳，其惨状令人目不忍睹。他们妄图用酷刑来威胁我低头，但我被捕之初就已抱定牺牲的决心，坚信反动派必将灭亡，人民终将胜利。“民不畏死，奈何以死惧之！”面临此境，我心中十分坦然。特务们黔驴技穷，又把我带进一条狭小漫长的地道，那阴森潮湿的地方，仿佛真的是地狱，走了很长一段路，又见亮光。真不知他们要些什么把戏。

第三次他们摆出大审的架势，由宪兵、警察、政工三方会审，大厅中有百余人，罗春波坐在中间。罗大声问：“国民政府待你不错，让你当上国大代表，你为什么跟着共产党闹？如今落得如此下场还不回头。如果你能回答清楚如下问题，马上送你回上海。”接着又重复以前问过的问题。狱中的折磨使我身体十分虚弱，当时我还在高烧中，只能扶墙站立。罗说：“你这样惨状，是自找的，谁要你搞反政府的犯罪勾当！”我一听怒不可遏，豁出全身力气，厉声斥责：“国民大会上高谈民主，言犹在耳，你们马上就秘密逮捕审讯我这个无罪的国大代表。你们这种非法行径总要被国民大众知道，要被国际当作丑闻传播于世界的！”严词之下，审讯人员目瞪口呆，无言以对，我一时激动后头昏目眩，再也站不住了。一场“会审”草草收场。

4月4日，分押在宪兵司令部、卫戍总司令部、首都警察厅等三处“民革暴动”案的九名“要犯”又被集中起来，押往上海。那天，我被带到卫戍司令部大门口，推上闷实的军用大卡车，上车定神一看，惊见孟士衡等同志已在车上。我们被手铐连环铐住。在去沪的囚车上，孟士衡曾对我说：预料中最坏的情况出现了。因为到上海就要落到毛森手里，而毛森是有名的杀人魔王，所以是必死无疑了。可见孟士衡这时已有了舍身成仁的思想准备。5日到上海，先被押到警备司令部，在郑庭显处进行了交接后，又被押到爱多亚路黄浦警察分局看守所牢房内，听说这是法帝国主义为蒋政府特别盖的电网死牢，关进的都是等死者。我们关进去时几乎是一座空楼，后来关押的有 500 多人。

4 月 20 日左右，上海法院来提审我（孟士衡、吴士文同志先后被审），法庭上我再次怒斥敌人，所谓审讯匆匆结束，但此后几天，牢内气氛紧张，我感到案子即将结束。一天早上，监外一个扫地的青年来到牢房窗下，我看他平时还老实，写了一张条子抛给他，请他照地址送到徐友擎家，通个消息，并答应他条子送到后由徐家给两块银圆。第二天，就得到徐友擎同志的亲笔回条，我料想到一定会通知地下同志来营救。

5 月 9 日上午，特务先后传唤孟士衡、吴士文两同志。我起先未介意，不料将近夜晚，还听不到两人回牢。全牢的人都挤到牢门口听信，心情十分沉重。

第二天下午，一个穿警察制服但帽子和肩章领徽被拉掉的同志被关进牢来，他是警察局消防队的，叔叔是大夏大学教授郭蔓茜，他因参加民主党派，被告密逮捕。他带来了令人震惊的消息，昨天下午孟士衡、吴士文和肖俭魁三人已在宋教仁公园被枪杀，临刑前还慷慨高呼“民主万岁！”“共产党万岁！”“打倒蒋介石！”等口号。该案涉及的其他几个人（其中包括我）被判处 15 年至 30 年有期徒刑，布告贴在刑场附近。

狱中同志听到三人英勇就义的消息，不禁潸然泪下。我和孟士衡同志在押解车上相逢时，以为只要能设法通个信给上海地下组织，就有希望得到营救，现在听说他们三位已经为国捐躯，悲愤万端，昏厥过去。

没有党，就没有我的今天

黎明前最黑暗的时刻，正是曙光就要到来的时候。孟等牺牲后，牢里人越关越多，5 月中旬，解放军已逼近上海，敌人则更疯狂地加紧了屠杀。

5 月 12 日特务提出了 13 名难友，其中有国民党第三战区的少将参谋长陈尔晋和他的妻子张蔓霞（据传说，她是中共地下党员），张还怀有几个月的胎儿。这 13 名难友一边高呼口号，一边与牢内同志泪别。全牢难友呼号痛哭，声震屋宅，吓得特务们慌忙把他们带走。14 日同牢的京沪特派员贾云超被害。

18 日又听到上海大暴动的案件，罗新为（化名徐明）等人，也惨遭杀害。牢里几百人被特务用不同手段处死，有的被活埋，有的被装入麻袋投进黄浦江，到上海解放时，只剩下 28 人。

5 月 18 日，我们在狱中还能听到从真如方向传来的炮声，特务们如同惊弓之鸟，纷纷做逃跑打算，并准备把狱中难友押往台湾。一天，已把我们押到码头，因听到附近有枪炮声，便又将我们押回监狱。此时特务们纷纷自作打算，为了几个钱做盘缠，便与狱中在押犯人大做交易，中共上海地下组织和有关的社会人士积极开展了对我们的营救工作。徐友擎同志一家四方奔走筹款，在地下党的帮助下，凑了十两黄金，把我保释出狱。与我同被保释的还有王鼎臣同志。当我呼吸着自由空气的时候，当我看着鲜艳的红旗迎风飘扬的时候，我感到没有党，就没有我的今天。同样，没有中国共产党，就没有新中国，就没有人民大众民主自由幸福的生活。

（本文选自《金陵破晓　纪念南京解放 40 周年史料专辑》，南京出版社 1989 年版，原标题为《参加国民党革命委员会反蒋斗争的回忆》）

刘海亭*：轰动一时的南京国民党警察罢岗事件

1948年秋，我在南京任国民党首都警察厅北区警察局局长兼首都卫戍总司令部北区指挥部少将指挥官期间，经田竺僧介绍，参加了以民革中央常务委员陈铭枢、郭春涛领导的地下革命组织“三民主义同志联合会”（简称“民联”）。在此以前，我早已通过河北省旅京同乡会的关系，与中共地下组织田绥祥同志和民革中央常务委员王葆真领导的民革南京分会地下组织胡勤业等人取得了联系。于是大家在中共地下组织的统一领导下，相互配合，在南京开展了民主革命的反蒋斗争。

“天机”泄露

一天，首都警察厅保安警察总队副兼总务主任李瑞甫来找我，他是我在中央警官学校警政班受训时的同学。他对我说：首都警察厅厅长黄珍吾叫保安警察总队到国防部去领几百支美式卡宾枪。唐老师（指保安警察总队长唐精武。我们在中央警官学校受训时，唐是大队长，故同学都称他为唐老师）想趁这个机会去领几支勃朗宁手枪。因为我们所用的手枪是加拿大产的，比较笨重，而“勃朗宁”手枪则小巧玲珑，可以放在衣袋里。但国防部负责管发武器的于广荫感到为难，

* 作者时为国民党首都警察厅北区警察局局长。

不肯发给。他知道我和于广萌比较要好，叫我代为疏通。我满口答应，后来经过疏通，他们多领了十二支勃朗宁。

武器领到后，我问唐精武：“黄厅长领这么多卡宾枪干什么，是不是想更新警察厅的装备？”他压制不住得意的心情，透露了黄珍吾曾经叫他草拟了一个打游击的秘密计划。原来，他们领取卡宾枪不是为了更新南京警察的装备，而是为了将来打游击用的。唐精武说：“我们在战场上恐怕不行了，南京早晚要丢掉。黄珍吾有一个设想，准备在闽、浙、赣三省交界的山区地带建立一个游击根据地。

为什么要选择那个地方呢？因为：一、那里是三省交界地区，有空子可钻，有回旋的余地；二、该处山多，地形复杂，便于隐蔽；三、四周是鱼米之乡，富庶之地，军用和粮草的补给不成问题；四、闽浙两省靠近海岸，既便于从国外接济武器弹药给养，又可在遭到围剿的时候，从海上逃跑。将来国民党大部队反攻时，可以从游击区向北挺进，捷足先取南京，争取首功。”听了唐精武的一席话，我恍然大悟，原来领取武器是为了实现他们的阴谋。当然他们的阴谋是不可能实现的，但如真的建立了游击根据地，就会给那里的人民带来灾难。

巧设圈套，将计就计

我得到这个消息后，马上去告诉了田竺僧和胡勤业。在这里，我插叙一下我和胡的关系。当时，南京有河北省旅京同乡会和东北旅京同乡会的组织，这两个同乡会在抗战胜利之前，本是一个组织，名叫“奉直会馆”，胜利后分开为河北及东北两个同乡会。河北同乡会理事长一职，先由国史馆馆长张继兼任，张死后，由首都卫戍总司令孙连仲继任，孙调职后，由行政院副院长兼内政部部长张厉生继任，但他们都是挂名，实际上由常务理事兼秘书胡勤业负完全责任。东北同乡会的实际负责人是孟士衡。

1948 年，民革中央常务委员王葆真在沪与梁佐华、许卜五等人成立了民革上海临时工作委员会，并指派孟士衡、胡勤业在京成立民革南京分会地下组织，孟任主任委员，胡任副主任委员，所以河北和东北两个同乡会实际上就成了民革南京分会的掩护机关，也成了民革上海临时工作委员会的一个组成部分。河北省旅京同乡会的常务理事中很多就是民革地下组织成员，其中也有不少是中共地下成员，如田绥祥同志。

当时，我也是河北省同乡会的常务理事。胡勤业的公开身份，除河北同乡会常务理事外，还是国大代表兼国史馆主任秘书。田绥祥的公开身份，除河北同乡会常务理事外，又是国大代表兼国史馆庶务科长。在国史馆里，胡勤业是田绥祥的上级，但在革命地下组织中，我们都是在中共地下党的统一领导下进行工作的。所以胡勤业得知我的情报后，马上告诉了田绥祥同志。中共地下组织认为这个情报很重要，立即指示胡勤业，要我利用黄珍吾贪污疏散费的案件，发动全市警察掀起一个群众性的运动，粉碎黄建立游击据点的阴谋。

关于黄珍吾贪污疏散费问题，我在这里做一个说明。1949 年 1 月，国民党政府开始南迁，中央党部和行政院首先迁往广州。这些机关的公务人员，有的愿意随同逃亡，有的不愿逃跑，逃的需要安家费，不逃的需要生活费。国民党政府为了安定人心，规定对准备逃迁的公务人员每人发给三个月薪水的“应变费”，作为安顿家属之用；对不愿南逃的公务人员也发给三个月薪水的疏散费，就地遣散。留在南京的公务人员为了团结自救，组织了“留京公务人员联谊会”，到财政部去请愿，要求继续发给薪水，财政部不同意，便激起了大家的公愤。

国民党当局一面宣布“留京公务人员联谊会”为非法组织，加以取缔；一面不得不做出一些让步，将疏散费由原定底薪的 150 倍，增加为 280 倍。但黄珍吾领到首都警察厅全体官警的疏散费以后，扣押不发，企图贪污自肥。这是很容易引起众怒的事情，所以中共地下组织指示我们要利用这一事件来挫败黄珍吾准备去闽浙山区建立游击根据地的阴谋。

我得到地下党的指示后，立即去找马广运（国民党中区警察局局长，是我在中央警官学校受训时的同学），利用各自的有利条件，进行摸底活动。没有多久，我们得知黄珍吾已将领到的武器弹药以及他私人的行李装上卡车，准备运往福建。

经办这件事情的是黄珍吾的亲信薛凤（特警大队长）。卡车停在延龄巷特警大队部内，延龄巷属中区警察局的管辖范围。马广运查明发车时刻，就在前一天夜晚派人把卡车的轮胎破坏了。

第二天拂晓，司机没有进行检查，匆匆将卡车开走。卡车一出延龄巷，就在大行宫街上抛锚了。大行宫街是南京的热闹地区，这时天已亮了，行人熙熙攘攘，车辆来往很多，交通为之阻塞。特警大队长薛凤本来是想把卡车趁凌晨人少的时机悄悄开走的，但不料“出师不利”，被困在热闹市区。他见到满装武器的卡车成了引人注意的目标，十分恼火，向司机大发雷霆，指责司机临行前不加检查，以致出了这个大乱子。司机哑巴吃黄连，有苦说不出，心里也憋了一肚子气。这时，我们事先布置好的交通警察前往指责司机，说他违反交通规则，妨碍车辆运行。司机自然不服气，发生争吵。于是交通警察行使职权，将卡车扣押，并拖到中区警察局处理。

这时，田绥祥指示中区警察局局长马广运离开警察局，假装不知道这件事。我领马广运到朱惕生家。朱是一位好客的友人，他常常叫我到他家去玩。这天，我和马广运到了他家，说：“惕生，你不是说要请吃饭吗？我今天邀了几个朋友来你家吃饭，打麻将，好不好？”朱表示欢迎。

马广运离开警察局后，田绥祥又通知在《南京人报》工作的中共地下党员同志，以记者身份到中区警察局去采访，这样事情就闹大了。第二天，《南京人报》以大字标题登载了揭露黄珍吾的消息，说：“首都警察厅厅长黄珍吾开溜失风，带他的姨太太及金银十多箱，乘汽车到明故宫飞机场，准备上飞机逃走……”

消息见报后，南京市为之哗然。黄珍吾对此大发脾气，指派刑事警察的便衣特务，将南京人报社捣毁查封，勒令停刊，并责令该报在其他报纸上登载声明，予以更正，并向黄珍吾道歉。这就是轰动一时的捣毁《南京人报》事件。后来，中共地下组织花钱向首都卫戍总司令部活动疏通，《南京人报》才得复刊。田绥祥为了安全起见，也奉命带家属离开南京，转移到上海居住。

警察罢岗，局面失控

黄珍吾开溜失风的消息发表以后，首都警察厅全体官警表示极大的愤慨，纷纷指出："黄珍吾的金银都是从我们头上刮去的，领了我们的疏散费不发，却带了姨太太要逃跑，我们不答应。"不少官警到清凉山的警察学校去集会，有的说："如果黄珍吾再不发疏散费，我们就不上岗，不出勤。"当然，这是一时的气话，并未做出一致的决议，但从中可以看出组织群众性斗争的条件已经成熟了。

这天晚上，我睡在局长室内，床边就是一个自动电话。我冒用东区警察局太平桥警察所值班人员的名义，给西区警察局水西门警察所值班人员打电话，说："你们那里怎样了？"水西门警察所值班人员被问得莫名其妙："你说的是什么意思？"我说："你们怎么不知道？南区和东郊警察局的几个警察所都来电话说他们已经罢岗了。黄珍吾不发疏散费，大家决不出勤上岗。"对方听了以后，说："原来是这样，那我们也罢岗。"于是那个值班人员又打电话给其他局、所，探问联系。这样，一夜之间几乎全市的警察局和警察所都知道了这件事，并决定以警察罢岗的行动来抗议黄珍吾的贪污，逼他发放全体官警的疏散费。

果然不出我所料，第二天出现了全厅罢岗罢勤的局面，全市的交通岗和守望岗上见不到一个上岗的警察，巡逻队也不见了，交通秩序一片混乱，居民人心惶惶，不知道出了什么事。于是小道新闻不翼而飞，有的说共产党要进城了，有的说黄珍吾带着小老婆坐飞机跑了，各警察局局长和警察也都逃跑了。

黄珍吾闻讯，惊恐万状，又怒又急，赶忙打电话给各警察局局长，一面叫他们追查昨晚电话的来源和罢岗的为首人员，一面要大家帮忙，稳住局势。我也接到了他的一个电话。他在电话中问我："你们那里怎么样？"我说："我们这儿还没有动，但各官警人心浮动，如果再不发放疏散费，我也很难控制了。"黄珍吾听了我的话，反而加深了对我的信任，说："你要稳住局势，要好好地劝导他们，叫大家不要听信谣言。"我假装唯唯答应。

各警察局局长对黄珍吾的贪污行为，也心存不满，所以不肯尽力地安抚警察。他们不知内情，对电话的来源，相互推诿指责，不去追查，电话一事就成了一个无头案。全市警察继续罢岗，直至中午，交通岗上还是见不到一个警察。

黄珍吾见到事态有扩大的可能，心急如焚，赶忙集合全厅警官在大华戏院开会。他在训话中说："疏散费，我们警察厅并未领到，因为我们警察已经编到战斗序列中去了，也就是编成军队了，军队不发，我们也没有。不过，我尽量想办法帮大家去争取，只要上级批准，就可以领发。"继而他又威胁大家说："你们不要听信谣言，不要上共产党挑拨离间的当，不要闹事，否则我要重办！"他反复告诫大家："凡是警员，都要出勤上岗。"但是台下乱哄哄的，根本不去听他的话。有些官警相互传递条子，秘密协商，于是大家一起高喊："我们不是共产党，我们是警员，我们不是捣乱！""我们要求发放疏散费！不发疏散费就不上岗！"把黄珍吾弄得毫无办法。

这时，警察厅督察处处长吴坚中，见黄珍吾下不了台，更怕事态扩大，便假装叫黄去接电话，实际上是在后台商量对策。经过紧急磋商，他们都感到不发实在不行了。于是黄珍吾重新回到台上，装出一副刚接到电话的样子，假惺惺地说："好了，大家不要再吵了，刚才接到上级的电话，领发疏散费的事情已经得到了批准，马上可以发给大家，各局可派会计到厅里来领。"

轰动全市的南京国民党警察罢岗事件，就以黄珍吾的失败而结束了。这件事不仅迫使他吐出了已经吃到嘴里的一块肥肉，而且粉碎了他偷运武器建立游击根据地的阴谋。原已装上卡车准备运走的枪支弹药并未运出，后来被迫发给保安警察总队和各警察局，作为更新南京警察武装之用。事后，黄珍吾虽然抓了几个在大华戏院会场上吵闹的警察，诬陷他们为"故意捣乱的共产党"，以泄私愤，但对绝大多数警官，他也无可奈何。警察罢岗事件的政治影响很大，对国民党的反动统治是一个打击。

（本文选自《江苏文史资料集萃·综合卷》，1995年版，原标题为《1949年南京国民党警察罢岗事件》）

董谋先*：南京公务员工运动始末

一呼百应的“敌后游击战”

南京公务员工运动是根据当时全国形势发展的需要，在中共南京市委的领导和各民主党派的支持下，广大公务员工积极参加，始终以国民党政府“财政部”为基点，由点到面，逐步开展起来的。

由于战争形势发展很快，蒋家王朝面临崩溃，不少公务员工自感前途渺茫，惶惶不安。而国民党的官员们，躲的躲，逃的逃，机关陷入一片混乱之中。

根据这种情况，市委决定成立全市公务员工党团组织，领导全南京公务员工运动。这个运动有点像强台风，来得很突然，很猛烈，参加这个运动的员工数以万计。上自蒋介石的“总统府”、国民党行政、立法等院及其部委局，下至国民党南京市政府及其各局区，各机关单位都有。斗争尖锐，有时隐蔽，有时公开，或一呼百应，或此起彼伏，搞得国民党政府当局手忙脚乱，穷于应付。因此有人把这场斗争称为“敌后游击战”，有人又比喻为“反动政府后院起火”。

整个运动从 1948 年 11 月起，至 1949 年 6 月底止，大致经过如下。

---

* 作者时为国民党财政部职员。

南京解放前夕，先以各种形式，向广大员工宣传战争形势、政治形势，指明前途，安定人心。从关心广大员工的生活入手，进而由点到面地开展经济斗争，并在斗争中逐步建立起各机关单位员工自己的组织——“公务员工联谊会”，进而有组织、有领导地向各机关单位那些随时打算逃跑的官员们施加压力，要求发遣散费、生活费乃至复职复薪；待取得胜利，再抓住时机，建立起“全南京公务员工联谊总会”以加强对运动的领导，逐步转入政治斗争。

以“反饥饿”“反迁都”为口号，自觉坚持天天上班，以保护档案、财产，监视和防止那些官员们逃跑时偷运、掠夺及坏人的抢劫、破坏，以迎接解放。在那段时间里，各“联谊会”在机关的治安保卫工作中起了很重要的作用。国民党司法行政部、首都警察厅这两个单位，由于我们没能插进去，更未能建立“联谊会”组织，后来被抢劫一空，连门窗也被拆坏了。

南京解放后，我们一边组织广大员工集中学习党的方针政策、毛主席的《新民主主义论》和《论人民民主专政》以及市军管会、市委的有关布告、通知等，积极开展学唱《解放区的天》及扭秧歌、打腰鼓等活动；一边组织精干班子，在军代表的领导下，积极清理各单位的财产档案，编造清册，做好交接准备，协助军代表胜利完成接管工作。发动各单位“联谊会”深入细致地做好广大员工的思想工作，摸清广大员工的家庭情况，动员一部分员工还乡生产。

最后，对“全南京公务员工联谊总会”的工作，进行全面总结，并在《新华日报》《新民报》上刊登启事宣告解散。

疏散费由2000元增至20000元

南京公务员工运动是在中共南京市委的领导下进行的。市委书记陈修良亲自过问这一工作，市委负责联系公务员工作的林徵同志亲自参加了这个小组。小组成员有袁定庵、陈某某、郭某某（名字已记不清了）、王念平等人，王念平任小组长。在此之前，已由王念平负责，同陈方澜、董谋先一起，先在国民党政府

“财政部”建立了一个党的外围组织，起名 MD（Members of Democracy 的缩写），并以单线联系的方式，在南京许多机关单位一些进步青年中发展成员，但不发生横向联系。然后通过 MD 的成员，广泛团结教育广大公务员工，等待时机行动。

1948 年 11 月 6 日，淮海战役开始，国民党政府下达了疏散令。除少数人员随迁广州外，对广大员工采取了所谓的“留职停薪”“疏散回乡”每人发给疏散费金圆券 2000 元（约合银圆 20 块）了事。

消息传来，群情激愤！“财政部”的 MD 同志们首先以“反迁都”“反疏散”“要工作”“要活命”等口号，发动群众，开展经济斗争，派代表连续两天去找部长徐堪、次长杨道樾说理、要钱。第一天派去的代表被徐堪气势汹汹地训斥了一顿；第二天，代表们又同杨道樾整整交涉了 12 个小时，还是没有结果。代表们坚持说理斗争，紧紧围着杨不散。这时总务司长罗某偷偷爬上三楼准备打电话给警察厅，要求进行武力镇压，被我们的监视哨发现。群众一听，怒火中烧，就一齐拥上去，把这位罗司长头朝下拖下楼来，你一拳，我一脚，边打边拖，拖到杨次长面前，吓得杨直发抖。正在他发抖的时候，不知谁从后面重重扇了他一记耳光。他连连抱头求饶：“我签，我签！”终于签上了他的大名，每人增发疏散费 1 万元。斗争取得了第一回合的胜利，进一步激励了群众的斗志。

当晚，林徵同志传达了市委的指示：立即成立“全市公务员工党团小组”，以加强领导。并由 MD 成员迅速把“财政部”员工斗争胜利的消息传播出去，发动全市广大员工纷纷起来向各自单位的官员们要求增发疏散费。这就搞得各部部长们日夜不得安宁，躲的躲，逃的逃。当时盛传“某某部长逃上了飞机，也被群众拽了下来”。经过群众的斗争，公务员工都拿到了 1 万元的疏散费，群众也在斗争中得到了锻炼。

到 12 月下旬，党团小组又以“财政部”为突破口，发动群众开展了第二回合的斗争——“要吃饭、要活命！”要求再发疏散费 1 万元。当时部长、次长们都难以寻找到了。群众探听到会计长张国正的行踪，把目标瞄向了他，突然向他围攻。

张看群众一个个怒气冲冲，接受了上次次长挨耳光的教训，没坚持半天，就乖乖地签发了每人再发 1 万元疏散费的文件。“财政部”员工第二回合的斗争又取得了胜利，再一次激起了全南京各机关员工新一轮的斗争热情，结果同样取得了胜利。

反抗斗争此起彼伏

1949 年 1 月 10 日，淮海战役结束。不久，蒋介石宣告“引退”，李宗仁出任“代总统”，反动政府已处于土崩瓦解之中。在此前后，根据市委领导决定，党团小组先在“财政部”成立了“公务员工联谊会”，由周臣千、汤执中、陈方澜负责。接着，MD 成员到各机关寻找各自可靠的关系，进一步发动群众，把各单位的员工“联谊会”陆续建立起来。各单位的员工“联谊会”发动员工自动回机关上班，“联谊会”负责人主持工作，保护机关的档案财产安全，严防被抢劫、破坏和偷偷运走。有些“联谊会”还在员工之间开展了生活互助，帮助解决一些员工的实际困难。

为加强对各机关“联谊会”的领导，根据党的指示，决定建立“全南京公务员工联谊总会”。1949 年 2 月 3 日，在“财政部”大礼堂召开了“全南京各机关单位员工联谊会代表大会”。大会由“财政部钱币司”稽核、民革成员周臣千主持，王念平任秘书。到会代表 400 余人，代表 200 多个单位，一致通过了大会《致全南京公务员工同仁们的公开信》，一致通过成立“全南京公务员工联谊总会”（简称“公联总会”）的决定，且通过了《联谊总会章程》。此时，有 20 多个国民党特务冒充代表混进了会场，先在他们自己人中间假装吵架，制造混乱气氛，继而挑起摩擦，对代表们大打出手，并把手枪也亮了出来。会场被捣毁，“社会部”一位姓陶的女员工竟被打得小便失禁。“警察厅”的专员李光昌也到了会场，“财政部”四周架起了机关枪，形势非常紧张。

这一事件，2 月 4 日的《大刚报》以头版头条新闻，进行了详细生动的报道。同一天，国民党党报《中央日报》，也从反面报道了这一消息：“关于昨日财政部演出武戏，首都卫戍总部发言人罗喜波称：所谓各机关留京职员联谊会，本为不合法组织，本人已在昨日（即前日）记者招待会上正式宣布：'本部不予承认'。该会今日集会，事先既未通知治安当局派员维持秩序，现闹出乱子，其中参与人员颇杂乱，难免没有匪徒混入，本部对此相当重视。"

该报又以"各院部留京职员决定不组织联谊会，成立大会因会场混乱流产"为标题，发了"本报讯"："首都各院部会留京职员前为今后出路及生活问题，曾先后分别组织联谊会，以解决各项问题，数日前后发起组织总联谊会，决定昨天（3 日）晨 10 时举行成立大会，由各单位派代表一人集会商讨，讵到会人数竟达百余人。因人多杂乱，身份无法鉴别，会场秩序无法维持，继之发生纷扰，一片喊打声，秩序更乱，警察厅闻讯派警前往现场弹压，始告安定。至午，财政部铁门内，警察大队犹架设机枪警戒，情况相当紧张，乱中曾有数人被扭，社会部一职员受微伤。"同时造谣说，"事件发生后，据该会代表称，该会由于此次不幸事件，决定不再成立，停止一切活动"。

当时气氛之紧张，形势之险恶，从这些反面报道中，可见一斑。

三天后，周臣千被捕，王念平暂时避居上海，陈方澜化名陈伯涛暂时避居江苏丹阳。刚成立的"全南京公务员工联谊总会"被迫转入地下活动，由董谋先联系各方面力量，继续坚持斗争。不管当时反动政府大喊"和平"还是"战争"，我们始终抓住两条：一是要求各单位员工们继续做到每天坚持回机关上班，切实保护好机关的档案、财产，不准外人进出，不准本单位任何人转移档案、财产；二是要求各单位员工们不断向本单位头头要求复职复薪，解决生活困难。

当何应钦回到南京，出任"行政院"院长的消息传出后，"公联总会"又发动和组织了一些单位，选派 12 名代表到何应钦公馆请愿。何应钦避而不见，让秘书出来应付搪塞了一番，说什么一定向上面报告，设法解决，等等。此事次日也见了报。这一行动虽然没有取得实质性的成果，但在当时险恶的环境中，那种敢闯敢斗的精神，对鼓舞公务员工们的斗志起了很好的作用。

斗争此起彼伏，一直坚持到南京解放。

共产党雪中送炭

南京解放几天之后，市军管会领导宋任穷、柯庆施、张霖之、陈同生等先后接见了王念平、董谋先，听取了南京公务员工运动的情况及员工们的思想、生活状况的汇报，并决定给公务员工每人发放一笔数目不小的生活费。这笔钱对正处在困境中的公务员工来说，真是雪中送炭。共产党的亲切关怀，使他们无不感激涕零，纷纷向党靠拢，这为争取团结教育改造他们，起了很好的推动作用。

接着，“全南京公务员工联谊总会”在“财政部”大礼堂召开了第二次代表大会，并邀请驻“财政部”的一姓杨的军代表（名字已记不清）参加了大会并讲了话。会上，选举产生了领导班子，并决定在“财政部”内公开挂牌办公。会上，还有人即兴创作和朗诵了一首讽刺诗，痛快淋漓地讽刺了“财政部”历任部长宋子文、孔祥熙、徐堪等官僚的种种丑态。这次大会开得很成功，《新华日报》《新民报》等报社均派记者现场采访，并在头版头条做了大篇幅的报道。

大会过后，“公联总会”和各单位联谊会立即动员和组织广大员工认真学习党的方针政策，积极协助和支持各自单位军代表的接管工作，在较短的时间里，顺利地完成了接管任务。接管“财政部”的工作，曾被作为典型经验，在《新华日报》《新民报》等报刊的头版头条位置上做了详细报道。

全市各机关单位接管工作完成之后，“公联总会”即根据调查摸底的情况，深入细致地动员广大员工还乡生产。这是“公联总会”最后、也是最重要的一项工作，任务是比较艰巨的。但在市委、市军管会的领导下“公联总会”勇敢地挑起了这副重担，协助军管会完成了这项任务。

这项工作，仍以“财政部”机关为试点，以点带面逐步展开。大约6月上中旬，在“财政部”大礼堂又召开过一次隆重的大会，内容是欢送原“财政部”员工自愿还乡生产，各机关联谊会都派代表来参加这个大会。杨军代表在会上讲了话并给予了热情的鼓励。

一个个佩戴红花、唱着《我们来自工农》、自愿还乡生产的员工，兴高采烈地派出代表在大会上发了言。军代表给还乡生产员工们发了路条、车船票和给当地政府的介绍信，等等。这个大会开得很有激情，效果和影响也很好，成了敦促全市公务员工还乡生产的动员大会、誓师大会。会后，《新华日报》《新民报》又以头版头条做了热情洋溢的报道。接着，各单位也热火朝天地掀起了还乡生产运动。据《新华日报》《新民报》1949 年 6 月 29 日报道：这个运动从 6 月 17 日展开后，连日办理还乡手续的员工已达数千人之多。

全南京公务员工运动，历时 8 个月，至 1949 年 6 月底完成了自己的历史使命。7 月初，在中山东路的广东酒家召开了新闻发布会。会上，由“公联总会”主席董谋先做了《全南京公务员工运动总结报告》后，宣告“公联总会”自动解散，当场销毁了“公联总会”的公章，并于次日的《新华日报》《新民报》上刊出了启事。至此，全南京公务员工运动画上了圆满的句号。

（本文选自《红日照钟山　南京解放初期史料专辑》，1999 年版，原标题为《南京解放前后公务员工运动述略》）

周镜泉*：一个“民盟”小组的地下活动

和谈破裂，“民盟”被迫转入地下

1947 年，国民党一意孤行，撕毁政协决议，不顾中国共产党与“民盟”的坚决反对，召开了一党专制的“国民代表大会”，国共和谈宣告破裂，中共代表团撤出南京。不久，“民盟”也被宣布为“非法组织”，被迫转入地下。“民盟”南京市支部临工会秘密集会，决定决不停止活动。我所在的盟小组，在樊光、李秉祥同志主持下，配合中共党员，坚持斗争，做了一些工作。

在斗争中求生存

我们盟小组的活动，是利用盟员的公务员身份，建立各种社会组织、学校组织做掩护的，其中有共产党员参加，也吸收少数经过考验准备发展的对象参加。当时经常参加活动的有李秉祥（盟员，在社会部工作），夏平、李瑾锽夫妇（盟员，在公交公司工作），董谋先（盟员，在财政部工作），汪北炜（后为中共党员，

* 作者时为民盟盟员。

在报社工作），周镜泉（盟员，在社会部南京服务处工作）等。活动地点有时在中山门附近夏平家中，有时在新街口的社会服务处，有时在新街口的“银座”。盟小组主要做了以下几个方面的工作。

成立生活互助社。1947 年冬，由盟小组成员及所联系的积极分子，成立了“生活互助社”。并借新街口蜀中饭店楼上召开了成立大会，通过了社章。它的宗旨表面上是社员之间的生活互助，周贫济急，实际上是党支持下的“民盟”外围组织，目的在于扩大进步力量，反对国民党发动的内战。这个互助社成立后，举行过时事座谈，而且在它的下面又成立了一些组织，进行活动。

创办石膏工艺社。创办石膏工艺社的目的，是希望开辟一个经济来源，支援革命活动与帮助生活困难的同志和朋友。当时，工场就设在夏平同志的住处。在无锡约请了一位有制作石膏模型经验的师傅，招收了两名徒弟，又在新街口兴中商场里，租了一间柜台。白天是石膏工艺品商店，晚上供一位失业而又无住房的同志做临时宿舍。石膏工艺社从 1947 年冬开始营业。由于当时南京还未有过这样的专业商店，起先生意还不错，除了开销，还略有盈余。但是随着解放战争的发展，南京形势日趋紧张，物价飞涨，民不聊生，广大知识阶层生活也日益困难，哪里还有余钱来购买艺术品！至 1948 年秋，不得不停业。

创办知行补习学校。1948 年初，我们创办了知行补习学校，租用长江路国府后街一间房子做教室，每周一至周五晚上 7 时至 9 时上课。课程有语文、应用文、会计学、成本会计 4 种。由董谋先任校长，周镜泉任教导主任。课程分别由他俩包干。当时招收的是失业青年和底层公教人员，所以收费很少，教员几乎是完全尽义务。第一期招收了 32 人，到 1948 年暑期结业。除原定的课程外，我们还组织了每两周一次的时事讨论，这实际上是一块宣传阵地。我们原计划半年一期，连续办下去。但由于时局越来越紧张，第二期也就办不成了。

为“五二〇”事件募捐。1947 年 5 月 20 日，南京各大专院校学生 6000 多人，为反对国民党发动内战，向国民参政会请愿。队伍行至珠江路口，遭到国民党反动派军警的镇压，他们用水龙头、枪托、警棍打伤了很多男女学生。队伍散而复聚，与国民党布下的铁丝网、马队、宪兵、警察的层层障碍僵持着。我们盟小组的同志分散着为坚持在烈日下静坐斗争的同学们送茶水和食物。事后还发动募捐，慰问受伤学生。为支援学生运动尽了一份力量。

刻印革命文件。1949 年元旦前夕，毛泽东同志发表了《将革命进行到底》一文。我们小组一位从事新闻工作的同志，全文收录了这篇文件，连夜刻印，广为传播。盟小组秘密地组织了学习讨论。联系“民盟”组织及自己所走过的道路，做了回顾与检讨。更加坚定了将革命进行到底的决心和信心。

为迎接南京解放而制作卡片资料。我于 1946 年 6 月到社会部南京社会服务处工作，负责资料室。南京是当时国民党的首都，机关团体林立，人际关系复杂。为便于南来北往的人们问询，成立了人事服务组，广泛地向国民党中央及地方的党政机关和人民团体了解情况，把它们的名称、地点、电话、内部情况，包括处以上负责人名单，共制成了 10 多张卡片。表面上是为社会服务，备人们咨询用，实际上这是一套为准备南京解放后提供有关单位掌握情况的简明资料。这套卡片中华人民共和国成立后交给了新华日报社。这是“民盟”小组交给盟员的以合法的身份，利用合法的手段，进行有利于革命工作的任务之一。

集中学习，迎接解放。1949 年元旦以后，南京各中央部会迁移，有些单位遣散。我们的同志既没有跟着机关迁移，也遣而不散。通过地下党同志的联系，我们结集在北京路“中法比瑞同学会”会址，一方面留守，保护和保管好各单位的文件档案、房屋财产。另一方面利用早晚学习。学习内容包括《新民主主义论》《论联合政府》《将革命进行到底》等。事后知道，当时参加学习的，有地下党员 3 人，“民盟”盟员 5 人。在一个月左右的共同生活与学习中，大家结成了亲密的友谊。中华人民共和国成立后，这批人都参加了建设新中国的工作。

回想起中华人民共和国成立前的几年中，在中共地下党员的支持下，“民盟”盟员参加的一系列斗争。那时的党盟关系，真正是肝胆相照，生死与共。这种光荣传统，应该继承和发扬。

（本文选自《金陵破晓　纪念南京解放 40 周年史料专辑》，南京出版社 1989 年版，原标题为《一个“民盟”小组的地下活动》）

王晏清*：亲历南京首都警卫师起义

1949年3月，人民解放军集结江北准备发动渡江战役。国民党军队妄图凭借长江天险做垂死挣扎，代总统李宗仁这时施放和平烟幕，幻想苟延残喘。首都警备部队第九十七师突然于3月24日晚从南京近郊江宁镇、板桥镇一带突破国民党海军的封锁线，渡过长江，奔向江北桥林镇，宣布起义，参加人民解放军。我是该师的师长，兹就亲身经历事实，述其梗概如下。

蒋介石任命我为第九十七师师长

1948年春，我任青年军整编二〇八师的副师长，该师驻北平近郊。旧军队的副职人员一般是不大过问具体工作的，因此我就有时间去饱览故都名胜。由于当时人民解放战争的迅速发展，战火已迫近北平，我在表面上虽然度着生平未有的悠闲而安静的生活，但在思想上却有许多重大问题无法解决，如国家和个人前途问题，因而苦恼彷徨。

9月初，蒋介石突然来电召见我。我抱着怀疑的心情到了南京。在黄埔路总统官邸，一个侍从武官把我引到了蒋的会客室，我向他致礼后，他招呼我坐

---

* 作者时为首都警备部队第九十七师师长。

下。他面容憔悴，忧形于色，我也心存戒惧不敢多说话。他首先问我："你从哪里来？"我答："从北平来。"又问："你的部队在干什么？"答："部队新兵多，正在整训。"他一面问我，一面注视我，随即俯首察看我的履历表，不断地点头："嗯！嗯！"忽然又抬头问我说："你没有当过师长？"我答："是的，是的。"他接着说："你回去，听我的命令！"我敬了一个礼就出来了。过了几天我接到国防部命令，调我为第九十七师师长。事后，四十五军军长赵霞告诉我："第九十七师师长一职经国防部第一厅签呈了好几个人，送呈总统批示，均未经批准，现在他批准了你！可不容易啊！你要好好地干。"

第九十七师的任务是阻止人民解放军渡江

第九十七师辖二八九、二九〇、二九一三个团。该师是由首都警卫师改编的，前任师长一职系由蒋介石的侍卫长石祖德兼任。二八九团前身是军委会警卫团，曾直接担任蒋介石的警卫工作；二九〇团前身是陈诚担任第六战区长官和军政部部长的警卫团，直接担任过陈诚的警卫工作；二九一团前身是顾祝同第三战区长官部的警卫团，后顾祝同任陆军总司令时又改为陆军总司令部警卫团，直接担任过顾祝同的警卫工作。

1948 年 8 月，蒋介石发动的内战节节失利，兵员补充成了严重问题，迫使他不得不把自己看门的部队改为野战部队，所以警卫师改成了九十七师。这个师与第一〇二师合编成第四十五军，由赵霞当军长，归南京卫戍总司令张耀明指挥，负责南京近郊的警卫工作；第九十七师的任务是担任由板桥镇至铜井镇宽约 60 里的江防正面，阻止人民解放军的渡江，其兵力部署是以二九〇团担任板桥镇附近的防务，二九一团担任铜井镇附近的防务。这两个团各以一个营在江北占领桥头堡，担任警戒和侦察，二八九团为预备队，随师司令部驻江宁镇。

了解了中共的政策后，我决定率队起义

1948 年 9 月，我调到南京接任第九十七师师长以后，不时到母舅邓昊明家叙谈。那时国民党政府无论在军事、政治、经济各方面都在恶化，已显示出政权不能维持很久的迹象。我和邓对形势的估计也是相同的，后来经过邓的介绍，与地下党的同志发生了联系。从李益之同志那里，我了解到中共的政策和解放区的真实情况，知道了统一战线政策的内容。我表示愿意辞去国民党的职务，投奔共产党，因为我看到国民党一点希望也没有了。党的同志帮助我，说应当从人民最需要的地方出发，考虑率队起义。我接受了这个意见。过后，我又会见了地下党负责同志史永，他勉励我说，党对我立志起义的事很重视，要我努力做出贡献。史又谈到党对起义人员很优待，只要对人民做了好事，人民是不会忘记的。这些话，都给我很大的鼓舞。

李益之传达党对我的指示："1. 在解放军渡江时开放江防正面 60 里，迎接解放军渡江；2. 希望能以强有力之一部兵力占领下关，阻止在浦口的第二十八军向江南撤退，以便在江北岸歼灭该军；3. 同时以一部兵力占领飞机场，断绝国民党的空运，使其重要人员和物资不能乘飞机逃走。"

为了执行党交给我的任务，我曾与本师知心的同志进行了研究，决定当解放军迫近江北岸时，派人与解放军联系，以免误会。又决定当解放军渡江时，命令各团不许开枪射击，待解放军安全渡江后，本师即以一个团开到下关并向浦口开炮轰击，使国民党第二十八军腹背受敌。此外，还决定以本师另一个团开到飞机场断绝国民党空运；同时师司令部直属部队和另一个团，即开入南京城，扫清残余的国民党军队，保护文物、仓库物资和市民生命财产，以迎接解放军进城。

机密泄露，我被软禁

我经过反复考虑，决定从私人谈心着手，进行组织起义的工作。1948 年 12 月，我发现二八九团团长杨镇洲、副团长邓健中头脑清楚，有正义感。我便到他们团部和他们谈起心来，他俩对当时贪污成风，上下争利，滥发纸币，物价飞涨的情况表示不满，对“剿共”军事亦无信心。我们彼此的看法一致，从此便结成知心的密友。在师司令部，我也和一些同志谈心，所见也完全相同，从此我就不感到孤立。关于起义计划我们都共同商量进行。

1949 年 1 月，我在一次全师连长以上军官的集会中讲到，抗战胜利后再打内战毫无意义，现在虽有长江天险，也无必胜把握。有些军官听了我的话，认为是真心话但有些顽固反动分子便大不以为然，并把我的话密报卫戍总司令张耀明。此外，我为了争取一些友军共同参加起义，又冒失地派参谋赵昌然找他的知己朋友联系，以便在必要时能采取一致行动。赵便向宪兵部队进行工作，策动宪兵部队归我指挥。结果宪兵部队也把这个情况反映给了张耀明。

我想，为了进一步取得国民党的信任，最好能同解放军发生一次小规模的战斗，打个小胜仗。杨镇洲、邓健中等同意我的意见。我命令本师在江北的部队，派侦察人员迅速查明江北解放军的活动情况。2 月中旬，我得知解放军山东子弟兵团有部分人员在桥林镇（距江边 20 里）附近活动，便于 2 月 20 日向桥林镇发动一次假扫荡，军长赵霞不知究竟，还商请了海军派舰协助渡江。

2 月 19 日夜，进攻部队均到达江北七坝集结完毕，当夜各部队开始前进，于 20 日拂晓到达桥林镇附近。突闻左翼传来炮声，知道邓健中营的迫击炮已开始射击。原来邓健中指挥之突击营接近桥林镇时，即发射迫击炮弹一发，用意在于“通知”子弟兵团迅速撤退。不久，右翼的突击营和由正面进攻的杨镇洲所部也开始射击，发出稀疏的枪声。我在桥林镇南侧用望远镜观察，看到子弟兵团部队纷纷北撤。

20 日上午 6 时战斗停止，双方无伤亡，但俘获子弟兵团战士七名。20 日上午，我的部队即由军舰协助撤回江南。我找了几位被俘的战士谈话，了解到他们是到桥林镇来采购粮食，因脱离主力太远，警戒疏忽而被俘的，后来他们都安全脱险了。此时我即呈报军部和卫戍总部云："我师扫荡桥林镇，共军坚决抵抗，激战一小时，敌被迫撤退，击伤击毙共军多人，俘共军七人，缴获步枪数支及手榴弹数十发。"

1949 年 3 月上旬的某一天，京沪警备总司令汤恩伯集合师长以上的高级军官讲话，他谈了一些反人民战争的形势，说京沪一带有几十万大军防守，又有长江天险，共军既无海空军，插翅也难渡……随即他又板着面孔说："现在我们内部有人思想不稳，对剿共无信心，我们大家一齐到中山陵总理灵前去宣誓。"我听了大吃一惊，即把这些情况通知李、邓，要他们提高警惕。他俩不久即赴上海隐蔽。

1949 年 3 月 23 日，南京卫戍总司令张耀明集合第四十五军营长以上干部讲话，宣布第四十五军军长赵霞撤职，遗缺由卫戍副总司令陈沛兼任。张在讲话中含沙射影愤愤地说："我们军队中有这样的军官，革命志气消沉，在干部中散布失败情绪，瓦解军心，替共产党做宣传，不愿干就给我滚，决不容许在内部捣鬼！"他圆睁双眼，一副凶神恶煞的样子。接着又怒气冲冲对我说："王师长，今晚到我家里去，我有话和你谈。"中午举行会餐，我和陈沛、赵霞同在一桌，赵霞在席上痛哭流涕，诉说他过去如何忠于职守，立了不少汗马功劳，蒋总统赏识了他委以军长重职，今大敌当前，正图立功报效，不料无故被撤职，怎不痛心。我单独和赵霞谈话，对他的撤职抱不平，又安慰他一番，赵便把我当作知己，他告诉我："你有个参谋赵昌然，在外边乱说，你要注意！"我恍然大悟，原来是他泄露了机密。

张耀明约我谈话的时间临时改在次日 8 时，地点也改在总司令部。届时，我到了总司令办公室，只见警卫森严。我在室内站立了不久，张耀明就迈开大步进来了，他一见我就大发脾气说："我过去把你当小老弟，现在看来，你不是人！"我早已心中有数，但只得缓和地说："我犯了什么事？"他气愤地递给我一张纸条说："你自己做出来的事，还不知道吗？你看看就知道了。"我接过纸条细细看了几遍，心中怦怦直跳，纸上写着："王匪晏清受共产党金条收买，丧尽天良，密谋叛变，该匪在部队中散布不满，紊乱军心，并派参谋赵昌然发动宪兵部队参加叛变，允许发给宪兵部队枪支和符号，更企图占领飞机场，抓捕我军高级指挥官……"

我顿时感到事态严重，于是情急生智，抓住特务控告唯一不正确的论点提出申辩："如果这个密告是事实，我确受了共产党的金条收买，请提出证据，并立即派人到我家搜查，如有金条，甘愿法办。"他接着说："你集合军官讲话，说什么这个仗打得没有意义，你当师长能这样讲话吗？"我只得委婉地解释说："由于那次讲话的情绪不好，发了几句牢骚，如果真有什么坏意，我会这样愚蠢集合大家公开宣传吗？"张此时火气似乎小了一些，我又奉命打电话给赵昌然，叫他来司令部。张见电话接通了，即起身离去。临行要我在他的办公室等候，非有他的命令不得离开。这时我想破门而去，但窥见门外已布置宪兵岗哨，就没有鲁莽从事。

我正在室内踱来踱去胡思乱想时，忽然副总司令覃异之走进来，面色和悦。我向他诉说："我在十八军工作多年，是陈诚、罗卓英的老部下，希望你主持公道。"他笑而不答。不一会，赵昌然进来了，我以目示意，暗示情况严重。随即我把他介绍给覃，覃立即把他领到室外别处去询问了。

中午，就在总司令办公室吃了午餐。下午 5 时，覃异之对我说："你回家去等着，随传随到。"我到大门口，不见司机，我要卫士去找，覃异之赶到大门口催我快走。事后了解，覃接汤恩伯电话要把我送老虎桥监狱，覃回答汤说："王师长已走了。"

起义成功，我们走上了光明之路

我急忙坐上自己的吉普车返家，经仔细观察寓所，未发现特殊情况。当即令司机检查车子，加足汽油，五分钟后就离家驶往驻地。在车中，我做了提前起义的思想准备。

当日下午 6 时，我抵达江宁镇师部。7 时许，我召集杨镇洲、邓健中等密议，我把赵霞撤职和我被软禁的一切经过告诉了他们。他们也认为只有提前行动。我又找来警卫营长叶宏昌、主任参谋黄克栗、军需王道一、中校附员萧汉杰等告以立即起义的意图。但叶宏昌说，匆忙渡江参加共产党不是好办法，第一渡江困难，其次共产党不一定相信我们，不如把部队带到我的家乡太湖一带去打游击，创造独立局面。

萧汉杰听说要起义，吓得面色惨白，不知所措。他说这样的大事要郑重考虑。杨镇洲听后就暴跳起来说："这家伙在泼冷水，先把他看押再说。"我立即为他解释，说他是我小学中学和军校的老同学，胆子小，但不会坏事的。接着王道一说："现在已到月尾，军需主任已到城内去领薪饷和主副食去了，明天就可回师部，要渡江也要等到明天再说，不然主副食都成问题。"黄克栗则主张立即渡江起义。

我又和少校参谋施新汉、胡达修个别谈话，他俩表面赞同，内心犹豫。最后我发表意见说："现在再也不能犹豫，若等到明天，则一切都完了。到江南打游击，条件不够，是空想。目前唯一出路就是起义参加解放军。"随即我要大家立即分头准备，于 8 时 30 分准备完毕，开始渡江。

在起义的问题上，一般官兵缺乏思想基础，故在宣布行动目的和任务时，只说是奉命渡江扫荡，俟部队到达江北后再宣布真正的意图。当时我们也大致明了国民党军队的兵力和部署，在芜湖以东丹阳以西，一时不可能抽调一师以上的部队来打我们，即使抽调一些部队，最快也要明天拂晓以后才能到达。

关于驻江宁镇的二八九团和师直属部队，渡江起义问题不大，但驻板桥镇的二九〇团和驻铜井镇的二九一团的起义问题引起了我的顾虑。二九〇团已有一个营在江北七坝，我们渡江后可强迫它一致行动，该团团长黄子安还率领两个营和团直属部队在板桥镇，若明告他是起义，他必不从。我考虑还是以扫荡为名，把他们骗过江再说。因此我即用电话通知黄子安，嘱其立即率队渡江到七坝与我会合。关于二九一团的行动，由于该团距师太远，一时不易赶来七坝，以该团团长王义鸾平时政治态度，即使过了江也不易与我们一致行动，故决定到江北后看情况行事。

不久前，曾接到卫戍总部通知："凡未经本部批准，在夜间由江南渡到江北的船只，都由负责封锁长江的军舰予以击沉之。"我们以木船偷渡，若被军舰发现开炮轰击，则将不堪设想。邓健中说，军舰位置在我们的有效射程之内，如军舰射击，我们几炮就可轰掉它。这时沿江一带的渔船，悉为卫戍总部强迫集中下关。邓健中自告奋勇到江边寻找可能私藏的渔船，并受命担任设置迫击炮阵地的任务。

夜 8 时 30 分，部队向江边移运。我率师司令部人员于 9 时 30 分到达江宁镇河口，发现已有 30 余只渔船在江边集结。遂命令先到的部队先行渡江，帆船一只接着一只驶向江北。停在江面上的军舰不断用探照灯对我们的帆船照射，银白色的光柱在昏黑的水面忽起忽落，来回移动。很明显，他们已经发现部队正在渡江，但并未向我们射击（据事后了解，他们怕我们开炮还击）。

夜 10 时许，我和师部人员到达江北七坝，得知后续部队正在渡江，杨镇洲、邓健中等均已到达江北，邓已指派部队在江边构筑工事，以防万一。我和大家商量对二九一团如何处理，大家都认为能整个师起义最好。我因为要对各营长以上干部分别下达命令，又要准备率队北上，没有时间与二九一团通话。于是我要邓健中用电话传达我的命令，通知该团于今夜渡江到桥林镇与师主力会合。结果该团拒绝渡江，且把我们的行动报告四十五军军部。

我在江北分别同营长以上人员谈话，明确告以渡江的真正企图，他们都表示同意。这时，眼前最迫切的问题是立即同解放军取得联系。我取出名片写上："人民解放军同志：我是国民党第九十七师师长，我师于今天起义参加人民解放事业。你们收到此信后，请即派人到桥林镇联系，并请通知前方解放军部队不要发生误会为荷！"

我于夜 10 时许派出第一组联络员，命他们一直往北走，找到了解放军立即回报，并尽量于 25 日清晨 6 时前赶回师部。唯恐第一组不能完成任务，又继续派出第二、三、四组。此时副官主任李南先由江南赶来七坝，他对我说："听萧汉杰说你率领部队起义，特赶来参加，萧已搭车回南京通知你家属趁夜逃走。”我对他说：“你来得正好，目前亟须同解放军取得联系，我虽派了几组联络员前往，不一定能完成任务，你立即去执行这一任务，务于明晨回报！”李欣然受命而去。

夜 11 时，考虑部队不能在七坝停留过久，因天明时大批军舰可能到江边实行炮击，如加上飞机轰炸，会引起混乱和伤亡，于是决定乘夜赶往桥林镇，乃命师直属队先行，二八九团继后。二九〇团正在渡江，我通知黄子安团长，渡江后即到桥林镇会晤。

25 日 2 时，全师除二九一团外全部到达桥林镇集结完毕。我才把起义意图告知黄子安，黄虽表示同意，但面色惨白，显得勇气不足，当时有人建议把他枪决，但我因黄未表示反抗，不忍断然处决。此时，发现军官们三三两两，窃窃私语。

4 时许，我考虑部队停在桥林镇距江边只有 20 里，易发生事故，遂决定继续向新店庙前进（新店庙距江边约 40 里），部队按二八九团、师直属队、二九〇团次序前进。当部队离开桥林镇 4 里时即已天亮，发现国民党飞机在上空发传单并扫射，二八九团部队当即自行疏散隐蔽休息。传单上写道：“九十七师官兵们：你们师长王晏清，勾结‘共匪’，背叛党国，该师官兵在我军中有悠久之光荣历史，一向深明大义，盼能携械归来，决予重赏！有击毙王匪者赏银洋 3 万元，有击毙次要匪首者赏银洋 1 万元，并连升三级。”

由于二八九团已停止休息，师直属队也随着停止休息。我在桥林镇北约 2 里之村庄内睡了约两小时，吃了早饭，此时有些干部来报告说某营长跑了，某连长也不见了。我在附近的高地用望远镜瞭望桥林镇以南，发现有一群一群的人向南奔逃，判断是二九〇团的部队。此时最使我焦虑的是昨夜派出向解放军联系的人，迄无一组前来回报。

据事后了解，副官主任李南先于 25 日上午 7 时即与解放军侦察人员取得联系，侦察人员把他送到团部，团送到师部，师又把他送到军部，因而费了一整天的时间。当时我和大家研究，若把部队一直开到新店庙，势必与解放军引起误会，这样对起义部队来说，极为不利，现在趁部队分散休息之际，我亲到前面取得联系，二八九团由杨团长掌握，师直属队由警卫营长叶宏昌掌握，待我与解放军取得联系后，再令部队前进。

于是，我带了邓健中和师部的参谋人员、警卫人员，并就近指定二八九团的一个排随我前进。临行前我嘱咐他们，如遇解放军，即使解放军先开枪，我们也不能还击。我又派主任参谋黄克栗先我出发，直奔新店庙。

在前进途中，发现了几个便衣武装人员。查知是我部派出的联络员，谓黑夜不辨方向，走了许多弯路，故现在才到此地。我们进抵新店庙南三四里处，黄克栗面带笑容回来了，他告我已在新店庙与解放军张师长取得联系。我即派员奔回桥林镇通知杨镇洲速把部队带来。不久杨镇洲来了，他见了我摇着手说："糟了！糟了！"方知部队于两小时前已溃乱，纷纷向江边逃回。我即建议解放军派队追回，但因当时解放军到达新店庙者仅有一部分前锋部队，尚未部署妥当，故未果行。九十七师官兵随我到达解放区的，有团长杨镇洲、副团长邓健中、参谋主任黄克栗、副官主任李南先、军需王道一、师部警卫人员和二八九团一部分共百余人。

我于起义后到达滁县第八兵团司令部，承司令员陈士榘同志、政委江渭清同志、联络部部长廖卓之同志等热情接待，江政委亲到招待所帮助我鼓励我。而后到达三野政治部，又得到唐亮、钟期光主任和联络部部长徐宗田等无微不至的关怀照顾，感到了革命大家庭中的温暖。4 月 22 日，我随大军渡江解放江南，5 月 3 日又回到了人民的南京。

我起义后，我的爱人曹恬和子女四人被国民党特务看押在东门街 17 号寓所。特务们夜以继日地逼迫交代我与哪些共产党人来往，她闭口不言。特务用枪口对着她，她也不屈服，几次想跳楼自杀，因儿女牵衣哭泣未果。经过一个月的苦难生活，我的全家随着南京的解放而解放。

（本文选自《江苏文史资料集萃·军事卷》，1995 年版，原标题为《南京首都警卫师起义的回忆》）

阙晓钟*：我参与了国民党第二舰队的起义

1947年，国民党海防第二舰队成立，桂永清任命林遵为舰队司令，我被调任舰队轮机长。以后，又调来麦士尧任参谋长。按舰队编制规定，轮机长直属司令指挥。开始时，二舰队编制只有六艘军舰，为惠安（旗舰）、安东、永绥、吉安、营口、江犀等舰。二舰队的任务十分明确，就是担任长江下游江阴至安庆的防务，阻止解放军渡江。舰队司令部设在镇江岸上，桂永清派有指导员、警卫排、司机、副官等，都负有监视二舰队行动的使命。

秘密约见联络员

我和林遵是同学和同乡，在二舰队又一起工作，朝夕相处，关系很好。林经常流露出忧国爱民，不满蒋桂统治的思想，感到国家前途没有希望。我很能理解这位老上级的心情。1948年，我开始在二舰队中进行策动起义的活动。我首先向林遵谈了这件事，马上就获得了他的同意。林遵表示要找中共联系，并说："最好能找到党中央的关系。"

我通过三弟阙巍观要吴平（与三弟是江苏学院同学）找党联系二舰队起义之

* 作者时为国民党海防第二舰队轮机长。

事，吴潜赴解放区后，考入济南华东大学，写了一份关于二舰队准备起义的报告，由韦忽校长转报华东局。后华东局派吴平、曹一飞潜回蒋管区，进行联络和策反二舰队起义的工作。吴、曹到达上海后就住在我家（我和二弟阙辅三住在上海四川北路永安里78号一幢三层楼房中）。

1948年10月，周恩来指示，通过上海地下党组织，派吴克坚、林亨元找郭寿生与二舰队林遵进行联络。郭系原《海军》月刊社编辑，与林遵是烟台海校同学。约在1948年11月，有一次我从上海回镇江司令部，郭寿生与我同行。

在镇江，我们同林遵见面后，三人同去金山寺游览。郭在金山寺对林遵说："上海地下党组织根据周恩来的指示，派我来策动第二舰队起义。"林遵当即表示同意起义。回来时，林遵即将郭的来意告诉我说："已找到党中央的关系了。"并要我作为代表到上海，通过郭寿生与上海地下党组织接触。

回到上海后，我通过郭寿生的介绍与上海地下党代表林亨元教授见了面，联络地点在我家。我与林亨元会面时，我明确了林遵司令率领二舰队起义的诚意。此后我经常往返镇江和上海，与郭寿生、林亨元密商起义事宜。

在一次会面时，我们谈了关于起义的时机。我谈到，与林遵研究时有几个客观情况：（1）军舰上人员复杂，军舰行动，必须有航海、轮机、枪炮、通信等部门配合，非二三人可以掌握；（2）在长江，蒋、桂的嫡系舰艇不好掌握；（3）桂永清、周宪章（海总部参谋长）坐镇南京海总部，对二舰队舰艇直接指挥、监视和控制，从未放松。因此，林遵意见是，选择在大军渡江时起义为上策。

我们还研究了几个问题，如二舰队编制的军舰可能起义和可掌握的艘数，双方都表示要争取更多的军舰随同起义；我还要求党中央派军事人员来镇江协助二舰队策划组织起义的具体事宜。林亨元提出，要我们提供军事情报，以后可以陆续通过郭寿生、林亨元提供给党。情报的大致范围为：海军军事情报；二舰队从长江各渡口撤防集中至各大港口镇江、南京、芜湖、安庆等地的情报；各项建议及起义时岸上与舰艇的联络信号。我说："我回去要林遵派欧阳晋来，他是学通信的。"

1948年2月，华东前委派孙克骥、杨进两同志潜赴镇江，二人没有找到二舰队司令部地址。孙克骥看见惠安旗舰泊在江面，遂冒着很大风险乘惠安旗舰上岸的交通艇上了惠安舰，用上海地下党代号的介绍信找林遵司令。适时我不在舰上。林遵因舰上耳目多，未便亲自接见，就由参谋戴熙愉婉转地通知孙克骥林司令没空会见，并派小艇送孙上岸。

孙上岸后与杨进商议，因与上海地下党没有组织关系，故决定再回苏北向三野总部报告情况，然后电报上海地下党。3 月份，孙克骥、杨进第二次过江到了上海，与地下党接上了关系。我经林亨元介绍，在上海南京路冠生园第一次与孙、杨二人见了面。这次没有谈具体问题，只是约定下次在上海福州路杨进亲戚家中见面。

第二天，林亨元、孙克骥、杨进和我四人到福州路杨进亲戚家中会谈。孙克骥传达了陈毅司令员对二舰队的两点希望：（1）希望二舰队协助配合解放军渡江，（2）以实际行动反抗桂永清将长江舰队撤往台湾的计划，将二舰队舰艇留在长江。孙克骥还提出要我们提供更多的军事情报。我当即表示，尽力做到以上各点，努力争取更多的军舰留在长江。

会谈后，我马上赶回镇江向林遵汇报。林遵在谈到对第一点希望的意见时说："已经和你研究过，起义时机选择在大军渡江的时机为上策。我们要考虑几点客观情况，协助配合解放军渡江，不能理解为用武力协助渡江。如果军舰向长江南岸开炮，会误伤老百姓。而且如有军舰反抗，那后果不堪设想。我们只能相机行事，可以暗中协助。"林遵对第二点表示，我们起义留下可以做到，并努力争取尽量多的舰艇留下来。

两天后，孙克骥、杨进到镇江找我，我将林遵对陈毅两点希望的意见相告，并表示无论如何努力争取更多的军舰随同起义，同时我把有关"二舰队舰艇由各渡口撤防集中到大港口镇江、南京、芜湖、安庆（停止在各渡口巡航）"内容的桂永清的批准书给孙、杨过目。孙、杨此次来镇江，林遵因桂永清暗中派遣特务监视，加上桂派有所谓指导员等人驻在镇江岸上的司令部，耳目众多，故没有接见孙、杨。

对于这件事，林亨元曾来上海我的家中，对我说："孙代表陈毅司令员要见林遵，林遵为何不见？"我说："桂永清耳目众多，林遵十分慎重，考虑再三，认为还是不见为好，这也是为了孙、杨二同志的安全。"

林亨元说："我们党没有直接同林遵见面，这个事情还没有具体化。虽然在联络过程中，我们都有代表，但是到了决定的时候，党要跟林遵直接接头。"

我即赶回镇江向林遵汇报，林遵答应了，并先派参谋欧阳晋去上海通知林亨元，约好时间在镇江金山寺会面。

党代表林亨元来镇江赴约那天，正赶上下雨，而且越下越大，到金山寺很不方便。我提议到附近一家有名的干丝馆里会谈。那天，馆里只有我们三人，会谈很顺利。

林亨元先谈道："党中央已经同意你们选择在大军渡江的时机举行起义。中央希望协助配合解放军渡江，以后还要以你们舰队为基础建立华东海军。"

林遵对配合解放军渡江问题，重述了当时的客观情况，并说："公开配合解放军渡江，难免遭到国民党飞机轰炸，造成渡江部队和舰艇的严重损失，配合渡江可以做到不向北岸和渡江船只开炮，如果军舰在长江开炮，容易误伤那里的老百姓。"林遵又说："我已把所有长江舰艇由各渡口撤防集中到各大港口镇江、南京、芜湖、安庆，以便解放军渡江。"林遵在此之前，已在策划协助解放军渡江。他以江防防线太长，不便指挥、补充、修理等为由，报告了桂永清。桂发了正式的批准书，同意各舰艇从长江各渡口撤防。

林亨元听后说："你们起义，我们表示欢迎，至于能否掉转炮口打国民党军队，就请你根据具体情况来决定吧。今天就拍板决定了，以后你再和三野派来的人见一次面。"最后，大家握手表示拍板敲定。

林遵和我分头策反六艘军舰

林遵与中共代表正式决定了起义大事后，马上就积极地开始了起义的准备。

他先后调来主任参谋欧阳晋（与林遵在德国留学时是学员与队长关系，抗战中在皖南敌后布雷队也是队员与队长关系）、参谋戴熙愉（林遵当年去西南沙群岛时，戴是指挥舰“太平”号舰务官）和副官王熙华（王曾因对抗桂永清而遭禁闭，林遵将他保出）为助手。

同时，林遵一直在争取更多的军舰派来长江。京沪杭警备总司令汤恩伯 3 月在常州召开军事会议，林遵要我和炮艇队长陈务笃一同前往参加。会后汤恩伯单独召见了林遵。林说：“海军到了长江用处不大，长江防线长，军舰太少，防备力量非常薄弱。”汤听后非常惊慌地说：“我马上跟桂永清说多派军舰，增强长江防务。”不久，桂永清先后增派了永嘉、永定、永修、美盛、美亨、联光、楚同、太原、永绩、武陵、兴安、楚观 12 艘军舰进入长江，加上原编制的六艘舰，这样，二舰队在长江中总共有 18 艘军舰和 50 余艘炮艇。

1949 年 3 月，中共派吴平、曹一飞潜回蒋管区到达上海，住在我家。我二弟阙辅三向吴平、曹一飞提供了二舰队舰艇装备等情报，并建议解放军在渡江的时候，应先控制江阴，卡住长江咽喉，以防止军舰逃跑。当我接到家信返上海后，吴平汇报了党的有关指示。

我说：“你们去解放区后，党中央已派人与二舰队联系，最近三野总部也派员前来指导协助组织起义具体事宜，二舰队已决定在大军渡江的时机起义，舰队在长江的舰艇已从各渡口撤防集中到镇江、南京、芜湖、安庆等大港口，已停止在各渡口巡航。你们应设法尽速将这情报送回解放区向上报告。”

当晚，吴、曹把我们提供的情报背熟牢记，第二天就离开上海经浦口返回解放区。送走吴、曹二人后，我即返回镇江舰队。林遵和我进行了研究，决定对二舰队所属编制的六艘军舰，分头去做策反工作，以此为起义的骨干力量。我负责永绥、吉安、营口、安东四艘军舰，惠安旗舰、江犀舰由林遵自己掌握，并设法争取在长江的其他舰艇。

安东舰部署在芜湖，唐涌根任舰长。他上任后，常不在舰上，4 月中他以重病为借口离舰就医。副长韩廷枫与我是同乡和同学，曾在海容军舰共事很熟悉。

当初二舰队司令部设在安东舰上，我们又一起共事。我早已向他谈了起义之事，他完全同意，这次，他表示坚决听从林遵司令的指挥行动。

吉安舰部署在芜湖，舰长宋继宏，我不相识，但该舰轮机长林则棠是我同乡和同学，关系很好，在轮机业务上常与我一道切磋。我向他谈及了起义之事，他十分同意，并表示如军舰企图驶出长江，他将坚决设法阻止。

永绥舰的位置在南京江面，舰长邵仑和我是同乡同学。我到南京向他谈了起义之事后，他同意林遵起义意图。以后我在上海虹口公园与孙克骥见面时，孙要我去联络邵仑，孙与邵是表兄弟关系。我曾想把孙克骥安置在永绥舰上，一可坚定邵的起义决心，二可让孙克骥通过邵去协助林遵组织指挥起义工作。

我到南京对邵仑说："最近陈毅司令员派孙克骥等人来上海联系二舰队起义事宜，孙是你的表弟吧，他要来舰找你。"邵说："有十几年没有见面了，过去不知道他在何处。"他同意孙来舰见面。两日后，孙到南京与邵见了面，就住在"永绥"舰上。4 月 19 日，孙要邵引见林遵，适这天林遵离开南京去芜湖巡防，未能见面。

营口舰停泊在镇江，舰长邱仲明是四川人，马尾海校毕业，在德国留学时和林遵是学员与队长关系。林遵认为邱仲明与海总部参谋长周宪章关系密切，遇事硬冲硬打，态度忽明忽暗，因此将营口舰布置在镇江，同时派我驻在镇江岸上二舰队司令部，要我做他的工作。二舰队司令部驻在安东舰上时，我和邱仲明同住一室。当时邱是二舰队参谋，后因周宪章的关系调任营口舰舰长。在镇江时我和他比较接近，他常请我到公园坊家中做客。4 月中旬在镇江岸上，我提出了林遵司令的起义意图。他沉思很久才表示同意起义，并说可以掌握泊在镇江的楚观等舰的行动。

1949 年 3 月，我随林遵司令乘惠安旗舰以巡防为名，驶往长江上游到安庆等地，林遵对各舰艇官兵讲了话，提出军舰如在长江开炮，会使老百姓遭受严重伤亡，他告诫舰长不得向北岸和渡江船只开炮。我也对惠安旗舰枪炮军士长何友生说："无论什么情况都不要向共军开炮。"（二舰队起义后，国民党轰炸机六架对在南京上下游疏散的舰艇实施轰炸，何友生坚守岗位，奋勇与敌机作战，不幸中弹壮烈牺牲。）

为防止军舰下驶逃跑，我曾通过林亨元、杨进等人向解放军“三野”建议，要设法破坏江阴窄航道处的航标，北岸应设置流动炮位，以阻止军舰下驶开出长江。4 月中旬，长江北岸仪征、三江营一带，解放军已布置了强大炮兵阵地。这些情报，我们是通过在上海、镇江、南京三处的地下联络点再转地下党和解放区的。

上海联络点设在我家四川路永安里 78 号，直到 5 月份上海解放前还在使用。5 月初，张爱萍司令员曾派张渭清潜入上海到我家与阙辅三商议组织护船斗争。镇江联络点是由上海地下党组织安排的，地点在镇江面粉厂朱济忍处，杨进在这个联络点常与我接头。南京联络点是我为孙克骥安排的，地点是永绥舰。渡江前夕，三十五军又接到三野电报：“二舰队林遵与总部有联络，已派人沿江寻找。渡江点选择在芜湖上下游的金牛渡、黑沙洲、裕溪口、东西梁山等处渡口。4 月 21 日晚全面开始渡江。”

大军渡江和二舰队起义的日子就要到了。起义前，林遵要我驻在镇江岸上舰队司令部，交给我三个任务：（一）与三野代表杨进同志联系，联络地点在镇江面粉厂；（二）做营口舰长邱仲明的策反工作，营口舰就停泊在镇江；（三）争取参谋长麦士尧。当时林遵指定麦士尧驻镇江负责岸上司令部工作，按舰队编制规定，轮机长行动不受参谋长指挥。

那几天，我与杨进在镇江经常见面。镇江岸上的二舰队司令部，桂永清派有指导员、副官、警卫排、司机等人员，专门监视司令部人员的行动。有一次，杨进打电话找我，被副官接到，引起了他的注意，一再查问打电话的人。以后，我和杨进见面十分慎重。有一次，我由上海回镇江，在火车上看到了杨进。为了谨慎起见，我们连招呼也没打。到了镇江，我和杨进见了面。我将二舰队准备起义，以及对营口舰策反的情况向杨做了汇报。

不记名投票，决定去留

越是临近起义，林遵越是谨慎，他多次对我说：“桂永清是老牌蓝衣社分子，阴险毒辣，耳目众多，我们一定要十分慎重地从事。桂永清、周宪章坐镇海总部对长江舰艇直接指挥和监视，从未放松过。我们一定要认真对付，起义才有希望成功。”

4 月 16 日，海总部参谋长周宪章持桂永清的亲笔信赶到芜湖，要太原舰舰长陈务笃兼任芜湖指挥官。海总部又下令陈务笃执行阻击解放军渡江的任务。但陈以种种理由拒不执行。

4 月 19 日，桂永清命令林遵乘惠安舰由南京上驶芜湖，执行阻击芜湖上下游大规模渡江共军的任务。林遵推说惠安旗舰主机损坏。桂永清又命他乘美盛舰到芜湖，再换乘永嘉舰当旗舰。林遵只得带着参谋戴熙愉登上美盛舰。4 月 20 日到达芜湖上了永嘉舰。21 日晚，解放军在芜湖上下游全面渡江。而林遵则按兵不动。

22 日，形势急转直下，国民党政府已逃往广州，陆军部队全线溃退。此时，桂永清来电要林遵于 22 日率舰集中南京。林遵立即召开在港各舰舰长会议，强调各舰下驶时不得随意开炮。随之乘永嘉舰由芜湖下驶，于 22 日深夜到达南京。桂永清正在南京海总部焦急地等待着林遵。见面后，桂永清对林遵说：“我等你是要当面告诉你，你必须把整个二舰队和在南京集结的所有舰艇全部撤赴上海，哪怕剩一艘舰。事后，报请总裁晋升你为中将副总司令，授予青天白日勋章。”

23 日拂晓，林遵由海总部回到永嘉舰时，看看时机已到，决定召开舰长、队长会议，以争取更多的舰艇起义。林嘱咐参谋戴熙愉参与这一工作。23 日上午，有 16 位舰长、二位艇长参加了会议。会议开始时，林遵首先发言说：“国民党大势已去，谁也无力挽回。现舰队处境危急，舰队下驶有三关难过：一、江阴要塞已经易手；二、江北仪征一带有解放军强大炮兵阵地；三、镇江营口舰估计已投共。舰队驶沪很不容易。”接着大家发言讨论，会场上围绕走与留的问题，辩论激烈，始终定不下来。这时，参谋戴熙愉建议说：“用不记名投票来测验一下每个人的意愿，以定去留。”大家都同意。投过票在验票时，林遵宣布休息，利用这个时间做工作，他示意吴建安（惠安舰舰长）、张家宝（江犀舰舰长）去做反对起义人的工作。林遵自己去找太原舰舰长陈务笃（原炮艇队队长），陈表示坚决随从起义。

复会后验票，赞成留下起义的 10 票[①]，反对起义的 2 票，弃权的 6 票。林遵再次征询大家意见后，宣布少数服从多数，决定留下来。林遵马上就布置了三件事：（1）起草给浦口解放军部队联络起义的信，由惠安旗舰派人送去；（2）各舰电台暂时不与海总部断掉联系；（3）各舰锚位太密集，今晚需要调整疏散，以防发生意外。

会后，林遵由永嘉临时旗舰迁回惠安旗舰。当时除营口、楚观舰驻在镇江外，有 16 艘军舰，16 艘炮艇泊在南京燕子矶笆斗山江面，为惠安（舰长吴建安）、安东（副长韩廷枫）、吉安（舰长宋继宏）、永绥（舰长邵仑）、江犀（舰长张家宝）、楚同（舰长李宝陈）、太原（舰长陈务笃）、美盛（舰长易元方）、联光（舰长郭秉衡）、永嘉（舰长陈庆堃）、永定（舰长刘德凯）、永修（舰长桂宗炎）、永绩（舰长陈清生）、武陵（舰长刘征）、美亨（舰长陈绍平）、兴安（舰长刘宜敏）等。第一机动艇队 11 艘炮艇（队长张汝槱）、第五炮艇队五艘炮艇（队长杜徵琛）。

南京江面上的壮举

23 日傍晚，林遵得悉，由于该队参谋戴熙愉的疏忽，由永嘉临时旗舰迁回惠安旗舰时，没有通知永嘉舰降下司令旗，惠安舰升起司令旗，以致被反起义的永嘉舰冒充旗舰，在桅杆上升起紧急起锚开航的旗号，企图蒙骗各舰跟着下驶。除惠安旗舰和江犀、联光、太原三舰外，其余 12 艘都起锚相继跟着永嘉舰下驶。

吉安舰起锚后没有掉头，也跟着下驶。林则棠急中生智，马上推托机器损坏，这才阻止了吉安舰下驶。林遵见状，立即亲自用报话机喊叫各舰回来。安东、永

① 据联光舰舰长郭秉衡最近回忆，是 8 票。两个艇队长未发票。

绥、楚同、美盛、联光五舰听到林遵司令的喊话，都先后回到了笆斗山锚地。这样共有9艘舰参加了起义。

23日晚10时，九位坚决起义的舰长在惠安旗舰上碰头，对一直没有与解放军联系上感到担心。经林遵司令追查后才知道，派去浦口送信的人，被惠安旗舰反起义士兵暗中扣留。

林遵气愤地站起来说："我自己坐炮艇去浦口联系。"副官王熙华听到林司令要去，急切地说："天黑了，司令自己去不妥当，让我去吧。"大家都同意派他去。后林遵决定派戴熙愉同王熙华二人同去浦口联系，请陈务笃同炮艇队队长张汝槱商量，派一艘可靠的炮艇送戴王二人去浦口。艇队派4号艇担负了这个任务，并派分队队长姚海泉随艇照应。艇长王承懿勇敢地接受了这一任务。

炮艇到达浦口后安全靠上码头，等待联络。三十五军首长立即派张普生部长前来会见。一见面，张部长就热情地握着他们的手说："我们接到陈毅司令员的指示，知道你们就要起义，可到处找不到你们，你们来了，我们热烈欢迎。"随后张部长应邀乘艇上惠安旗舰会见了林遵。张代表三野首长接受二舰队起义，并向二舰队全体官兵表示热烈的欢迎和慰问。至此，林遵率领二舰队的25艘舰艇，1300余人，冲破重重阻力，终于在南京笆斗山江面宣告起义。这时，已是1949年4月23日深夜。

4月25日晚，在惠安旗舰会议室，林遵司令向各舰长传达了会见三十五军首长的情况和研究舰艇疏散问题。这时，突然有少数反起义士兵围上来，用武力威逼林遵司令开船下驶。林遵面对枪口沉着威严地和他们讲理，向他们反复解释共产党对起义人员的政策。林遵说："我林某率部起义，不是为了个人而是为了整个舰队，为了国家，我们已经把军舰交给了解放军，你们愿留的则留，原回家的可以回家，我不强迫你们，你们也不应强求我开船。"一席话，说得他们哑口无言。

几个反起义骨干分子持枪逼着吴建安开船，吴建安拿出手枪说："你们持枪干什么，不用你们打死我，我宁愿自己打死自己，也决不会下令开船。"另外几个反起义分子又去强逼引水员引水下驶。

这时，士兵舱里议论纷纷，枪炮军士长何友生在一群起义士兵的支持下，对引水员老胡说："坚决听从林司令行动，不要引水下驶。"老胡说："没有林司令命令，打死我也不给你们引水。"这时有人提出发"应变费"。戴熙愉认为破财消灾是个好办法，急忙请示林司令，林遵同意各舰发放"应变费"。钱一到手，反起义的士兵便一哄而散。

二舰队起义不久，军代表李进同志传达了上级指示，要二舰队派一艘可靠军舰，护送邵式平主席和政委前往九江，并指定我随舰护送，吕铮和朱珂也一道前往。林遵对这个任务极为重视，即决定派安东舰担负这个使命，并对我和舰长韩廷枫说："这是二舰队起义后第一次担负党交给的任务，要做好工作，保证安全。"我们护送首长到九江后，驶返南京，圆满完成了任务。

4 月 27 日上午 7 时，二舰队以旗舰惠安号为首，纷纷升起了红旗。林遵率 9 艘军舰、10 艘炮艇驶离笆斗山锚地，靠上了南京下关海军码头。8 时整，八兵团司令员陈士榘前来检阅接收，由林遵陪同到各舰艇参观。陈司令员深为赞赏，他说："当前最重要的是保存舰艇和人，而主要的是人。敌人飞机已侦察过，后一步必定是轰炸，敌人不让我们建海军，但我们一定要建设强大的海军。人员先下来，舰艇马上疏散。"

5 月 2 日，刘伯承司令员在南京总统府接见了二舰队官兵代表。当日下午，二野总部在新街口龙门酒家盛宴款待二舰队起义人员代表。刘伯承、唐亮、江渭清等首长亲临盛会。

5 月 18 日，毛泽东、朱德电复二舰队起义官兵，热烈欢迎他们参加到中国人民解放军的大家庭，勉励他们为继续学习海军技术和中国人民海军的光荣前途而奋斗。

（本文选自《崩溃的前夜：纪念南京解放、建国四十周年专辑》，1989 年版，原标题为《国民党第二舰队的新生》）

易元方*："美盛"军舰起义纪实

混乱中驶离南京

1949年4月中旬，我率美盛军舰离开上海，第一次进入长江，到南京护送国民党第二舰队司令林遵到上游去指挥战争。时人民解放军已临近长江北岸。海军已接近了第一线。美盛舰停在江面上，爬上桅杆，北望远处大地，一抹浅绿叶中，时时冒出几缕白烟，战争正在激烈进行中。

我同林遵原来不相识，这是第一次见面。他上舰后，美盛舰即利用天黑掩护全速上驶，他和我在驾驶室谈了一些当时的战况。行驶中，江北的解放军常有阵阵冷枪射中舰身，留下几个弹孔，我们意识到已经进入战场了。到了芜湖下游，送林遵上了别的军舰后，我们即返回南京。

在南京江面抛锚后，只见码头上一片混乱，交通中断，人们争相逃命，无法与上级联系。我们在黑暗中又离开南京下驶。天刚亮，看见南京下游的笆斗山江面，一群战舰横截江面，灯光闪闪，旗帜飘扬。我们向挂司令旗的永嘉舰报了舰名，旋即坐艇到永嘉舰报到。林遵这时已回到永嘉舰上。接着十多个舰长、艇队

* 作者时为"美盛"舰舰长。

长也都先后来了。我以前都在海洋航行，与江防部队素无往来，只认识几个老同学陈务笃、张汝槱、郭秉衡几个人。大家都坐在永嘉舰的会议室开会。林司令先安排了全体舰只下驶的行军序列，接着又谈了下游两岸的战况，说江阴炮台可能起义。林遵要大家自由漫谈，共论前程，是留下起义还是开下去跟国民党走。一时群情激动，议论纷纷。不少舰长都痛恨国民党腐败堕落，说我们的舰艇完全在解放军炮火下活动，要想阻止解放军渡江是不可能的。英舰紫石英号和黑天鹅号与北岸炮战负伤，不能行动，即是明证。

林遵宣告起义

有位舰长说："要我们留下来，主要是掩护达官贵人逃跑，为他们卖命。我反对参加内战。但留下来起义又如何办理？"林司令说："以前和解放军有过联系，现在找不到了。"有人说："起义后可以继续当海军，当开国元勋，不干海军也可，也可干商船，搞技术工作，有技术就有出路。"有人说："我不希望舰艇毁在我们手里，但这样起义，会被看作俘虏。我主张打到吴淞口，再打进来起义。"会议中，人员三五成群，既集中又分散，说理、辩论、谩骂、哭泣一片混乱。最后有人提议：用不记名投票作为去留的参考。起义与否，各人自愿，自己决定自己命运。遂决定，只留舰长、队长参加投票，其余不投票的人一律退出会议室。我主张起义，投了起义的票。

投票结束后，林遵总结说："主张起义的人多，现在就宣告起义。各舰回去准备起义工作，并准备防空疏散迁移锚地。"

不费一兵一卒，和平起义

散会回舰后，我马上收集手枪掌握在几个亲信手中，全舰实行武装警戒。我舰上载有桂永清的一连武装警卫，是起义的大患。在永嘉舰开会时，我曾和林遵商议此事，他叮嘱我一定要小心。因此，我们把起义的消息对警卫连保密，以防不测。布置妥当后，我吩咐警卫连连长把全连官兵集中起来坐在主甲板一角，枪支弹药集中架起来，由一人看守。人员一律不准在舰上自由行动。

正吃晚饭时，我舰接到旗舰起锚的命令。旗舰起锚后下驶，余舰也跟着下驶。我以为是紧急疏散，也跟着下令起锚尾随着走，心中却疑惑不解。正驶着，突然接到林司令喊叫的电话，方知他们没有走，而是把旗舰迁到惠安军舰上去了，匆忙中忘记把永嘉舰的司令旗降下升到惠安舰上去。我派人暗中观察了甲板上警卫连的情况及我舰亲信掌握武器的情况，没有出现异常。就亲自下令右转回航西上。黑暗的江面上，又遇到两艘友舰继续下驶，匆匆擦右舷而过。我一面和林司令联系，驶达指定锚地，一面思考起义后可能遇到的麻烦。我又关照舰员，要妥善对待警卫连。

天亮以后，军舰靠近岸边。炮位岗哨告诉警卫连连长，要他们携带自己的东西，一齐离舰登陆。他们抬头一看，船仍在原地未动。于是纷纷上岸，越过坡地消失了。

美盛军舰从离开上海西驶，直到起义参加革命，由于全体舰员配合，没有发生开枪流血事件，也没有戏剧性场面，一切都在紧张的气氛中顺利进行着。

起义后，大部舰员登陆，舰艇防空疏散。我亲自带美盛舰远离南京上驶到安徽和县江面，搁浅在沙滩上。敌机因不敢深入内地，胡乱丢了几颗炸弹也没有炸沉，军舰终于保全下来。

（本文选自《崩溃的前夜：纪念南京解放、建国四十周年专辑》，1989年版，原标题为《“美盛”军舰起义纪实》）

罗贤朴*：战斗在431电台

1948年，我在国民党空军首都通信大队做机务员，同年秋加入中国共产党。张荣甫同志代表党组织经常和我联系并给我一些任务：收集敌人情报，宣传党的政策，搞一些小发射机零件等。不久，辽沈战役和淮海战役先后打响，战争形势发展对敌人很不利，我们从内部知道敌人要迁都到台湾，到这一年冬迁台的事已公开化了。这时南京地下市委通过张荣甫传达给我的任务是：反搬迁，保护工厂，号召技术人员转向为人民服务，不去为蒋帮卖命，同时物色可靠的人组织一部备用电台。

奉命成立431电台

淮海战役快结束时，空军总部及首都通信大队（406大队）决定迁往台湾。同时在南京大校场机场设立指挥所和电台接替通信大队的工作。我奉命负责带领人员去大校场架设四套机组，成立电台（番号为431台）。当时空军人员怕做俘虏，都争先去台，他们看到我架设电台很快，就要我以机务长身份代台长。经向党组织请示，同意我利用这一公开职务开展工作。这时张荣甫同志几乎三两天要

* 作者时为431电台台长。

和我碰头一次。我利用代台长的身份进行了以下工作。

一是利用指挥所的名义，把原来406大队准备装箱运台的大功率发射机改运大校场，计有：T-4、T-5、BC-610、BC-191、ART-14等20套，还把很多高级收讯机运到大校场，超过原定的五倍。

二是团结20多名技术水平较高的技术人员，使他们放弃去台。这些人都是大专毕业的，年纪较轻，对旧社会不满，一经宣传党的政策，他们很容易接受。许多人虽然行李都运走了，但人还是留下来了。另外，经过徐佩新的努力，把一个塔台的设备和10个人也全都留下来了。

三是在敌人指挥所设立了一个备用电台，由党员傅秉一负责。

四是利用经常到指挥所送电报的机会，把我了解到的情况，随即向张荣甫汇报。

大约是3月份，空军总部从台北来电，要求把编制定额外的机组和人员迅速运送到台湾，我们就用指挥所敌军区司令罗机和基地头子罗中扬的名义，说明“指挥工作很忙，电台编制宜扩大，人和机暂不宜搬走”，这样顶了两次，就拖到4月份了。

彻底粉碎敌人搞破坏的阴谋

4月21日下午，基地头子罗中扬召开会议，宣布共军已在荻港渡江，他要求在大校场的人员和器材分别由水、陆、空撤走，电台随指挥所于4月22日最后从空中运走。他在会上还布置了撤退和破坏的步骤，并说油库将在23日从空中摧毁。当晚9时，罗中扬找我，分配电台撤退的飞机乘次（共三架C-46），要我用银圆收买最后走的两部电台值班人员。他写了一份“手谕”给我，还给我几百块银圆。我回到电台后，没有宣布，照常工作，只把一些破旧的机子和器材装箱抬到停机坪，以掩人耳目。我把银圆分给了大家，通知一部分人到指定地点隐蔽。

4 月 22 日早上，几十架运输机起落不停，敌人注意力集中在撤退上。由宪兵包围的以停机坪为中心的半圆圈越来越缩小。正在敌人慌乱之际，我们召集电台和机房人员开会，宣布停止工作，分散隐蔽到发射台和场外，并把一些重要器材（如进口的大型发射管）运往光华门。

10 时左右，我们发现译电员被迫上了飞机，他带有敌空军整套密码和呼号周率，后经我们设法动员，这位译电员趁宪兵不在时溜回发射台。这批密码后来如数送到了二野机要处。

11 时左右，敌人发现指挥中断，罗中扬亲自来到电台和塔台找我，并抓着报务主任刘新环不放。王鹏、李兆允发现后，开来一辆中吉普，把我从机场发射台送到光华门石门坎。张荣甫、李基厚等同志此时都不同意我再回机场，而由廖松健同志继续在机场活动。罗中扬到发射台发现没有人为他搬运机器了，重要部件发射管已不在机上，便做些小的破坏愤愤地走了。

下午 5 时，徐佩新、廖松健和我等又回到机场，跑道上有些飞机被焚毁，正在燃起熊熊大火。当天夜里，除光华门外有一个弹药库被敌人烧毁，发出隆隆巨响外，机场倒很安静。23 日早上，许多想抢东西、发横财的人拥到机场门口，我们堵住大门进行劝阻，坚持了几个小时，以后找到了解放军，终于防止了破坏。

24 日下午，我们找到一个袁主任（大约是三十五军的）向他汇报敌人要从空中来袭击油库，当夜解放军派来了两个团，日夜从大校场油库把油桶运到中山陵疏散。大约 25 日敌机来了，虽然进行轰炸扫射，但没有造成大的损失。大约到了 6 月份，因发大水，疏散在大校场周围低洼地的油桶都漂起来，我们又参加收集油桶的工作。原来 431 台司机王鹏因抢运油桶得了病，不治而死。此时空军部队来接管了，军代表是王云清同志。

中华人民共和国成立前在大校场的地下党员有：张荣甫、李基厚、傅秉一和我共四个人，我们都是受过高等教育的年轻人，20 岁刚出头，虽然斗争经验差一点，但对旧社会厌恶，向往新社会，在群众中有威信。同时，聚集在 431 台的徐佩新、廖松健、吴士杰、王鹏、周士国、关世杰、达式奎、李兆允、方昇、穆效鹏等二十几位青年，他们都是大专生，具有正义感，对当时的现实不满，所以都能丢掉较好的生活待遇，冒着生命危险，奔向光明。这些同志中华人民共和国成立初期为迅速恢复大校场机场、修复机电设备出了力，并在以后的30多年中，在各自的工作岗位上，对祖国的建设事业做出了一定的贡献。

（本文选自《南京党史资料24—26　纪念南京解放40周年专辑》，1989年版）

3

第三章

兵临城下：打过长江去，解放南京城

陈士榘[*]：我率领第八兵团参加渡江作战的经过

调离华东野战军，组建第八兵团

1949年1月10日，淮海战役结束，华东野战军总部移驻徐州西南大北望。陈毅同志找我谈话，要我担任第八兵团司令员，并就兵团领导班子组成问题征求了我的意见。1月15日，根据军委决定，我调离华东野战军参谋长职务，负责组建第八兵团。兵团主要领导有：陈士榘任司令员，袁仲贤任政委（我军渡江以后才到任），江渭清任副政委兼政治部主任，何以祥任参谋长。兵团下属第二十四、第二十五、第二十六、第三十四军共四个军。1月31日，第八兵团部进驻徐州原刘峙公馆，正式开始办公。

2月4日，兵团部自徐州乘车南下，移驻蚌埠，组织部队整训。3月5日，又进驻滁县，指挥部队备战。滁县曾经是国民党军"首都卫戍区总部指挥所"所在地。当淮海战役杜聿明部被歼后，徐州"剿总"总司令刘峙仓皇南逃经过这里。

3月下旬，我在这里欣然会见了国民党军起义将军王晏清（原四十五军九十七师师长）。他曾经是率领三个团（一个团保卫蒋介石，一个团保卫顾祝同，

* 作者时为第八兵团司令员。

一个团保卫总统府）的“御林军”师长。在我军渡江前的关键时刻，毅然率部起义，走向光明。王起义后，首先同他接谈的是兵团作战科副科长金子谷。接着，我接见了王。当王晏清郑重地向我呈交“南京城防图”时，我不仅赞赏这位年轻将领的胆识和勇气，同时对渡江作战充满了胜利的信心。这份“城防图”，为我兵团即将进行的“攻占两浦，炮击南京”军事目标作战，提供了可靠的依据。

4 月 3 日，兵团部离滁县，经六合、天长，于 5 日进驻扬州，指挥部队渡江。扬州是我国著名的古文化城市之一，时值农历阳春三月，扬州柳绿竹青，菜花香溢扑面，大地披金点翠，一派盎然春色，令人赏心悦目。这使我想起了大诗人李白诗篇中“烟花三月下扬州”的名句。但此时此刻，长江以南半壁河山，仍在国民党反动派的铁蹄践踏之下，江南人民在殷切地盼望着自由和解放。一种历史的使命感，使我无暇欣赏这美景，而倾心考虑着夺取渡江作战的胜利。到达扬州当晚，我同江渭清同志带领情报股长张剑赴泰州白马庙野战军司令部参加作战会议。

20 日，兵团部移至大桥镇，进入渡江作战的指挥位置。由作战股长姚杰拟写了渡江作战命令，经我签字署名后下发各军。

拔除多处敌前哨据点，积极备战

三大战役后，国民党反动派为了达到保持其江南半壁河山，以便卷土重来的目的，在玩弄“和平”阴谋的同时，加紧布置其长江防御。以京沪杭警备总司令汤恩伯指挥 75 个师约 45 万人，布防于湖口至上海 800 余公里的地段（重点在宁沪路），设一、二两道防线；并以江防舰队及第二舰队位于长江中下游，以 300 多架飞机置于汉口、南京、上海等地，协同陆军进行防御。这就是被敌人吹嘘为“固若金汤”的陆海空立体防线。此外，美、英帝国主义舰艇停泊江中，有干涉我军渡江征候。

针对敌人的反革命两手，党中央、毛主席为迅速摧毁国民党反动统治，一面通过和谈，争取和平渡江，并揭露反动派的阴谋；一面指示人民解放军加紧战斗准备，坚决、彻底、干净、全部地消灭敢于顽抗的一切国民党军，并命令第二、第三野战军在总前委统一指挥和第四野战军一部协同下，准备渡江作战，解放南京、上海、杭州等城市及苏南、皖南、浙江地区，捣毁国民党反动统治的老巢。

根据总前委《京沪杭战役实施纲要》以及第三野战军的渡江作战命令，我兵团在渡江作战序列中划入东集团，东邻第十兵团，西接第九兵团，指挥第二十军、二十六军、三十四军、三十五军共四个军，及苏北警备第七旅、特纵炮兵第三团和炮一团一个营。兵团进攻正面西自金河口、全椒、滁县，东到扬中、埤城、丹阳一线包括南京、镇江、浦口、马鞍山等敌人重点设防城市，守备敌军为第二十八、第四十五、第九十九、第五十一、第五十四、第四军等共六个军。这就是说，我兵团必须在敌人重点设防、长达280公里的宽大正面上展开渡江作战，任务十分艰巨。

在战役编组上，原属我兵团建制的第二十四、第二十五军分别转隶给第七、第九兵团的作战序列。原属第七兵团的三十五军和第九兵团的二十军则划归我兵团的作战序列。这是粟裕同志考虑到这几个军的历史沿革和作战特点而决定的。第二十四军抗战时期曾长期在江南战斗，善于山地战；第二十五军原系新四军淮南、皖江的部队，对那一带民情、地形都很熟悉；第二十军是苏中部队，也在江南打过仗；第三十五军最先进入南京、浦口对面的阵地。

我军向南进军的最大障碍自然是素称天堑的长江，守敌战斗力较弱，缺乏纵深配备，但有海空军支援；我军则没有现代渡江工具，只能以木帆船为主要运载工具实施渡江，渡江后后勤支援可能一时跟不上。面对这些现实困难，我们认为，关键在于充分做好战前准备。为此，2月底3月初，我兵团各军便进至沿江一线，先后拔除江北岸多处敌前哨据点，展开了紧张的渡江作战准备工作。

第一，把思想准备和政策准备摆在首位。依据党中央、毛主席“将革命进行到底”的号召和1949年任务的指示，结合传达贾汪会议精神，在部队中广泛开展了形势任务教育和新区政策、城市政策的学习，树立将革命进行到底的思想，加强组织纪律和政策观念，从而为我军渡江南下奠定了思想基础。

第二，大力从事船只收集和管理工作，至 4 月初，第一梯队渡江各军平均收集各种类型的木船 500 至 600 只，加上一部分自制的用以运送火炮、车辆、骡马的竹筏、木排和机帆船等，均按战斗需要提前分配到各部队。基本上满足了渡江第一梯队师、团的乘载问题，解决了我军渡江的航运工具。

第三，进行渡江训练。渡江作战成功的关键，在于顺利航渡，成功地突破敌人的滩头阵地。为此，各部队组织指战员练习游泳、划船和使用各种自制救生器材；介绍长江水性特点，反复练习上下船、航渡、水上射击、滩头爆破、登陆冲击等动作；组织黑夜江中航行，按“每条船都成为一个独立的战斗单位”的原则，配备了船工、水手，调整了火器，进行了战斗编组。从而解决了渡江作战的战术、技术问题。

第四，组织渡江侦察。二十军在军参谋长廖政国指挥下，组织了一支 800 余人的渡江侦察支队，同苏北第二军分区和该区江南工作委员会共同组织侦察指挥所。侦察人员在人民群众掩护下，勇敢机智，灵活果断，潜入南岸敌纵深，以明察暗访、捕捉俘虏等方法，查明了扬中以东沙头嘴至龙稍港段长江南北两岸 40 公里的敌情、工事、兵力部署，等等，为渡江作战搜集了大量重要情报。

第五，做好船工工作。水手和船只是实施渡江作战的先决条件。各部队团以上机关分别成立了船只管理机构，并从部队中抽出一批优秀战士担任水手，同船工编组在一起。在政治上作为船工的骨干，在技术上拜船工为师互帮互学，教学相长，提高了船工的政治觉悟，增强了军民团结和共同完成渡江作战任务的决心。

第六，充分做好后勤准备工作。华东支前委员会对渡江作战、解放南京的支前供应工作，做了统一部署和安排，动员广大人民进行筑路、修桥、疏河、开渠、架设长途电话线路、筹集运送粮草军需用品等。并给我兵团各军配属了民工团，随军服务。

经过政治、军事、后勤等一系列的充分准备，我军上下士气高昂，信心十足，绣织在毛巾、挂包、碗袋上的“将革命进行到底”彩色字样，格外醒目。

千帆竞渡，只能前进，不能后退

由于国共两党的和谈，使得渡江作战的军事斗争必须紧密配合“和平谈判”的政治斗争。为此，我兵团的作战方案几经变化。2 月 25 日，遵照中央军委的指示，为了促成有利于人民的谈判，曾受命拟定了“攻占浦口，炮击南京”的作战计划。军委指出，我党与国民党的谈判大约在 3 月 20 日后举行，炮击准备应在 3 月 20 日完成。

据此，我们拟定了包括狮子山炮台、飞机场、几个兵营和伪总统府等军事目标为重点的炮击方案。鉴于南京是六朝古都，中央军委明确规定，如谈判顺利解决，则不攻浦口；如不顺利，须施加军事压力，则应及时攻占浦口。攻击时间，应在南京代表团到达北京的那一天或后一天，而不要过早。至于攻占浦口、浦镇后，是否炮击南京，则要看谈判进展情况如何，再行决定。直至 3 月 27 日，中央军委经缜密考虑后，又决定取消了“攻占浦口，炮击南京”的计划。

我兵团渡江作战实施，主要由左翼两个军（二十军、二十六军）突破江防；右翼两个军（三十四军、三十五军）首先监视南京、镇江之守敌，而后视情渡江。第二十军在第二十六军一部配合下，为渡江作战第一梯队，自三江营至龙稍港段强渡长江，登陆扬中，而后渡夹江，经埤城、辛丰、上塘等地向镇江、丹阳地区进攻，截断沪宁铁路线。当面之敌为：扬中三茅镇第四十一师师部率一二三团；镇江周围为第四军；孟河为五十一军军部。第二十六军主力和第三十四军为渡江第二梯队。

4 月 20 日，国民党拒绝在和谈协定上签字，我军遵照毛主席、朱总司令的进军命令，千帆竞渡，揭开了渡江战役的序幕。当晚，中集团第七、第九兵团首先在裕溪口至枞阳镇段展开渡江作战。21 日晚，东集团第八、第十兵团，在江阴至三江营段同时扬帆突击，我第二十军之第一梯队以五十八师为右翼、以五十九师为左翼，第六十师为军二梯队。各梯队均以足够炮火封锁江面，拦截敌舰，掩护我军渡江。

21 日晚 6 时，正当我部按既定部署集结准备发起战斗之际，风向突变，东北风骤起，我五十八师船只被风浪所阻，五十九师第一梯队第一七七团船只被大风吹散。其中二、三营与师、团失去联系。但我各级指挥员迎风破浪，沉着指挥。二、三营奋力登陆时，遭敌猛烈反击，情况紧急。当时五连指导员周文江振臂高呼："只有前进，不能后退！"全连顽强战斗，固守滩头，打垮敌人一个营的多次反击。

一七五团二营于东兴滩附近冒着敌人猛烈的炮火，奋勇前进，连续夺取六个碉堡并插上红旗。第五连二班的船桅杆被狂风吹断，船身中弹漏水，在一位船工牺牲的关键时刻，另一位鬓发斑白的老船工，勇立艄位，摇橹前进，并鼓励战士们沉着应战，但又不幸中弹牺牲，全班只剩 4 人，弃船泅渡，冲向敌阵，终于夺取了滩头阵地。我军民协力迎敌，劈风斩浪，按预定计划登陆扬中，敌人纷纷渡夹江南逃。二十六军和三十四军相继渡过长江。

4 月 23 日晚，我各部队先后进至丹阳、吕城，与攻占镇江、常州的兄弟部队会合，截断了连接南京、上海的交通大动脉沪宁铁路，并对溃逃之敌展开猛烈追击。根据野司的指示，第二十军和第二十六军均转归第十兵团统一指挥参加追击，围歼逃入郎、广山区之敌重兵集团。

进攻"三浦"，直取南京

就在南京东西两线我军大举渡江的同时，为及时解放南京，保护古城，中央军委当即改变了暂时"不攻两浦"的计划，野司命令我兵团立即以三十五军向三浦（江浦、浦镇、浦口）进攻，肃清江北桥头堡，直取南京。这就是渡江作战中的"三浦战役"。任务下达后，我第三十五军广大官兵群情激昂，感到无比自豪，决心要在最后推翻蒋家王朝的战斗中立功。

当时控制南京长江北岸三浦一线的是敌李延年兵团之主力第二十八军，以江浦、浦镇、浦口互为掎角，利用地形构筑坚固防线，企图阻止我军逼近江岸。4月20日下午4时，三十五军在三十四军和其他兄弟部队及人民群众的支援下，涉过滁河，跨过老山，跑步向浦镇、十里桥、江浦县城等作战地区接近，21日0时，我军强大的炮火先后向江浦、浦镇发起轰击。经过几个小时的激战，我一〇三师全歼江浦守敌，占领江浦县城；一〇四师扫清了浦口前沿阵地，予敌重创；一〇五师越过乌衣东南大片水网地带，沿东葛至浦镇的公路两侧直插浦镇。

这时，我中路大军强渡长江成功的胜利捷报使战士们备受鼓舞，他们越战越勇，先后占领了浦镇以西的大顶山、二顶山（定山）制高点，接着与敌展开了逐个山头、逐个碉堡的争夺战。两浦守敌大部被歼，残敌仓皇过江，逃回南京。22日清晨，浦镇、浦口全部解放。遥望南京，一片混乱。

浦口对岸下关一带，敌特残匪大肆烧杀抢掠，下关车站和国民政府司法行政部硝烟弥漫，火光冲天。为了早日解放南京，保护古城，拯救人民于水深火热之中，我军必须尽快渡江。而江北的船只均已被敌人掠夺到南岸。

4月23日黎明，一〇四师即派人四处寻找船只。这天下午，他们终于在三河乡桥北村的江滩芦苇丛中，找到一条载重一百二三十担的木船及船主童达兴。师参谋长张绍安请他帮助解放军渡江。老船工一听便笑了，他一不收钢洋，二不讲条件，欣然答应，并在老江口找一位贫苦的船工当助手。黄昏后，便载上侦察连指导员杨绍津和6位战士自南京石油公司浦口储蓄所（南京造纸厂所在地）出发，军民合作，撑篙摇橹，逆水而上。

船到南岸石油公司码头附近被国民党警察发现，战士们当即开枪将其击毙，于是便在下关煤港顺利登岸。童达兴不顾个人安危，往返大江南北6趟，渡送了一个连安全过江，使第三十五军的侦察干部和先遣分队与南京地下党组织及时接上关系。他的英雄行为受到我军指战员的高度赞扬。南京解放后，第三野战军政治部和华东支前委员会为童达兴颁发了“功劳船”证书。

恰在这时，由南京地下党组织下关电厂工人机智地保护下来的“京电”号火轮正在等待迎接我军。当北岸群众用木船将我侦察人员送上南岸取得联系后，电厂工人立即升火，驶往北岸。与此同时，机务段轮渡所工人在反搬迁斗争中保存下来的火车轮渡和“凌平”号、“港平”号拖轮也相继升火启动。

北岸栈桥修复后，“浦口”号也及时投入渡运。24 日拂晓，下关水上警运会共产党员林大宗与警察头目斗智斗勇，组织起 100 多人的“水上挺进队”，将 8 艘巡逻艇从护城河开出，浩浩荡荡，开往浦口迎渡解放军。同时，地下党员和工人群众，四处奔走收集船只，上江、下江、内河的木船，民生、福记两个轮船公司和招商局、铁路轮渡所等处的大小船只，也投入迎渡我军的行列。广大党员和工人群众在敌机轮番轰炸、扫射的情况下，无所畏惧，驾驶各种船只破浪往返，终于使我三十五军顺利渡江，完成了解放南京的光荣任务。

4 月 23 日午夜，第三十五军一〇三师三一二团的勇士们高举着红旗，跨越国府路（今长江路），直下伪总统府，把鲜红的红旗牢牢地插在总统府门楼上。国民党的青天白日旗在一片斥责声中跌落下来，淹没在人群里。霎时间，南京一片欢腾，一支支由南京地下党员带领的欢迎队伍涌向总统府附近，争睹插在南京的第一面红旗和护旗的解放军。但是他们并不了解，这支解放南京的队伍，就是八个月前济南战役中吴化文军长率领起义的部队同鲁中南纵队合编而成的。在中国共产党的领导下，改编后新生的原国民党部队在这里参与推翻了国民党的反动统治。

与此同时，我三十五军一〇四师从南京左侧直下紫金山、中山陵，从东侧控制了南京城；一〇三师从右侧直插清凉山、五台山等制高点，从西侧控制了下关江面；一五〇师直向南京市中心，占领新街口、中山门一线市区。当朝阳的金晖洒满钟山时，南京换了人间，中国历史进入了一个新的时代。

喜迎解放军，欢庆南京解放

从 4 月 23 日起，南京市人民在中共地下组织的领导下，以各种方式来欢迎自己的队伍，庆祝南京的解放。在通往下关的主要街道上，几乎贴满了欢迎的大标语。24 日清晨，凡是我军所到之处，都有夹道欢迎的人群和热烈的掌声，他们有工人、店员、学生、市民，男女老幼，手执自制的红旗和各色彩旗，组成了旗的海洋。

在吉兆营中山路大道旁密集的欢迎队伍中，有个身材纤细、穿着讲究的青年妇女，怀抱着一个可爱的婴儿，她俊俏白皙的脸上泛着红润，漂亮的大眼睛里含着激动的泪花，她叫丁明俊。从1948年以来，她冒着生命危险，协同在国民党国防部供职的丈夫，精心安排，巧妙伪装，曾多次掩护我地下党的领导人和联络人员，并一次次将重要情报藏在婴儿的襁褓之中，送给党的组织。她的家，名为“国民党军官公馆”，实为“共产党地下之家”。而今，当她日夜奔忙、盼望已久的亲人解放军终于来到眼前时，从心中仅仅发出“欢迎”两个字，便哽咽得说不出话来了。

中央大学的师生兵分多路，五彩缤纷，数路队伍直奔下关迎接解放军。另一部分师生出了高价给印刷厂老板，昼夜改版《中大人报》，于4月23日晚用醒目的红色，套红报头赶印出欢迎解放军、欢庆南京解放特刊号，散发于整个南京城。金陵大学的师生以“护校迎解放”的神圣责任感，正在紧张地、有条不紊地进行着一系列的准备工作。

4月24日早晨6点钟，当他们得知我先头部队已占领总统府的喜讯时，全校锣鼓齐鸣，一片欢腾。歌咏队高唱“解放区的天是明朗的天……”和他们专门谱写的欢迎歌曲“我们的队伍来了，浩浩荡荡饮马长江……”顿时，嘹亮的歌声，雄壮的进行曲，豪放的腰鼓声，以及“金大之声”动人心弦的广播声，形成一首强大的交响乐奏鸣曲，激荡着金大校园。师生们忘记了整夜的疲劳，涌向鼓楼广场，看到一支露宿街头正在整理行装的部队，情不自禁地惊呼道：“这就是我们的解放军啊！”“欢迎解放军，你们辛苦了！”

在众多的欢迎人群中，有一支最为壮观的队伍，这就是由原国民党军海军第二舰队林遵司令率领的起义官兵们。4月27日早晨6点半以前，他们就把舰体的各个部位擦洗得特别干净，人人都换上整洁的军服，在甲板上排起整齐的队伍，第一次举行最隆重的升旗典礼。

当军号奏起升旗的乐曲时，全舰官兵庄严地目视着第一面红旗冉冉升起，直达桅杆顶端。待各舰红旗升起后，以旗舰“惠安”号为首，驶离笆斗山，在大江中列队，向南京下关驶去。浩浩荡荡，9 艘军舰，16 只炮艇，25 面红旗，迎着朝阳，乘风破浪前进，显得格外壮观绚丽。

8 时整，当我以八兵团司令员的身份前往检阅和接收的时候，全部舰艇已经靠上下关海军码头，官兵在红旗下列队欢迎，振臂高呼。我步上码头，同林遵等同志一一握手，热烈祝贺他们在关键时刻决然举义长江，踏上一条光明之路。

在林遵同志的引导下，我察看了各舰。在驾驶室，我看到罗经、舵轮等都擦拭得锃光照人，各种仪表保存如新。我甚为赞赏，官兵们的爱舰之心，足以表明其一片爱国之情。我仔细地询问了舰艇官兵们的生活情况以及想法和要求。由于敌人的飞机已经侦察过，将会很快进行轰炸。

我当即把大家集中在会议室，告诉他们：当前最重要的是保护我们的舰艇和人员，尤其是人的安全。敌人要轰炸是不让我们有海军，但我们一定要建设自己的海军。然后我指示他们尽快离开码头，疏散隐蔽，进行防空。我的一席话说得大家心热情迫，使他们深深感受到党的关怀和革命大家庭的温暖。25 面红旗分成数路，向各隐蔽地驶去，各个舰艇的官兵们，仍然待在红旗下面，表现出他们保护舰艇、保卫红旗的决心。

这时候，整个南京城和长江江面上，红旗飘扬，彩旗飞舞，欢声四起，南京真的解放了！

（本文选自《剑指江南：总前委在蚌埠孙家圩子》，中国文史出版社 1999 年版，原标题为《忆第三野战军第 8 兵团的渡江作战》）

罗晴涛*：回忆解放南京的战斗岁月

汽车在通向安徽的公路上奔驰，车窗外，碧绿的麦苗铺盖着广阔的田野，挺拔的苍松笼罩着起伏的山峦，一座座皖东特有的农村房舍，一闪而过。多么眼熟啊，1949 年初，我们部队就是从这里南下参加渡江战役的。当时，各路大军铺天盖地向长江沿岸挺进，群众为我们腾屋让铺，筹粮送草，家家户户像办喜事一样。记得有位房东老大爷，激动地流着热泪，一把拉住我们的战士问："同志！这趟可真是要打南京？"战士们笑眯眯地向他点点头。

从老大爷兴奋的泪花中，我看得出他又是惊喜又是怀疑。说真的，形势变化之快，不要说老百姓感到迷惑，连我们这些从战场上过来的人都感到突然哩。过去，把"打到南京去，解放全中国"这句话，只当作鼓动口号，总以为真要打到南京，那是很遥远的事。如今当真要打到南京了，自己也有点不相信了。但是，毕竟我们部队回到了解放战争爆发时撤离的地方，并向着长江沿岸挺进了。为了新的胜利，战斗，工作，谁也不知疲倦。

当时，我们的敌人正像做了一场噩梦：两年半以前，蒋介石自以为有比人民解放军高出三倍半的兵力，有美国政府源源不断供应飞机、大炮、坦克，对全国人民在抗日战争后要求休养生息，要求和平、民主，全然不顾，悍然撕毁两党签

* 作者时为三十五军一〇四师三一〇团政治委员。

订的停战协定，向解放区发动了进攻，叫嚣要在三个月到六个月内消灭共产党、解放军。然而，一转眼，国民党四百几十万军队都被解放区军民打败了。特别在辽沈、淮海、平津三大战役之后，敌人主力在长江以北丧失干净，仅剩下一百几十万部队，分散在长江以南和新疆到台湾漫长的战线上。眼看着人民解放军要打过长江、打到南京去了，如梦初醒的敌人惊恐万状。我军在大举南下时，他们就大举南逃。只在长江北岸留下少数桥头堡，作为它支离破碎的长江防线的警戒阵地。

“打不开江浦，我死也要死在这里！”

4 月 20 日，国民党政府拒绝在国内和平协定上签字，毛主席和朱总司令立即向全军发布了《向全国进军的命令》。当日晚，我中路军首先从芜湖、安庆间突破敌人长江防线。同天，我们三十五军也接到上级命令：扫除南京敌人伸向长江北岸的桥头堡，歼灭“三浦”（江浦、浦镇、浦口）守敌，攻占浦口，正面吸引钳制南京敌人，以便中路军和东路军两大作战集团渡江后，进行迂回奔袭，抄敌后路，把南京、镇江之敌，合围聚歼在口袋里。

4 月 21 日夜，我东路军、西路军同时强渡长江，从江阴到扬中、马当至贵池，全线突破敌人江防。就在这天夜里，我们三十五军发起了解放“三浦”的战斗，主攻江浦城的是三〇七团。由于江浦镇四周都是二三米厚、六七米高的城墙，突破口城墙后边又是个大山包，炮火轰不倒，炸药炸不开，三连两次架梯爬城，都没有成功。眼看离拂晓还有两个小时，三〇七团刘副团长带着担任预备队的二营四连来到前沿，打算换下三连，由四连担任突击。谁知直接指挥三连突击的一营孟副营长一听，就火起来，他吊着那只负了伤的膀子，气得颤抖抖地问道：“团里调四连上来是什么意思？”刘副团长解释说：“老孟，你剩下的一只膀子又打断了，下去吧！”

“我哪儿也不去，打不开江浦，我死也死在这里！”他说罢，就研究起第三次攻城方案来。他把团里增加来的火器，加上剩下的几名特等射手，组成火力组，专门封锁城头和城墙根下的敌人火力点；三连剩下的人，不论通信员、炊事员，都编入了投弹组、架梯组、突击组。

第三次攻击一开始，严密的火网就罩住了北城的突击部，敌人全无还手之力，长梯顺利地架到城墙上。三连长一把抓下头上的军帽，使劲一挥："上！"突击队员一个接一个地飞速攀梯上城。"嗒嗒嗒……"冲锋枪在城头响起，三连长跟着上了云梯。吊着膀子的孟副营长也想接着往上爬，被上来的教导员一把推开。教导员把住了上下颤动的竹梯，只感到手心里黏糊糊的，他明白这是前边同志洒下的鲜血。他对着孟副营长低声说："老孟，城打开了，下去休息吧！"这个从来打仗把生死置之度外的人笑着答道："我还要进南京城哩！"

占领"三浦"，直奔南京

江浦两千多守敌被全歼后，攻城的一〇三师指战员只吃了一顿饭，就马不停蹄地分成几路纵队，向着浦镇、浦口发起了攻击，协同在浦镇以东方向的一〇四师和在浦镇正面的一〇五师，像三把利剑直插浦镇、浦口。4 月 22 日下午，浦镇以北的平顶山、大顶山、二顶山那一溜山头上，响起了我军猛烈攻击的炮声。

三〇七团四连是从西边攻击的前卫连，他们临近浦镇时，遇到了敌人敷设的地雷和江南的岸炮、江中的舰炮火力的拦阻。为了争取时间夺取渡江战役的胜利，部队冒着敌人的炮火继续向前飞奔。隆隆的爆炸声不时在队伍前后响起，为了减少伤亡，有时不得不隐蔽一下。四连刘连长一蹲下，跟在他身后的理发员就立即取出铁锹飞快地为他挖掘掩体。这样跑一路，挖一路。一次，理发员刚刚给刘连长挖好了掩体，一发炮弹就在面前爆炸了，刘连长只觉全身一震，伸手一摸，抓到了一只血糊糊的脚，转身看时，理发员不见了。刘连长难过极了，脑子里立刻闪出两天前理发员要求任务的情景。

"连长，打到南京去，活捉蒋介石，这回我要跟你冲在前头！"

“那不行，你跟副指导员抬担架去！”

“还让我抬担架？要是抬到后方去，进南京不把我漏啦！”

刘连长从来就爱这号人。他记得理发员是从地方武装升级来的老同志，家庭出身贫苦，平时他除了理发，一有空就帮助伙房劳动。战时负责救护伤员，不论仗打得多么激烈，他都能圆满地完成任务。在这次战斗前，他听说要打南京，就背了支长枪，挎着把小铁锹，跟在连长后头。

爆炸声一停，刘连长拉起队伍又向前跑。突然，一发炮弹在他面前爆炸了，他觉得一阵天昏地暗，眨眼间，四周变得十分宁静，好似战斗已经结束，但为什么附近还腾起爆炸的烟尘？他掏出驳壳枪对天猛扣了一梭子，只见枪口冒烟，却听不见一点声响。他明白了，两耳震聋了。那也没什么要紧，还有眼睛，还有嘴巴，还能指挥打仗。他挣脱通信员的搀扶，又向前奔去，没走出几步就栽倒了。只见他耳眼有鲜血流了出来。

四连战士围着昏迷的连长讨论该怎么办？军医主张抬到后方医院去抢救，通信员和一班长决断地说：“连长决心要进南京城，只能往前抬，不能往后抬！”就这样，由军医守护着，把刘连长扶上了担架，跟随连队又继续前进了。后来经浦口上渡船，到江心时他才醒过来，一睁眼就爬下担架，带领部队一直奔向南京。

英勇战斗，无私无畏，这是我军光荣的战斗传统，我们正是发扬了这个传统，才战胜了国民党的高城深池、险关要隘、精锐师团，夺得胜利的。当天黄昏时分，我所在的三一〇团，攻击浦镇守敌外围阵地，拔除了许多据点。我军歼灭了浦镇北山的守敌后，全部控制了南京对岸大小山头，浦镇、浦口完全处在我火网之下。

蒋介石叫嚣“要不惜一切牺牲，与共党周旋到底”

就是这一天，我百万雄师在千里战线上突破了敌人江防，东路军占领了扬中、镇江、江阴，控制了江阴要塞，封锁了长江，切断了镇江与无锡间的沪宁铁路。中路军攻克繁昌、铜陵、青阳、荻港，猛逼芜湖。西路军占领了彭泽、东流、至德等地。

这天下午，蒋介石慌忙飞到杭州，叫嚣“要不惜一切牺牲，与共党周旋到底！”为了避免他的沿江部队遭我分割围歼，把最后一点老本输光，他急忙部署总退却，令所部火速向浙赣路、杭州、上海方向撤退。22日夜，浦镇、浦口的敌人纷纷仓皇逃回南京。

一看到长江和南京城，战士们都按捺不住喜悦的心情，纷纷要求飞快横渡长江，马上攻打南京，都想把最艰巨的突击任务争到自己手里。22日夜里，为了迎接新的战斗，大家兵不解甲、马不卸鞍，枕枪达旦。快天亮时，上级来了命令：南京敌人要逃，各部队准备渡江，抢占南京。

千方百计寻船，终于顺利渡江

但是，那时我们全军连一只小船都没有，以前准备的船只，都支援给突击渡江的兄弟部队了。北岸的船只早被敌人搜罗一空，毁的毁了，沉的沉了，剩下的全都掳到南岸封起港来。没有船，怎么渡江抢占南京？

上级号召我们要依靠群众千方百计搞船。于是各部队一面派人在江北岸找船，一面组织会水的侦察人员到南岸敌人手里夺船。一〇三师侦察连挑选五位同志化装成工人、农民模样，在两位船工的支援下搞到一只小船，于23日下午5时在浦口起渡。五位同志个个抱着“宁为革命牺牲，也要完成任务”的决心，一老一少两个船工也跟着表了决心。当他们带上武器登上小船时，从师部到连队各级首长都到江边送行，预祝他们胜利归来。

黄昏时分，五位侦察员安全地抵达南岸，当时下关江边还有败退的国民党军、警、特务，街边搭着帐篷。他们来到下关发电厂，向值班人员说明身份、来意，值班人员紧紧地握住他们的手，打电话到新街口电厂办事处，找来京电号小火轮的老大和船工。他们中有的人昨天因不愿运送浦口撤退的国民党军遭到过毒打，今天却自告奋勇开船去浦口接运解放军。五位侦察员和工人一起起火开船，悄悄地躲开江边敌特的视线，冲向夜幕笼罩的浦口。

接着，一〇三师侦察科沈科长带着几十名侦察员乘他们的小火轮来到下关。留下部分人员保护电厂，其余都乘卡车在电厂工人带领下，进城摸敌情。与此同时，各师团侦察分队也都从南岸搞到了船只。下关人民知道解放军已经抵达浦口，都主动开船到北岸迎接。

当沈科长乘的卡车回到挹江门时，我军已源源开入城内，相继控制了紫金山、狮子山、聚宝山等制高点，扼住了沪宁铁路、宁芜铁路和宁杭公路三条动脉。从 23 日夜至 24 日凌晨，我军整营整团的部队乘船横渡长江。当时，敌机在空中盘旋扫射、轰炸，我军组织了对空射击。战士们讽刺说："蒋介石派飞机来欢迎了！"江面上扬起一阵阵欢乐的笑声。

4 月 24 日凌晨 2 时，在我人民解放军陆续渡到南岸来的时候，三一二团政委在下关码头对特务连郦连长说："你带上两个排，跟保卫股李股长快去占领蒋介石的总统府！"郦连长一听说是这么一个光荣任务，带着队伍就跑。

当他们来到伪总统府门前时，大门紧闭着。郦连长简短地向战士们做了布置，指派四个同志封锁好大门，便叫通信员上前打门。门"吱呀"一声开了，战士们大声喊道："不许动！"端枪冲了进去。进行一阵紧张的搜索后，后门、边门、重要通道，全都放上了警戒。

郦连长和李股长走进院子，只见一个着长衫的领着一大群人迎了出来。郦连长命令式地向那伙人交代说："现在城里在打仗，你们不要出去。出去，要有我们连部的条子。"说罢，由李股长给他们宣传了政策。郦连长穿过大堂，迈过长廊，来到了蒋介石办公的二层楼上，只见满地散落着文件、纸片。一张玻璃台面的大桌子上，日历翻在 4 月 22 日上，它告诉人们：这一天就是国民党政府在南京罪恶统治的末日。

为了保存好重要资料，郦连长命令把所有办公室锁起来，由文书写封条，盖上特务连连部的长条子印章，一一贴封。

当事情办完，郦连长回到大门口的院子里时，天已亮了。他这才看清一根高大的旗杆竖在院子中央。他把连队的战斗红旗，亲手升上高空。这面饱经战火洗礼的红旗，是南京城头升起的第一面红旗，她骄傲地迎着晨风呼啦啦地飘扬，把胜利的消息传到四面八方。

刚入城头两天，我们的部队大都睡在马路旁的人行道上。饭是随身带的馒头干、煎饼。菜是江北带来的咸菜，或者喝碗盐开水。由于货币比值未定，部队规定不准买东西，吸烟的人憋得难受，大家为了遵守城市政策，都毫无怨言。那时，从下关到中山门，马路两旁人山人海，红旗如林，锣鼓震天，学生们扭着秧歌，打着腰鼓，工人们举着“天亮了！”“解放了！”的标语牌。鞭炮在半空中炸响，彩花在头顶上散落，南京人民倾城出动，潮水般地涌向街头，欢迎自己的队伍，庆祝南京解放。

（本文选自《百万雄师下江南　革命斗争回忆录》，江苏人民出版社1979年版，原标题为《打过长江去　解放南京城——忆解放南京的战斗日子》）

刘金山*：江浦激战

1949年4月下旬，我中国人民解放军三野八兵团三十五军一〇三师进行了解放南京江北门户——江浦的战斗。军指挥部交给一〇三师的战斗任务是解放江浦，取得胜利后迅速赶到浦口江边待命，准备渡江解放南京。另一个师的战斗任务是拿下浦镇西门顶山一带山区敌工事碉堡群，解放浦镇、浦口。还有一个师留作军部的预备队。解放江浦、浦镇一带的战斗是三十五军建军后的第一仗。

我三十五军是淮海战役后期，由我军的一部和国民党起义将领吴化文部改编组成的。我一〇三师师长是胡大荣（现是南京军区副司令员）、政委彭胜标（安徽省军区副政委，现已离休），一〇三师下辖三〇七团、三〇八团和三〇九团。三〇七团团长王福堂（浙江省军区副司令员，已离休）、政委李云海（安徽省徽州军分区政委，已离休），副团长是我。三〇七团共四个营15个连队，指战员3700多人。各营机炮连重武器是四挺重机枪、二门迫击炮和一门60步兵炮。解放江浦战斗时军部又支援我团一个榴弹炮营，以加强火力。

* 作者时为一〇三师三〇七团团长。

主攻与佯攻相结合的作战策略

1949 年 3 月中旬，我一〇三师从徐州沿津浦铁路线开到江浦县的汤泉、永宁一带集结待命。师部驻在永宁镇。我们三〇七团驻扎在汤泉北边一带地区，驻了一个月时间。一到江浦驻地，师部就下达了渡江前夕准备工作的两项任务：一、训练战士划船，学会游泳；二、找到渡江船只和渡江船工。我们北方部队，战士大多数不识水性。部队多，搞到的木船少，训练有困难，就向老乡借大木盆代替。我们一天到晚在驻地附近的池塘和大河沟里进行划船、游泳训练，使部队水中作战素质得到了提高。

4 月 18 日，师长胡大荣带领我们三个团负责作战指挥的副团长和其他随行人员，来到江浦城外西北边观察地形，一边看一边听有关敌军守备情况的介绍。江浦县城驻有敌二十八军一个团两个营和江浦地方上的一个自卫大队。敌人大部据守在江浦城西北角和北边山头的明碉暗堡里。这些山头光秃秃的，碉堡前方又很开阔，部队上去不好隐蔽，不宜展开运动。敌火力能互相交叉，互相支援；沿山有五六米高的城墙，城墙里又掏有不少枪眼，整个地形易守不易攻。

看过地形后，师首长对江浦战斗任务做出了具体分工：三〇七团为师主攻团先攻下江浦城外北边山头，然后，从北面城墙上打开突破口，再向县城内穿插，直捣敌团部；三〇九团主要是攻下江浦西边山头，然后再破城而入向城内纵深发展；三〇八团在县城南边一带警戒，一是阻击南京、浦口、浦镇方向敌人的增援部队，二是堵击县城内突围逃跑的敌人。

4 月 20 日上午，团部召开作战会议，会上对江浦战斗做了具体部署：二营为主攻营，从县城正面打主攻；三营为佯攻营，从县城东北打佯攻；一营为团部二梯队。我们几个团指挥员对各营连的作战特点是掌握清楚的。主攻营的四连、五连能攻善战，特别是四连进攻穿插能力更强一些，就确定四连做主攻队，五连做主攻队的二梯队，六连做主攻队的预备队。当时考虑四连攻上去后，往县城内纵深猛插，五连接着跟进去展开打，六连上去巩固突破口，打佯攻的三营，准备让七连、九连作为佯攻部队，八连做预备队，团部准备正面接触敌人，只展开这四个连队。

找准突破口，提前行动

到了当天下午两点钟，接到了师部出发的命令，两点半钟部队集中动员，三点钟跑步向江浦县城前进，跑了四十多里赶到了县城，晚饭也没来得及吃就进入指定阵地。江浦县城被我师团团地包围住了。这天晚上，主攻的二营四连、五连进入前沿阵地，主攻突破口选定在离北城门约有 300 米的地方。这地方迎面没有碉堡群，但从这里突破上去仍会遭到很多困难。城墙外面有一道芦苇和一道铁丝网，迎面敌人在城墙中间掏了不少枪眼，暗堡也不少，我炮火不容易打到。同时，靠西北边有一个碉堡群，同暗堡火力正构成一道道火力网。

突破口为什么选在这里呢？估计江浦战斗打响后，浦镇方面之敌会沿着江浦——浦口公路（县城东边）增援江浦守敌，南京方面敌人也可能过江从东边增援，南京敌远程大炮还可能给予炮火支援；靠西北边是三〇九团的战场，不利我团主攻部队的展开运动。鉴于上述种种情况，我团主攻突破口如选在东线或东南方面都有可能造成腹背受敌。因此，决定把主攻方向摆在北面，同时，把主攻方向放在北面还有利于我部队靠近城墙运动，结果师部也同意了我们的意见。

师指挥部规定总攻信号是 21 日晚上 8 点钟打响，先由三〇九团打响，然后三〇七团接着打响，6 点钟以前全师各部队进入前沿阵地，等待主攻命令；翌晨，打下县城。结果晚上 9 点钟，三〇九团的总攻炮打响了。我团的炮火也紧接着向突破口轰去，排炮首先摧毁了敌前沿工事和主攻前方的障碍芦柴、铁丝网，把北边伸出来的小碉堡群中的三个碉堡打掉了。北面城墙的敌明堡、工事基本摧毁。东南角佯攻的三营那里有几个暗堡比较隐蔽，炮火打不着它们。

主攻二营四连的突击排把一包包炸药朝突破口扔去，但不起什么作用，炸不动。团指挥所命令军部派来支援的榴弹炮营拉一个连来，把榴弹炮拖到离城墙450米远的地方，平射突破口。

我命令炮营的营长开炮，这位营长说："我干了一二十年的炮兵，从来没有打过这么近的炮，这样打弹片飞来会伤着自己人。"这个榴弹炮营是吴化文起义的部队。我说："你现在是解放军，跟过去当国民党兵不同，只要能解决战斗，就可以这样放炮。"几发炮弹打过去，城墙中敌暗堡根本没动，突破口还没有轰开，只好再用自己熟悉的办法，用炸药包炸。我们北方部队的特点是对使用炸药有经验，把两包炸药捆在一起（每包25斤，合50斤），放在汽油桶里，对好角度点燃，抛过去把突破口打开了缺口，暗堡的敌人震死不少。

团指挥所离前沿阵地约600米远，我带了团部作战参谋左庆如和通信班上主攻突击连（四连）的前沿阵地来。离城约百十米远，看到带着突击连主攻的二营副营长孟黑子因疲劳过度正在一个弹坑里呼呼地睡觉。我就用指挥旗的旗杆敲了他两下，对他说："还不起来，快往上冲！"孟黑子是山东枣庄人，原是著名的铁道游击队（山东兖州—徐州）的队员，打仗非常勇敢。一个胳膊被打伤刚出院三个月，这是他出院后参加的第一仗，我命令从后面运上来三架云梯，突击排扶起两架梯子就往上冲。这时已是4点多钟，离规定战斗结束时间只有一个多小时。我们突击队还在城墙上和敌人打争夺战。我和王团长真着急。

因四连突击排伤亡大，为加强突击连的战斗力，将四连换下调五连上来打主攻，四连、六连做二梯队跟在五连后面往上冲，孟副营长带着五连冲到城墙脚跟下，扶起三架云梯往上攻。我指挥主攻营火力掩护。这次孟副营长亲自带领突击队登上云梯，他一边打枪一边往上冲，爬到距突破口还剩三格扶梯时，敌拼死顽抗，一枪打过来正中孟副营长另一只未负伤的胳膊。我刚好赶到扶梯下，顺手一把抱住他。他的两只胳膊全负伤残废了，我叫担架把他抬下去。进攻又受挫，主攻突破口仍然上不去。

这时，师指挥部打来电话，告诉三〇九团已消灭城西前沿阵地赵家山守敌，攻下了一个集团碉堡群，现在正攻最后一个集团碉堡群。眼看三〇九团快要胜利了，我团还没攻下突破口。我们几名团营指挥员当即研究，做出了新的作战方案，把原先一个突破点改为两个突破点，二营还是从原定突破口攻，三营佯攻改为主攻，双管齐下；二营从北面打进县城向城内西南方向直插敌团部，三营从东北角打进去后向城内西南方向猛插北门。

攻坚方案一定，命令二营、三营主攻立即开始行动。三营突击连：七连从东北角架云梯首先冲上了预定突破口。因这时敌人的火力一齐集中在二营的正面的突破口，三营七连上了突破口后，迅速沿着城墙往西向城里攻。敌人一看攻进来了，意识到自己要完蛋了，马上把对付二营的轻重火力掉转方向，一齐向七连扫射过来，接着又出动一个营兵力包抄合击七连。七连在城墙里被敌火力压住，又遭敌人合击包抄，前进不得，后退又来不及，大部分战士英勇地牺牲在城内的城墙脚跟下面。

二营突击连五连一看敌人只顾忙着东北角，趁机扶起云梯一跃而上，冲上了突破口后继续往里冲。二营营部的重机枪班抬了两挺重机枪架在城墙垛子上，稳固了北面的突破口，二营看到七连被压在城墙角下，三营二梯队又上不去，立即用重机枪支援朝敌人猛射，使三营战士又扶云梯冲上了突破口。

这时已有 5 点钟了，王团长跟我联系，命令三营进城后直接先打掉敌团部。因三营伤亡大，调一营上来支援，跟在三营后面向城里攻。同时，调四营到城东方向一带公路警戒，这样两个营一齐冲进城里去了。二营一鼓作气打到城内向国民党监狱进攻。这里的守敌主要是国民党江流县保安队，大多是本地人。四周围墙很高，并修有碉堡楼。二营在这里攻了一阵子打进监狱，敌人大部被歼，二营也有伤亡。三营直插西南方向，打到敌团部跟前进攻受阻。这里原是国民党江浦县党部，周围碉堡坚固，居高临下地扫射我进攻部队。强攻战斗异常激烈，碉堡威胁大，火力猛，就从后面拖了一门 60 步兵炮上来，一炮打坏了敌指挥部，三营跟着猛冲过去，守敌放弃团部逃命。

不到半小时，三营占领了敌团部。左参谋很有战斗经验，一进敌团部就把总机夺过来，命令敌总机把县城守敌电话接通，喊道：“国民党官兵们，我们是中国人民解放军，已经占领了你们团部，赶快投降才有出路，我们优待俘虏。”敌人听到后，军心动摇，不敢固守了，开始向城南方向突围溃逃。三营七连、九连紧紧跟着追至南门，敌团长被打死在离南城门200米远的地方。我三〇七团在县城外东南、西南方向和敌团部共俘敌近700人，缴获大批敌人不能带着跑的重机枪、迫击炮等重型武装和大批军用物资，在城南一线打阻击的三〇八团俘敌1000多人，缴获大批步枪、冲锋枪、轻机枪等轻武器。

攻占江浦，打赢了这场硬仗

早晨6点钟，战斗全部结束。团部命令各连就地开饭休息。开饭其实是喝点开水，吃些自带的干馒头片。战士们很疲劳了，往人家屋檐下一倒便睡着了。团政治处抓紧组织战斗善后工作，包括伤亡工作、俘虏问题和缴获武器的登记等工作。山东支前担架团上来把负伤同志抬往后方医院，把牺牲同志抬下去掩埋。

江浦战斗打得很艰苦。战后总结分析原因：

一、侦察情况不太确实，又碰到客观意外情况。原江浦守敌只有一个营和一个地方保安大队，哪知江浦战斗的前一天，敌人突然增援一个营的兵力，战斗结束时才知道敌守军的实力是一个正规团和一个加强连，还有一个地方保安大队，共2000多人。

二、我主攻突破正北方向已被敌人预先估计到，所以早有准备，给我主攻带来很大困难。

三、战斗任务非常紧急，凌晨前两三个小时就要结束战斗。江浦战斗下来，我三〇七团伤亡较大，七连打得只剩8个人，九连只剩20多人，这两个连是团的主力连，战斗攻坚、穿插能力很强。五连也剩下两个排，损失了一半。

7点多钟，师部来命令：部队立即出发，攻打浦口火车站，云梯、浮桥留下不带，任务非常紧急，我团立即整装向浦口方向运动，顺着公路跑步前进。江那边的敌人不时打炮过来封锁，也给我团造成伤亡。敌人埋的地雷非常多，真是一步一个雷，给我团行军造成不小的威胁，倒下了一些同志。

赶到浦镇时，一个连跟上队伍的只有四五十人，其他战士跑不动掉队了，团收容队把这些掉队的战士组成了二梯队，到了浦镇师部来电话，原准备三〇九团做渡江先头部队，我三〇七团做二梯队；现因三〇九团未赶到，命令我团为渡江先头部队，三〇九团做二梯队。我团第一个赶到浦口江边码头，找不到船只和渡江器材过江，部队就在江边码头上休息待命，浦口火车站碉堡很多，我团急行军匆匆赶来，带的都是轻武器，所以只是围住未打，后来敌人跑了。

4 月 23 日，江对岸南京的工人开过来一只渡江轮，后来又找到渡江木船。我三〇七团随我兄弟部队一道胜利地占领了南京，驻扎在现在的南京西路原外国大使馆区带地方，担负保卫警戒、维护社会秩序等任务。13 天后，又调出南京继续挥师南下，一直进军到浙江省金华一带驻扎。

解放江浦战斗是一场你死我活的硬仗。我们三〇七团牺牲了不少指战员，他们为了人民的解放事业英勇献身，他们永远活在我们的心中。三营九连连长周海瑞同志在江浦战斗中英勇牺牲。七连连长、七连指导员及五六名排长也都英勇牺牲。二营副营长孟黑子负伤致残。解放江浦战斗三〇七团共伤亡 430 多人。在向浦口进军的途中，八连长踏响敌地雷英勇牺牲。从江浦至浦口的路上被敌炮、地雷炸死炸伤达 70 余人。渡江前我团统计伤亡数共是 507 人，牺牲数约是伤亡数的二分之一，那些英勇牺牲的战士的姓名大多我还不知道。因部队补充兵员很频繁，一场战斗下来要补充好几百人，有许多牺牲的战士是“解放战士”。

（本文选自《江浦文史　第一辑》，1984 年版，原标题为《解放南京前夕的江浦激战》）

李子亮、邹彬*：京沪地区国民党军的江防守备及崩溃实况

国民党军守备长江的企图

淮海战役以后，国民党军主力被歼灭殆尽，即欲作困兽斗，又感力不从心。自古守江必先守淮，此时亦无能为此，只有龟缩长江以南，做垂死挣扎。这时国民党军守备长江的总企图和战役指导思想，从国民党军高级将领的讲话中可以看出一些。兹将他们的几段有关讲话，引证如下。

1949 年 3 月 9 日和 10 日，第一绥靖区司令官丁治磐在武进召集独立团长以上官员开会时讲话说："长江天险，并有坚固的江阴要塞，共军要想强渡长江，只有葬身鱼腹，步孙传芳失败之后尘。假如共军要在江阴渡江，一定能达到我们歼灭敌人的目的；就是共军渡到江南一二十万人，那也起不了作用，因为我们有强大的空军和海军，可以在长江遮断其后续渡江部队，并在战斗发生后一小时左右就可以将我们集结在京沪杭各交通要点的装备优良的部队，利用所有的铁路、公路以及水道迅速运至主要战场，在飞机、兵舰、铁甲车、战车协同作战下运用

---

* 李子亮，时为国民党第四军副军长；邹彬，时为国民党第八十八军第三一三师副师长。

‘火海战术’，将其迅速歼灭。共军可能会因为缺乏交通工具与渡河工具以及徐蚌会战中伤亡过大，需要一个时间休整，我们可以利用这个时间做好准备，在本年五六月间，我第二线兵团建成后，就可大举反攻了。”

同上会议，总司令官汤恩伯讲话，除对丁治磐所说各点表示了同样见解外，并说：“外传和平不可靠，决不可轻信和平，应加紧备战。长江天险，并有强大后备武装，我们对确保江南，具有坚强信心，我们不但对共军所传 4 月渡江有准备，如果他们 4 月不来，我们便 5 月渡江反攻。”会后他还对各高级军官说：“我们有美国援助，美国有原子弹，我们有现代化装备，现在我们的后备军，已经建立起来了，整训几个月，到五六月份就可以北渡反攻了。”

京沪地区的作战准备

国民党军对长江防守注意力多集中于下游，即京沪地区，在芜湖以上至湖口之漫长防线上，不但兵力薄弱，部队素质亦差，国民党军在京沪地区的作战准备和措施，有以下几个方面。

1. 先后多次举行军事会议及政工会议，企图安定军心，维持士气

据了解自 1949 年 1 月以后，先后举行之重要军事会议及政工会议共达四次，除前项业已述及者外，尚有以下三次。

1949 年 1 月蒋介石下野前三天，首都卫戍总司令张耀明在南京国府路桃源新村其司令部所在地召集南京附近各部队团长以上人员举行会议，蒋介石出席训话，特别着重训诫两点，大意是：（1）我们官兵之所以打败仗，是太不注意军风纪。部队军容不整，像叫花子一样，换防部队在南京大街上挑着稻草走，到处拉的是马粪，这样叫外国人看不起我们。以后换防部队，马不许通过城内。（2）我们的官兵太不争气，要是这样下去，打不过共产党，将来我们会死无葬身之地。

1949 年 3 月 31 日，京沪杭警备总司令汤恩伯在南京孝陵卫召集所属军长以上（首都卫戍部队则为团长以上）人员举行江防会议。参谋总长顾祝同、国防部长徐永昌、海军总司令桂永清、联勤总司令郭忏以及行政院院长何应钦等均出席。何应钦宣读了蒋介石的亲笔信，大意是说：我已离开，中央尚有200万军队，这是党国的基石，希妥为爱护。接着，何应钦讲话说，总统虽已离开，仍在惦念我们，大家应当好好努力。三次大战，必然爆发，美国会继续援助我们，京沪地区必须保持（大意）。以后顾祝同讲话说，我们只要守住长江就有办法。你们都是军校学生，共产党来了，我们想当白华亦不可能，希望大家努力工作，消灭共产党，才有光明前途。最后汤恩伯讲话，他大骂板桥起义部队，并说要悬赏5万银圆捉拿起义人员。

所有各次军事会议，并无作战检讨及江防研究等内容，完全是为给部队打气。另外在3月，国防部政工局还召集一次军师政工处长会议，局长邓文仪讲话，要求加强部队政治教育，鼓舞士气，并严密注意官兵思想等。

2. 不断派高级将领沿江进行视察，督促部队加强防务，美国军事顾问团也派军官参加活动

1949年二三月间，第一绥区司令丁治磐偕同海军第二舰队司令林遵，从崇明岛起到仪征止，视察江防，严令部队加强工事，扫清射界，塞河布雷（如在瓜洲河口凿沉铁驳船数只并布雷等），控制船只，在江岸直后重要地带构筑二线预备阵地及游动炮兵阵地，并加紧训练工兵爆破、架桥、布雷技术以及步兵乘船登陆动作等。

在丁治磐视察至仪征时，曾发生一幕趣剧。仪征为前线城市，家家闭户，景象荒凉。丁治磐来到时驻军未发动人欢迎，其随从军官某上校低声暗示第四军副军长李子亮说："我们司令官平时爱与老百姓谈话，你叫守备部队找些人来见见司令官。"李知其用意，马上就叫一个副团长去办。

过了一会儿，首先找来了5个老头"当街迎接"，按照预先的招呼说了一套恭维话，"主席关心人民疾苦，爱民如子"，"驻军纪律严明，秋毫无犯"，等等。丁治磐及陪同视察之该军军长王作华听了均甚得意。继续前行至城门附近街口，那里又集合好了一群妇孺和老头，60余人，"夹道欢迎"，并按规定呼喊"欢迎爱国爱民的丁主席”等口号。丁治磐频频摆手，回答说：“你们辛苦。”又问：“驻在你们这里的军队好吗？”起先谁都不敢作声，停了一会儿，一个老太婆开口说：“那个茅棚里住的老总把我的棉被拿走了。”

接着，许多人抢着说：“我家的门板给老总搬走了。”“我家的锅给老总搬走了，还有两只鸡也抓走了。”一时诉苦纷纷，有的还一边说着一边哭泣，弄得无法下台。丁治磐尴尬地说：“老婆婆不要哭了，我叫王军长查明，把你们的东西还给你们。”王作华就把守备团长骂了一顿：“还没有打仗你们就乱搞，赶快查清楚给他们赔偿。”就这样了结了一场风波。

1949 年 4 月中旬，京沪杭警备副总司令李延年率领高级参谋 3 人，偕同美国军事顾问团中校及上尉级军官共 11 人，从上海起，溯江而上，视察江防。18 日视察了江阴附近的二十一军，19 日视察了江阴要塞及扬中附近的五十一军，20 日及 21 日视察了镇江、金山、焦山及大港一带，20 日晚宿第四军军部，21 日视察至南京为止。沿途指挥部队加强工事及训练，并到处打气说“防守长江要有信心，等二线兵团建成，即可反攻”云云。在第四军军部时，李延年还对王作华说：“如果共军在你们当面渡江，我会马上调两三个军及两个游动炮兵团来增援你们，放心固守好了。”

无独有偶，在李延年一行人等 20 日于第四军军部晚宴中也发生了一则趣闻。席间副军长李子亮借机向李延年敬酒，说：“总司令给我们派两个炮兵团来，那我们作战就有办法了，我代表全军官兵敬总司令一杯酒。”这时在座的那个上尉级美国军官问了翻译以后，就转问李子亮：“你们这个军有多少炮，有美国炮没有？”李子亮答：“只有 12 门日本炮，没有美国炮。”这上尉马上摆出主子面孔，大发雷霆说：“那么多的美国炮哪里去了？都运到台湾去了吗？这样怎么不打败仗？”正在兴高采烈之际来这么一下，弄得大家哭笑不得，最后还是李延年赔着笑脸说：“现在还是喝酒，暂时不谈这个问题。”这样才把场面敷衍过去。

除了以上两次重要视察，另外在 4 月初美国军事顾问团还特别派了上、中尉军官各一人到江阴要塞视察。最后在司令部吃午饭时，那个上尉说：“我们美国坚决支持你们，但当前形势是困难的。”

3.“清剿”人民游击队，企图巩固后方

在京沪杭警备总部辖区内，皖南及浙西地区素为人民游击根据地。在国民党总崩溃时期，这些地区的人民武装颇为活跃，成为江防心腹之患。因此国民党军虽在兵力分配上捉襟见肘，仍力图抽调部队从事“清剿”。

1949 年 2 月，汤恩伯命令七十三军李天霞部由宣城移驻歙县整训，同时负责对徽州黄山地区人民游击队进行“搜剿”，先后捕获许多“嫌疑犯”，关押于歙县县政府。至 4 月 25 日夜间准备逃跑前，李天霞命令警卫营将其中一部分活埋在军部所驻徽州中学后面的山坡上。

1949 年 2 月中旬，汤恩伯饬第七绥区转令驻芜湖鲁港一带之暂编第一纵队移驻南陵、泾县及茂林镇等地，“清剿”人民游击队，直至 3 月中旬该部开往浙江临安为止。

1949 年 4 月 7 日或 8 日，驻皖南宁国附近之一〇六军（属七绥区序列）军长王修身对其所属部队下达了如下要旨之命令：“我军为巩固江防，决心肃清宣城、宁国、泾县、旌德等县之共军游击队。军奉命执行任务。兹区分：二八一师担任黄渡、青田、周王村、港口、东岸、甲路、胡京司之间地区的清剿任务；二八二师担任水东、竹锋铺、排湾店之间地区的清剿任务；一九二师担任泾县、晏公堂、榔桥河、旌德之间的清剿任务。各师应自 4 月 10 日开始行动，部队并列由北向南联系前进，对各山区进行反复搜索。”

这一行动直到渡江战役发生后，于 21 日夜间才奉绥区命令停止。

1949 年 4 月 12 日，驻汤山整训之九十九军（京沪杭总部直接控制）军长胡长清命令其所属之二六八师前往茅山地区“清剿”人民游击队，并对该师师长李慎言说：“汤总司令认为茅山是江防盲肠，必须彻底肃清该处人民游击队，要我认真负责，迅速完成任务。”后因汤恩伯与顾祝同意见不一致，茅山“清剿”计划中止实施。

4. 其他措施

第一，举行江防演习。1949 年 2 月至 3 月，守备南京近郊之四十五军军长赵霞奉准在龙潭附近举行“江防演习”，并邀请南京附近驻军派员参观。演习历时一日，参加演习的部队有该军的两个团及海军舰艇数只，演习内容为阻止解放军渡江及防止人民游击队之策应行动等。第二，封锁长江交通。自 1949 年 2 月起，封锁长江交通，禁止南北通航，上下船只亦须靠南岸行驶，并经过检查，停泊在南岸河汊内之木排一律冻结，不准驶出。第三，增筑沿江公路。长江南岸原有若干并行公路段，但不成体系，不合军事使用，因此令各部队就近协同地方政府增建必要之临时公路，连接原有公路，以利部队机动。

京沪杭警备区所辖部队概况

1949 年 1 月蒋介石下野前，任命汤恩伯为京沪杭警备总司令，九江以东之江南广大地区所有武装部队均归其掌握，担任长江防守及后方治安之维持。所辖部队计有：

正规部队：21 个军，下辖 60 个师，177 个步兵团，1 个军属炮兵团和 1 个军属骑兵团。

准正规部队：7 个交警总队，3 个宪兵团，3 个高级指挥部特务团，1 个总统府警卫团。

特种部队：1 个装甲车团，1 个战车团。

要塞部队：江阴、江宁、吴淞 3 个要塞所属共 3 个要塞炮总台（每总台相当于 1 个重炮团），1 个游炮团，3 个要塞守备总队（每总队相当于 1 个步兵团）。

保安部队：1 个保安旅，2 个保安总队（总队相当于师），6 个县保安团。

警察部队：3 个警察总队，1 个水警总队（均相当于团），2 个水警分局（共 4000 余人，舰艇若干）。

海军 2 个舰队。

空军 3 个大队。

全部兵力共计 60 万至 70 万人，大炮 400 门至 500 门。

国民党军这些正规部队一般素质低劣，能作战者甚少。其中战斗力比较强的，有五十四军、二十八军、五十二军、四军、七十五军、二十军、五十五军、六十八军等 8 个军。其余，六十六军，系在宋瑞珂、李仲辛任军长期间，先后在山东、开封两次被歼后重建；九十九军系在梁汉民、戴之奇任军长期间，先后被歼两次后重建；五十一军系由五十九师残部重建；七十三军于莱芜被歼后重建；八十八军于 1948 年在大别山区大部被歼后重建；九十六军于山东战场被歼后由潍坊地方团队编成。再加二十一军虽为美械装备甲种军编制，但因在王雨卿、王克俊任军长时期于苏北如皋地区连续遭到人民地方部队打击，被歼 3 个团以上，士气低落，战斗力弱；三十七军及十二军也与二十一军类似，无甚战斗力。更差的如一〇六军、一二三军、暂一军等，系由苏北伪军、地方团队以及散兵游勇流氓等编成，乌合之众，不堪一击。非正规部队只交警战斗力比较强，其余均不堪作战。

江防序战

江防作战，实际包括四个部分，即 1. 序战，包括解放军渡江前扫荡桥头堡及夺取江心洲先后发生的多次小战斗，时间可追溯至 3 月底；2. 江阴地区守备战，即对抗解放军渡江的战斗，当事部队为二十一军及江阴要塞，兼及五十四军之增援，时间为 4 月 20 日晚迄 22 日晚；3. 荻港地区守备战，亦为对抗解放军渡江的战斗，当事部队为八十八军，兼及二十军左地境一小部之行动及二六八师之增援，时间与上同；4. 浦口地区守备战，此为南京外围保卫战，与一般桥头堡战斗有别，守备部队为二十八军，时间为 4 月 21 日晚迄 22 日晚，兼及其前数日警戒阵地之战斗。

这里介绍一下江防序战的情况。

自 1949 年 3 月底起，解放军对长江北岸各桥头堡阵地开始进行扫荡，第四绥区五十五军在土桥及枞阳所设营据点首先被歼，至 4 月初，六十八军在华阳所设营据点亦被歼。八十八军原来在荻港对岸油坊嘴与汤家沟南江心洲等三处所设连据点，见势不妙，自动撤销。从此以后，在南京以上，除裕溪口还有二十军的一个团，安庆还有“华中剿总”的一个师据守而外，其余北岸据点均被肃清。在同上时期内，解放军还曾一度攻占八十八军左地境之太阳洲及五十五军当面之枞阳江心洲。

南京以下地区，自 4 月上旬末起，解放军亦开始扫荡行动。4 月 10 日黄昏，第一绥区第四军当面大港对过江心洲苏保二旅第四团一个营所守据点受到攻击，经四五个小时之战斗被歼灭，该营长仅率 10 余人逃出。江心洲对掩护海军巡逻活动及南岸主阵地均具有重大意义，绥区司令丁治磐对之甚为重视，据报后随即指派绥区预备队五十四军驻丹阳之一九八师前往反攻。该师于 11 日黄昏到达大港，进行侦察准备，12 日拂晓开始攻击，在军舰 3 艘及飞机 3 架配合下经半日战斗，伤亡百余人，始夺回。再派工兵加强工事，仍交保四团固守，一九八师于 13 日上午返回原防。

4 月 15 日至 17 日之间，五十一军守备北岸龙梢港及口岸地区之一一三师也受到攻击，经过一天多的战斗，其三三九团所守据点被消灭。

4 月 18 日，第四军当面守备六圩之新四师（归四军指挥）又遭到攻击，该师只两个团，约 6000 人，经过两天战斗，伤亡 400 至 500 人，撤回南岸约千人，其余被俘，战斗于 19 日夜半结束。

江阴地区守备战

1949 年 4 月 20 日晚，解放军以强大攻势于江阴附近及荻港以东地区同时突破国民党军防线，随即向纵深穿插分割，使国民党军防御体系迅速肢解，历时仅两天两夜即告全线崩溃。江阴当面解放军发起渡江，约在 20 日 18 时。江防舰队及江阴要塞及时起义，未加入战斗；二十一军的抵抗，迅速被击溃，嗣后虽经第一绥区派其预备队五十四军增援，亦无济于事。

1. 二十一军之守备战

该军系美械装备甲种军编制，自 1948 年 8 月从台湾调到苏北参加反人民战争，经过如皋、李堡、清江、黄桥及两泰地区历次战役，伤亡损失在 3 个团以上，兵员不足，士气消沉，除一四六师战斗力稍强外，其他两个师战斗力薄弱。

1949 年 2 月初撤至江南后，忙于整理补充，对防守长江缺乏信心，希望和谈成功。同时认为，即令和谈破裂，解放军也得 3 个月以上准备，短期内不至渡江；渡江地点会在南京上游，不会在江阴附近，因江阴附近有要塞，又有长江舰队能确保控制江面。因此该军除积极构筑八圩桥头堡工事外，对南岸防务有些松懈，仅筑成简单野战工事。

至 4 月初始奉令加强工事，增筑掩体及掩蔽部等，并修筑沿江公路。4 月 18 日及 19 日，副总司令李延年及绥区司令官丁治磐先后指示在沿江构筑营据点，在后方申港等处构筑团据点，尚未及实施。总的说来并无真正作战打算。

4 月 20 日 18 时，解放军开始渡江，事前守备部队全未觉察，并且在 20 分钟以前尚有长江舰队的一艘军舰和江阴要塞的炮艇在江面游弋。突然北岸解放军以压倒优势之炮火向南岸猛烈轰击，约 10 分钟内将沿江防守部队之有线电联络大部摧毁，团以下联络中断，致使高级司令部一时情况不明。约一小时后，得悉江阴附近之一四五师四三三团之守备队被解放军登陆部队突破，正激战中；二三〇师当面之解放军在猛烈炮火掩护下，大部队正在渡江。

约至 22 时，二三〇师沿江阵地大部被解放军炮火摧毁，并突破该师六九〇团第三营申港西北阵地。解放军登陆后由突破口向两翼及纵深扩大战果。

战斗至 21 日拂晓，一四六师四三六团赶来申港。此时解放军正向申港附近之二三〇师积极进逼，该师即令四三六团立刻投入战斗。当时阻止了解放军向正面前进，但发现解放军一部从两侧迂回到申港东南之舜歌山附近地区。

21 日 12 时许，援军五十四军二九一师在武进到申港途中被阻击，一四六师在夏港附近被阻击。与此同时，二三〇师得知情况，四三三团正面解放军大部已渡江，该团已退至黄泥港附近抵抗；申港至江阴公路已被解放军截断，并正向六八九团及一四六师部队进攻；解放军大部在江阴至武进公路集结；申港当面登陆解放军分割国民党军后向两翼席卷，积极向师部进攻，并以一部迂回师部向纵深穿插，形成包围之势。二三〇师遂决定缩短战线，调整部署，决心突围，从申港南逃，至舜歌山南端，受到解放军截击，师及直属部队大部被歼，师长骆周能、参谋长梁国光、四三六团团长郭政被俘。六九〇团团长在解放军南进集结的空隙中，率残部约两个营及团直属部队逃到无锡附近。六八九团在一四六师的掩护下撤至青阳镇。

其余各部之情形：一四五师四三三团、四三四团残部约 4 个营随军撤至青阳镇（四三三团团长张劲竹被俘）；固守八圩桥头堡之第一四五师师部及师直属部队残部南逃至青阳镇，四三五团在八圩向解放军投诚。

23 日，一四五师、一四六师及二三〇师之六九八团、六九〇团残部撤至无锡集结，随即乘火车撤至上海。

是役二十一军损失共约 4 个团。解放军渡江，以迅雷不及掩耳之行动一战成功，江阴要塞起义有重大作用。

2. 江阴要塞的守备和起义

江阴要塞原计划以江阴城北黄泥港为中心，西至申港，东至后滕，为防守地区。至 1949 年 4 月，改以江阴城东之黄山为中心，东起萧山与一二三军衔接，西至君山与二十一军衔接，利用这三座高达三四百米的高山山顶的固有炮位和山麓既设阵地工事进行固守防御，对北岸四墩子、六圩港、八圩港及南岸萧山港实行火力封锁，并于黄山储备粮弹 3 个月，准备在最后必要时将两翼部队撤至黄山固守。中央地区以黄山为中心，包括黄山东西山坡及黄山港，由要塞副司令杨安国指挥（战役发生前一日去上海，改由守备总队副总队长沈震遐指挥）。右地区以萧山为中心，包括山脚，由游炮团团长王德容指挥。左地区以君山为中心，包括山脚，由总台长唐秉琳指挥。其余部队如工兵营、勤务连、通信连等，都集结黄山营房，由守备总队长李云葵指挥。要塞指挥所原在江阴城内，以后移至黄山营房。

据起义的总台长唐秉琳与游炮团团长王德容说，4 月 20 日晚，当解放军渡江之际，总台长唐秉琳在君山，游炮团团长王德容在萧山，分别率部起义，对顽固的黄山中央地区部队形成包围态势，并由起义人员将黄山通信网全部破坏，使要塞司令戴戎光与其亲信失掉联系。这时戴戎光手忙脚乱，由黄山营房指挥所跑到黄山顶地下室，派专人将守备总队副总队长沈震遐召至地下室，一面与沈商量怎么办，一面迫令黄山炮台（实际上这个炮台也是起义的）向萧山方向发炮。

这时，威海舰林舰长打来无线电话："请司令讲话。"戴说："林舰长派汽艇来接我，我现在在黄山顶。"话刚说完，起义的工兵营营长唐秉煜、解放军一位教导员和 4 位战士走进地下室，戴戎光被活捉了。沈震遐见势不妙，便由地下室后门溜到黄山顶第一大台部，碰到副总台长陈明耀，就和他商量怎么办。正说着，起义的总队长李云葵来了，就把沈等一起带到黄山营房，交给了解放军二十九军军部。

就这样，江阴要塞的大部人员参加了起义，要塞回到了人民的手里。

荻港地区守备战

荻港地区为八十八军所守备。八十八军为两个师的军，在国民党军中属于二三等部队。1947 年 9 月，其所属六十二师在安徽六安张家店被歼后，撤销番号；随后不久，其所属新二十一师亦脱离建制；1948 年 5 月至 6 月，军部及其残破的直属部队由砀山调至皖南当涂重新编组整补，辖二三〇师及一四九师；同年 12 月，二三〇师拨出，另外由军新成立三一三师。至江防战役发生时，三一三师尚未完全编成；其一四九师虽成立较早（1947 年冬或 1948 年春），但一直在砀山修建营房，缺乏训练。1949 年 1 月，因原任芜湖以西地区江防之一〇六军之二八二师起义，八十八军始奉命接替该军防务，此时整训尚未完成，实际还不堪使用。

军部之部署及防守正面，前后变动多次，至 1949 年 4 月中旬，才最后确定。

三一三师担任右地区，右自油坊嘴东约 3 里之瓦窑起，左至荻港以西约 1 里处止。一四九师担任左地区，右接三一三师，左至铜陵（含铜陵）。军野炮营有七五野炮 12 门，配置于油坊嘴附近 8 门，灯标（旧县镇西三四里）附近 4 门，均对江面直接瞄准射击；另外上面配属的一个平射炮连（其隶属关系忘记），配置于黑沙洲东北部。4 月中旬，上面派来了一个设雷组，在江岸重要地区如油坊嘴及灯标附近等处敷有若干地雷。整个工事甚为草率，工事有掩盖者甚少，据点工事才开始施工，还不能使用。

这个军不但战力低弱，战志也极消沉。第一，军师主官没有到过江边，也没有颁发过守备计划；第二，平时团营连长谈话，不是说新兵枪都不会放，没法打仗，就是说部队士兵如流水，今天抓来一批，明天又逃走一批，连维持都感困难，大都不想干；第三，战役发生前 10 天，原任军长马师恭见势不佳，经其再三活动，口头获准辞职，不等命令公布，即将职务交与副军长杨宝毂，自己匆匆离去，大家都说他是找替死鬼。全军上下，人心惶惶不安，对作战完全无信心。

4 月 20 日 21 时许，解放军开始全线炮击，随即在黑沙洲东西两侧发起渡江。具体登陆地点，一为油坊嘴，一为旧县镇西 3 里灯标附近。22 时许，油坊嘴及黑沙洲同时发生激烈登陆战斗，油坊嘴附近的抵抗迅速被击溃，1 小时后解放军即确实占领了该渡口。这时三一三师驻旧县镇之前进指挥所派预备队营（欠一连，仍留置旧县镇）前往增援，企图堵塞突破口，到达其附近时亦被击溃，嗣后即无作为。

至 21 日 1 时许，守备该地区之九三九团完全被歼灭，团长孙奉夔被俘，抵抗被肃清。守黑沙洲之团有半数老兵，并以连为单位筑有据点工事，凭工事顽抗，到 21 日拂晓前始被彻底消灭，团长杨椿柏阵亡，其余被俘。灯标附近，在 20 日 22 时 30 分左右，发生登陆战斗，守备该地区之九三八团一触即溃，团长谢大成化装潜逃，部队溃散，荻港迅速被解放军占领。

解放军突破南岸守备后，对两翼仅稍扩张，主力即向纵深迅速挺进，在 21 日 4 时至 5 时，先头部队即已越过繁昌县城。八十八军军部、直属部队及一四九师，于21日拂晓前后被迫南逃，此时繁昌通南陵公路已为解放军截断，到处受到阻击，部队大部溃散，少数漏网南逃之残部，以后亦在南陵附近被解决。其残留于旧县镇的约两个连，于21日9时左右，由三一三师副师长邹彬率领南逃，至大磕山（旧县镇南约5里）东侧与解放军行军部队相遇，全部被俘。至此，八十八军全部被歼灭，唯团长以上人员大部逃脱，全军只被俘了两个副师长和一个团长。

浦口地区守备战

浦口、浦镇为南京之直接屏障，国民党军对之甚为重视。1949年1月蒋介石下野后，还特别写信给守备该地区之二十八军打气，大意说：我请假退休回奉化，国事托付副总统李宗仁料理，共产党对和平谈判无诚意，你们不要轻信和谈，还是要坚守阵地，希望全体官兵恪尽职守，为党国效忠。此信曾经该军军长刘秉哲在全军干部会议上宣读。

二十八军为国民党末期最精锐部队之一，装备稍次于五十四军，兵员充足，而且老兵多，在以往战斗中一直表现顽固，因此深得蒋介石的信任和倚重。

1948年12月，该军由湖北调到南京后，即在浦口、浦镇、江浦等地区布防构工事，准备固守，保卫南京。1949年4月初以后，又加强了工事，因此阵地防御设施颇为强固，阵地完全由据点构成，主要工事，均有掩盖，阵地前外壕、铁丝网、地雷等障碍设施很完善。

渡江前数日起，该军在主阵地前所设警戒阵地，先后为解放军所攻占。约在4月17日或18日，解放军向该军二三八团据守花旗营车站的第八连进行攻击，战斗约一小时，该连阵亡排长一名，伤亡士兵三四名，被迫撤回主阵地。

21日晚，解放军之一部又以炮兵火力掩护，向该团守备大顶山之第三连进攻，从12时开始战斗，至拂晓前结束，该连被歼一个排，另伤亡士兵10余名，被迫撤回主阵地。大顶山为制高点，被解放军攻占后，浦镇地区完全被瞰制。守备高丽店至石佛寺一带高地之一五六团在17日或18日以后，不断受到炮战的打击，该团团长姜雪军负伤。21 日晚解放军在攻击大顶山之同时，向一五五团据守高丽店警戒阵地的一个连进行攻击，拂晓前将该处占领。21 日晚 12 时，解放军向江浦城进行攻击，守备该城的为一五四团，激战至翌日天明，该团大部被歼灭，只第二营及团直属部队一部分逃出，共伤亡官兵 600—700 名，阵亡连长 3 名。

22 日拂晓前，解放军已全线进至该军主阵地前一二百米处，并构筑了工事。至晚上八九时，开始对浦口、浦镇地区发起总攻击。至夜 12 时许，浦镇方面之八十师开始向浦口车站撤退，天明后上船完毕。五十二师一五五团正面战斗更为激烈，当晚 10 时左右，由高丽店、石佛寺方面前进的解放军一部已进至浦口至浦镇间的公路和铁路附近，由江浦方面前进的解放军进至三北码头附近。这时全军主力陆续上船南逃。至 23 日午前 8 时，国民党军全部逃走，解放军解放了浦口、浦镇整个地区。

江防总撤退

江防国民党军的撤退，以四绥区刘汝明部为最早，4 月 21 日上午，即撤离防地；其次为第一绥区，22 日黄昏开始撤退；第七绥区和南京卫戍总部行动较晚，23 日上午开始撤退。各部撤退、溃逃及被歼的概要情况如次。

1. 第四绥区刘汝明部

4 月 21 日拂晓，刘汝明接到所属五十五军守备大通的七十四师师长李益智的电话报告：“敌人已在我侧翼铜陵以东八十八军正面大举渡江，并渡过不少。据说那里的部队在一部分叛变后，立即擅自决定放弃江防阵地，全线撤退。”

刘随即亲自用电话对所属 3 个军长下达口述撤退命令如下：（1）敌人现正在铜陵以东大举渡江，我决定放弃江防阵地立即向东南方向撤退。八兵团总部、绥区司令部及五十五军即于本日上午 8 时开始行动，由青阳经太平、徽州向屯溪方向撤退；（2）九十六军即于本日上午 8 时开始行动，由殷家汇取捷径向祁门方向撤退；（3）六十八军即于本日上午 8 时开始撤退，由至德经石门街向江西浮梁方向撤退。

刘汝明的口头命令下达后，即于上午8时许亲率其绥区司令部及五十五军由青阳向太平撤退①。其余两个军均按指定路线行动。

汤恩伯获悉刘汝明撤退后，即于当日打电报给刘，要他“务必坚守江防阵地，阻止共军渡江”。刘汝明未理。23日刘到达太平附近时，又接到汤的电报，“着该兵团就地停止，集结所部协同七绥区的二十军、九十九军反攻，围歼已从荻港渡到江南的敌人”。刘汝明仍然不理，继续径向屯溪南逃。

刘汝明率五十五军到达屯溪后，召集绥区司令部参谋长杨然、副参谋长李诚一等研究继续南逃的目标，经过一番争论，决定前往福建漳州。就是因为刘逃得快，所以当时没有受到损失。刘汝珍率领的六十八军因行动较缓，在乐平地区受到解放军的截击，其一一九师大部被歼，师长张勋亭、参谋长董治良被俘；其一四三师向上饶以北大山逃窜，最后亦为解放军包围，大部被歼，师长阎尚元被俘；其八十一师后来逃至弋阳时，由副军长王振声率领起义。

2. 第一绥区方面

4月22日18时，第一绥区司令官丁治磐用长途电话下达命令，要旨如下：(1) 奉汤总司令命令，共军在突破我荻港、江阴地区江防阵地后，正大举渡江中，我军决即放弃沿江阵地，转移上海、杭州附近地区，再与敌人决战；(2) 本绥区司令部决于本日19时以后由武进出发，向杭州移动，而后司令部设杭州。

第四军军长王作华接到这个撤退命令后，破口就骂：“丁治磐这个老油条，前天对我吹牛，要抽几个军同江阴渡江的共军作战，今天就下撤退命令，真是开玩笑。现在全线撤退，没有一个军担任掩护，离上海近的跑掉了，远的都要吃亏。”

命令是要第四军22日19时开始撤退，因为军部久驻城市，前线部队撤退凌乱，迟至23日0时20分才由镇江附近出发。中途复遇雨，小路又难行，至23

① 关于刘汝明下达撤退命令和率军撤退的时间，说法不一。孟恒昌《防守长江战役中的刘汝明兵团》说刘4月21日中午下达撤退令，下午3时开始撤退。

日 20 时才于宝埝全部集中。24 日黄昏到达天王寺以南时，京杭国道上撤退部队如潮涌至，拥挤不堪，行军速度甚缓。25 日中午到达南渡附近，又与南京撤退下来的四十五军相遇。

这时王作华企图脱离部队逃上海，对其副军长李子亮托故说："鉴泉，我们这样各不相顾地撤退，不是办法，请你招呼部队，我先到溧阳或吴兴找陈沛商量，我军与四十五军一道行动，都归他指挥（陈沛为首都卫戍副总司令兼四十五军军长，与王作华为小同乡，私交甚厚），互相掩护撤退，以保安全。"

话后，他自驾吉普车直奔溧阳、吴兴。至溧阳附近时，得知溧阳在一小时前被解放军占领，因即返回。中途（离南渡不远）与部队相遇，当即决定部队脱离公路向南走小路，当晚又与四十五军会合。

26 日，四十五军在西，四军在东，分路南窜。行约 20 公里，至杜渚附近，与由郎溪东窜之六十六军又相遇交叉，阻塞达三四小时，部队被插乱，通信营被挤掉，与绥区联络中断。加之山洪暴发，前面不远有一河流，不能通过，被迫与四十五军一道在杜渚附近宿营。

27 日拂晓，四十五军径向南走，四军向大山脚东行，上午 10 时通过狮子口山地区后，得知解放军已有三四百人于 26 日晚到达广德县城，四军正在搜集架桥材料准备渡河之际，二十军、九十九军、六十六军等部拥挤而来。

28 日拂晓四军到达岗背附近，得知四十五军一〇二师拂晓前在广德附近通过公路时被消灭。上午 9 时许，先头部队九十师及军直属部队到达泗安以北 10 公里地区，后卫部队五十九师不明下落。至午后 2 时，五十九师仍无消息，却发觉军部已被解放军包围，当即决定与附近占领山头之六十六军靠拢。

29 日天明后，部队回头北窜，行约 1 公里，五十九师一个营长刘云标率少数残余人员来到，报告说：该师于昨日中午被解放军消灭，师长林方策，团长李绍汤、安蜀疆，参谋长林季荣等均被俘。又行一二公里，受到解放军的包围攻击，部队溃散缴枪。军长王作华逃到村庄内躲入床下，等解放军离村后，到河边用巨款买通一小柴船逃往上海。副军长李子亮、参谋长罗旷、九十师师长唐连、参谋长黄伯英以下被俘官兵共计 2 万余人。

其他各部，五十一军于 22 日 20 时以后由扬中撤出，23 日上午到达丹阳集结，以后经金坛逃至吴兴。其所属新四师残部千余人（其余已于 4 月 18 日在六圩被歼）被截住歼灭，师长丁作彬被俘，以后又脱逃，换便衣赴上海。

军长王秉钺率四十一师及一一三师残部共五六千人由吴兴逃往上海浦东。一二三军于太仓集结后，开往松江。江苏省政府特务团，因行动迟缓，在金坛、溧阳地区被歼灭，团长冯志修被俘。江苏省保安第二旅，至丹阳附近被击溃，大部被歼灭。江苏省保安第一总队，撤退时总队长周某单身脱逃，部队溃散。江苏省保安第二总队，其第十一团在吴江地区，情况不了解；第十团 26 日在宜兴张渚被歼，总队长许少顿被俘。溧阳保安团及金坛保安团亦同时被歼。

3. 首都卫戍总部所属各部

江宁要塞于 4 月 23 日晨开始撤退，司令胡雄率第一台沿京杭国道向上海逃窜，至昆山附近被歼，胡雄逃脱。守备总队长谢耀华率领该总队第一大队向南逃窜，至句容附近自行溃散；其二、三大队在龙潭附近自行溃散，均未与解放军接触。其余在南京附近未逃出的，还有总台长黄端、第二大台副大台长李祥麟等。

四十五军于 4 月 23 日晨由南京出发，沿京杭国道南逃，兼军长陈沛自己脱离部队乘车逃上海，部队由副军长兼九十七师师长陈阵指挥。25 日行至南渡，得知溧阳已被解放军占领，赶快脱离公路向南逃窜，来到广德附近，被全部歼灭。

二十八军于 4 月 23 日上午 10 时由浦口、浦镇撤到下关后，军长刘秉哲召集团长以上指示："本军沿京杭国道撤退，到宜兴集结整理后转杭州待命。"中午来到孝陵卫，得悉京杭国道已经发现了解放军。军部又赶快决定：各部队尽量轻装，就地将棉衣裤之棉花拆除，本晚夜行军兼程前进。新七师各团于 23 日在汤山集中后，当天晚上，副师长张少武率第一团起义，并向第三团发起攻击，除第二团和师直属少数部队由师长袁英率领南逃外，该师主力由张少武率领投向解放军。

26 日上午，军属其余各部到达溧阳之南渡镇，又受到了解放军的进攻，公路上人山人海，骡马、车辆、山炮、辎重、通信部队，混乱不堪，全军特种部队从此脱离掌握，以后均在溧阳附近被歼。嗣后全军改为“各部队分路出发”，“最后到杭州集结待命”。军长刘秉哲率领的部队，28 日来到广德东北，被解放。刘带着参谋长陈宜群化装逃芜湖转上海，上海解放后准备逃台湾时，在轮船上被查出。副军长兼八十师师长刘建伟率部来到煤炭山大隘路时，受到解放军的伏击，被歼灭。刘只身化装逃上海，6 月被捕。五十二师师长朱丰和副师长段建嵩率部，行至宜兴与溧阳交界的山区，大部被歼，朱、段化装逃走。五十二师参谋长熊介生率部，向浙江孝丰、梅溪方向逃窜中，大部被歼，部分逃杭州。

4. 第七绥区方面

七绥区原来只有六十六、二十、八十八、一〇六等 4 个军，临撤退前调来一个九十九军（欠九十九师）。七绥区之撤退始于 22 日拂晓前，23 日晨全部撤离防地。

一〇六军主力驻宣城、宁国间地区，一部分遣在附近各县担任“清剿”任务。4 月 22 日拂晓前，接到准备出发命令。午后，又奉令“轻装向徽州迅速撤退，凡不携带之物资一律烧毁”。由于执行掩护任务，该军在绩溪、徽州一带停留约 2 日。

25 日黄昏前，徽州城郊发生了激烈战斗，二八一师之八四一、八四四团被歼灭，八四一团团长刘立卓只身脱逃，八四四团团长肖琛被击毙。剩下的八四三团逃到淳安时，团长陈永灿率领部队夜间化装解放军进村庄要粮，为解放军围歼，陈永灿化装脱逃。

4 月 29 日左右，二八二师之八四六团在寿昌西南之上方附近被歼，团长王牖民下落不明。4 月 30 日以后，军长王修身率残部约两个半残破团，由浙江龙游、龙泉经福建松溪、政和、周宁等地窜往福州。

九十九军奉绥区司令张世希命令，沿湾沚、宣城间青弋江东岸布防，保障宣芜公路交通，掩护绥区司令部及江防部队撤退。军长胡长清当即命二六八师担任北段防守，九十二师担任南段防守。二六八师于黄昏前到达湾沚，晚饭后未及部署，解放军先头部队即已渡过青弋江，与其担任警戒之搜索营发生接触。九十二师深夜到达湾沚以西地区，不久即受到解放军的攻击，该师很快被击溃。

解放军接着就进攻宣城，在宣城的军长胡长清以手枪自杀未死，由副军长刘建修救出，并收容九十二师残部约一个团，向东疾逃上海。军人力输送团团长陈国华所率领的军直属部队，23日行至团风关、九里山附近，被解放军击溃。以后二六八师师长李慎言和陈国华带少数人员向东逃到广德西北，做了俘虏。至此，该军除所属之九十九师驻龙潭直接逃往上海，副军长刘建修在宣城附近所收容的九十二师残部的一个团逃往上海外，其余均被歼灭。

4月23日晨，绥区司令部及江防守备部队（二十军、六十六军）全面撤退。由于绥区司令部全部用汽车运输，清晨由芜湖出发，中间经过宣城、徽州、淳安，算是逃到了福州。

二十军于23日晨开始由芜湖及鲁港等地向宣芜公路上撤退，当夜就又接到了“速向宣城撤退”的命令。可是24日晨，一三四师刚出湾沚镇，即被解放军包围，四〇〇团的副团长文学科阵亡，团即溃散。四〇二团在芳山镇被阻击，伤亡很大。四〇一团在团长蒋国钦率领下，总算逃出一部分。至午后2时，解放军的炮火更为猛烈，军长杨干才在湾沚附近被炮火击毙，官兵伤亡过半，乱逃乱窜，溃不成军，全军除军直属之工兵营、通信营、辎重营脱逃，一三三师之三九九团及一三四师之四〇一团部分突围外，余均被俘。被俘主要人员计有：副军长陈亲民、军副参谋长胡显荣、一三四师师长李介立、副师长朱太安、参谋长吴文光等。

六十六军溃逃情况不够了解，只知4月29日该军全部窜至泗安北10余里之门口塘附近被整个歼灭，军长罗贤达亦被俘。

5. 京沪杭警备总部直辖各部

京沪杭警备总部直辖之野战军有3个单位，除九十九军随第七绥区溃逃外，尚有七十三军及暂编第一纵队两部。

4月28日，第七十三军由皖南歙县原驻地出发，向浙江淳安前进，预定最后目标为福建莆田。这时沿路已很拥挤，当天只走了30里。某日中午，部队正在遂昌以东之二十里铺大休息，解放军一部乘汽车追至，战斗至当日黄昏，全部被击溃。

暂编第一纵队后来改编为八十五军（军长吴求剑）一一〇师，5 月 4 日于义乌举行起义。

1949 年 4 月中下旬，渡江战役中，京沪杭地区国民党军被歼总计有：7 个军部（第四、二十、二十八、四十五、六十六、六十八、九十九等军部），19 个整师（二六八师、九十二师、五十九师、九十师、二三〇师、新四师、八十师、五十二师、新七师、一〇二师、九十七师、三一二师、一三三师、一三四师、一四九师、三一三师、十三师、一八五师、一九五师），3 个独立团（第一绥区司令部特务团、二十军军部特务团、二十军军部炮兵团）；非正规军有 1 个旅（江苏省保安第二旅），3 个总队（江苏省保安第一及第二总队、首都警察厅保安警察总队）;1 个团（南京总统府警卫团），1 个要塞炮兵总台，1 个守备大队（江宁要塞），两个水警分局（江苏水警第一及第二分局）。以上各部估计 30 万人左右。当时在战场起义的有 1 个要塞和 1 个舰队（江阴要塞的 1 个总台、1 个守备总队、1 个游动炮兵团和海军第二舰队的大部舰艇）。

其他如五十五军、六十八军、一〇六军、七十三军等残部虽侥幸从京沪杭地区逃到福建，亦先后在福州战役及厦门战役中被歼，估计共 6 万至 7 万人。

（本文选自《国民党政权的崩溃》，安徽人民出版社 2000 年版）

胡念恭、李祥麟*：江宁要塞溃散纪实

全面崩溃之前的徒劳挣扎

1948年11月，淮海战役爆发，国民党江北的军事力量在我人民解放军的强大攻势下，即将全部崩溃，防御体系已被粉碎。但是国民党反动派尚不甘心失败，企图用“和谈”来掩护战备部署，凭借“长江天险”和海空优势，布防守备长江南岸地区。

在这种情况下，江宁要塞的部署是：原属的重炮营奉命开往上海，恢复炮兵14团的建制。同时，江宁要塞在上海成立了游动炮兵团，由原要塞守备总队长张龙文任游炮团上校团长。江宁要塞为什么在上海成立游炮团并将要塞第二大台由南京调驻上海吴淞呢？他们声称是要在上海接受火炮装备，实际这是国民党京沪杭警备总司令汤恩伯为了以后放弃南京，保存一部分炮兵实力，以固守上海所做的一种准备部署。

国民党江宁要塞，根据首都卫戍总司令部的“保证首都安全的江防计划”，做了新的如下兵力部署。

---

* 胡念恭，时为江宁要塞第一台上尉台长；李祥麟，时为江宁要塞守备总队第一大队副大队长。

1. 守备总队派一个大队驻守镇江象山地区，另一个大队驻守龙潭地区。

2. 要塞炮台由于重炮营调往上海，立即把原驻守在光华门外石门坎的第一台调到兴中门内狮子山，以接替原重炮营所担负的任务。第二台在幕府山驻守，修筑加强阵地工事。

3. 驻守江防的守备总队，自 1949 年 2 月起，封锁长江航道，禁止南北通航，上下船只只许靠南岸行驶，停泊在南岸的木排一律在上新河一带冻结，各渡口船只行人要严格检查。

4. 1949 年 3 月，首都卫戍总司令部命令所属部队举行江防演习，企图凭借“长江天险”保住江南统治区。演习部队有驻南京的四十五军及友军并海军舰艇，演习地点在南京龙潭地区。江宁要塞派守备总队少校副大队长李祥麟前去参观。

1949 年 3 月下旬，驻南京部队四十五军九十七师师长王晏清率部渡江起义后，首都卫戍总司令部司令张耀明下令江宁要塞防守的主要方向直指长江北岸即仪征、六合、浦口、江浦一线之桥头堡。

中共地下党打入江宁要塞内部

当时的南京地下党组织，为了使解放军能顺利地在南京渡江，曾利用各种关系在江宁要塞内部物色人选，扩大党的力量。

当时任中共上海局特派员的史永同志，由上海来到南京，从事在国民党军队内的策反工作，他通过南京地下党员苏漱真认识并争取了江宁要塞第一台上尉台长胡念恭。因胡正在汤山国民党炮校学习，当时主要将胡进行考察教育和要他汇报国民党军队的内部情况。1948 年 12 月初，胡由炮校毕业，根据地下党的指示，他回到狮子山炮台继续担任第一台台长。

胡念恭同志是江宁要塞司令胡雄的胞弟，地下党组织曾要他利用胞兄弟的关系，摸一摸胡雄的政治态度。当时胡雄虽然不是国民党军队黄埔嫡系，并一度受过排挤，但是他对共产党却存在一定疑虑。地下党组织根据当时的环境和实际情况，决定胡念恭暂不要做哥哥的工作。只要求胡搞出一份要塞炮台的部署图，转送给江北解放军；并要他收集国民党军队的布防情况。这些工作胡念恭同志都完成了。

1949 年 3 月，史永同志要胡念恭带领第一台做好战斗准备，以便配合其他部队一同举行起义，具体行动听他的指示。但是此后胡却一直没有再接到有关这方面的指示。中华人民共和国成立后才知道所谓配合其他部队，是指配合国民党九十七师师长王晏清的起义，因为事机不密，过早暴露，因而没能正式起义。

1949 年 3 月 4 日，史永同志通知胡念恭说："组织上已批准你为中共候补党员，候补期为 6 个月。"这样，在国民党江宁要塞中，已经有共产党员了。

在史永同志发展胡念恭的同时，另一条线是南京地下党员朱锦章同志，他根据组织的指示，与在江宁要塞守备总队第一大队任少校副大队长的李祥麟取得联系（李祥麟与朱锦章是表兄弟）。李祥麟曾先后向朱锦章提供了江宁要塞江防部署计划及要塞炮位部署情况以及要塞与海军联络信号等情报。

另外，江宁要塞总台长黄端，曾通过江北解放军一位干部的老同学关系，与江北解放军建立了联系。1949 年 3 月初，他组织有关人员到浦镇国民党二十八军搜集情报，同时又派副官到国民党江防部队索取布防资料，虽遭到对方拒绝，但仍积极地为共产党进行策反工作。

综上所述，中华人民共和国成立前夕的国民党江宁要塞，一方面是消极备战，另一方面在中共地下党组织的积极活动和感召下，已播下了一些革命种子，打算待机而动。

盲目发射八发炮弹后，迅速溃散

淮海战役国民党主力军被消灭后，国民政府机关忙于迁移广州，大家对战争前途极度悲观；加上目睹由津浦路从前方逃回来的官兵的惨状，更是军心惶惶，一般有识之士，深知大势已去，不愿给国民党当牺牲品。当时，社会秩序也非常混乱，下关车站（现称南京西站）挤满了逃跑和搬家的人群，物价一日数涨，街头巷尾充斥着银圆贩子，伤兵到处闹事，地痞流氓也趁机杀人越货，一派兵荒马乱、树倒猢狲散的情景笼罩了整个南京城。

1949 年 4 月 20 日晚，解放军在安徽荻港渡江成功，国民党二十军在安徽芜湖、鲁港、三山街等地被歼，国民党西逃之路已被切断。4 月 21 日，江阴要塞起义，迎接解放军渡江。于是，在国民党长江下游的江防撕开了一个大缺口，当时南京已陷入解放军东西夹击包围之下。4 月 22 日，国民党八十师守备的南京北大门浦镇桥头堡被解放军占领，八十师师长李西开看到该师已形成被包围形势，立即打电话下令八十师当晚全部撤退，过江后在下关集中。并电请南京卫戍总司令部，令海军炮舰支援，以掩护全师撤退。眼看南京解放已迫在眉睫，国民党政府被迫向军队下达全部撤退的命令。

江宁要塞是在 4 月 21 日下午接到首都卫戍总部撤退命令的（规定 4 月 23 日清晨撤退）。因此，4 月 22 日全天，要塞所属机关部队就全力准备粮食和行装。以总台长黄端为首的要塞官兵有三四十人，不愿随部队撤退，要求留在南京，司令胡雄也就无可奈何地默许了。4 月 22 日晚，在南京城内可以清楚地听到下关方向的隆隆炮声。这是国民党海军发炮掩护浦口八十师向下关撤退。本来他们还要求要塞也发炮掩护，但是江宁要塞已自身难保，顾不上掩护别人了。

4 月 23 日晨江宁要塞开始撤退，但是根据上级指示，要向江北浦口地区解放军打炮以后才准许撤退。江宁要塞为了逃跑得快，就用第三台的两门火炮放在兴中门总台部门口，在司令胡雄直接指挥下向江北浦镇方向盲目地发射了 8 发炮弹后，立即急忙地沿宁杭公路撤退了。

原定早晨 6 时撤退，由于忙乱，一直到上午 9 时许才编队出发。除江宁要塞外，其他部队和政府机关人员，也在这时撤退。这样一来，公路上拥挤不堪，互不相让，以致江宁要塞摩托化炮兵部队一天才走了 45 公里。

胡念恭同志因为受南京地下党的指示，要他随国民党江宁要塞的队伍撤退，途中遇见解放军就下来回南京，并告诉了他与解放军的联络暗号。4 月 24 日，宁杭公路被解放军切断，国民党部队前进不得，后退不能，除少数逃跑外，绝大部分都当了俘虏。

胡念恭同志乘的最后一辆车，在宜兴附近遇到解放军后接上了头，脱离了国民党部队单独回到南京。江宁要塞的车队和所有的火炮，在司令胡雄、参谋长宗文占的带领下，因为逃跑得快，4 月 25 日到达上海，曾受到京沪杭警备总司令汤恩伯的奖励。

江宁要塞守备总队部设在江东门前军人监狱的旧址，4 月 22 日总队长谢耀华接到司令胡雄的电话，命令他的守备总队归四十五军指挥。四十五军军长陈沛指示谢耀华于 4 月 23 日晨率部（第一大队）撤出南京，取道秣陵关向溧水撤退。

这时南京撤退的部队，已是人山人海，漫山遍野，军民不分，情况异常混乱，整整一天才与四十五军九十七师主力取得联络，各走各的，无人指挥。24 日拂晓经过溧水，城内守军已逃避一空，守备总队就自行溃散，谢耀华趁机离队只身回到南京。其他第二、三大队，在龙潭附近也自行溃散，所以整个守备总队与解放军并没有接触过。

守备总队副大队长李祥麟，称病一直留在南京与朱锦章同志保持着联系，并得到朱的指示是：时间紧迫策动部队起义不易，只要求在部队撤退时，对留下的粮秣、被服、弹药、武器器材等妥为保管，免遭破坏散失，以便上交解放军接管。

4 月 23 日晨，江宁要塞部队向东撤退。李祥麟到总台部与黄端取得联系。黄端随即发给他一个红袖章，上有“江南支队”四个字。并说，我们现在是“中国人民解放军江南支队”。李祥麟协助黄端将总台部 30 多名官兵造了花名册交给解放军，并组织人员对要塞留下的粮秣、被服、器材、武器进行登记，上交解放军。

4 月 25 日上午 10 时，黄端陪同一位解放军李科长，在兴中门总台部大操场上，对原要塞留下的官兵讲话。李讲话的要点如下：

1. 各位没有随国民党撤逃，自愿在南京迎接解放，你们这一行动我们是欢迎的。

2. 原江宁要塞的火炮都已撤走，没有火炮就难以成立要塞。因此，要塞不准备成立了。

3. 现在你们有人愿留下参军的，我们表示欢迎，散会后领取表格填写登记，听候通知；有人要回家生产的，我们发路条和路费给你们……

黄端同志还补充说：“解放军首长说过，凡自动脱离反动派的人，一律与起义人员同样看待。”以安慰到会的人员。

中国人民解放军三十五军，从浦口渡江以后，4 月 25 日顺利地接管了南京城。

（本文选自《金陵破晓　纪念南京解放 40 周年史料特辑》，南京出版社 1989 年版）

戴戎光*：长江江防总崩溃中的江阴要塞

国民党军经淮海战役一败，主力消耗大半。解放军前锋已达长江北岸，渡江战役即将开始。这时，国民党军妄想凭借长江天险，继续顽抗。同时发起假和谈，作为缓兵之计，冀图喘息；并希图固守上海地区，扩大国际影响，以引起美国直接出兵来挽救失败。汤恩伯出任京沪杭警备总司令，负责由南京以西直至上海、杭州的全部防务，摆出背水一战的姿态。解放军渡江作战前夕，我担任国民党军江阴要塞司令之职。

国民党将领各怀鬼胎

汤恩伯就任京沪杭警备总司令之后，江防指挥系统有所变动。在此之前，有京、沪江防指挥部的设置，隶属于南京卫戍总部无锡指挥所，指挥官由江阴要塞司令兼任，辖镇江、丹阳、扬中、武进、无锡、江阴、常熟七县和西起龙潭、东至白茆口一带江面。京沪杭警备总司令部成立后，南京卫戍总部和所属无锡指挥所以及江防指挥部均随之撤销。原有的江防区域，包括江阴要塞，均改由第一“绥靖”区主任周岩指挥。

* 作者时为江阴要塞司令。

1949 年春节前一日，周曾亲到江阴，由我陪他乘军舰巡视江阴至泰兴一带江防情况。行抵靖江江面，周令我用装满碎石的大木船沉堵八圩港口。周还指示靖江至泰兴的各个港口均应如此堵塞。又令在浦口与七圩港各战略据点建筑桥头堡阵地。

不久，周岩调任浙江省主席，第一“绥靖”区主任改由江苏省主席丁治磐兼任。此时，江北岸的国民党军，除留驻桥头堡阵地者外，完全向南岸撤退。丁治磐亦亲来江阴，指示我在黄山之麓构筑三角壕阵地。丁口头说明作战意图，谓共军一定要在江阴方面渡江，命我利用要塞火力协同第一舰队消耗敌人于江北岸和江面上，万一共军渡江成功，我应和江阴正面的王克俊第二十一军固守黄山和江阴城，以吸引共军兵力，待共军主力迫近无锡、太湖方面，然后由苏州、丹阳方面控制的总预备兵团，夹击太湖地带，最后压迫共军于长江附近而歼灭之。这当然是他自己的如意算盘。

汤恩伯则另有打算。汤的意图是将非嫡系部队使用于沿江一带的防守，打消耗战，而将嫡系部队全部撤到上海，梦想依靠美国支援，在沪郊苦撑待变。在这种意图下，拟部署川军王克俊部、杨干才部（驻南京以西地区）、王秉钺部（第五十一军，驻扬中）和粤军第四军（驻镇江），担负沿江防务，而将江阴长山以东的顾锡九部，苏北和丹阳的罗泽闿、阙汉骞两个军，南京方面的警卫军，浦口第二十八军，以及江阴要塞的重炮兵部队，全部后撤上海。汤的这种打算，是在他调我的重炮兵部队时所了解的。

当时国民党最怕的事，就是部队战场起义，所以在这上面做了不少工作。汤恩伯就任京沪杭警备总司令以后，曾召集江防部队的将领到南京听训。参加训话的还有何应钦、徐永昌、顾祝同。何应钦时任行政院院长。何在训话时特别强调蒋总统要他以黄埔学生的前途为重，出任艰巨，因此他只得应允来京。意在拉拢，显而易见。

接着徐永昌讲了一段往事，他说：“我原隶阎百川部下，在民国十九年与蒋大总统所部交战于津浦平汉一带，刘光衔蒋大总统之命来看我，要我到中央来。我当时想，我追随阎百川多年，既已浑蛋，索性浑蛋到底，乃拒绝了刘光的策动。”这段往事，斩头去尾，不伦不类，目的无非要大家为蒋介石忠心卖命，矢志不移。

最后，汤恩伯以总司令身份登台，声色俱厉，口沫四溅。他为了表示坚决的态度，在讲话中说：“近来，有人到沪寓策反我，要知道我汤恩伯的脑袋是最顽固的，是块化石，谁来准要受到最不好的下场。”据当时的理解，这是暗指陈仪写信劝他投向人民的那件事，参谋总长顾祝同又在会后分别召集各将领个别谈话。

顾警告我说，江阴要塞有共产党活动，要密切注意。第二天京沪杭警备总司令部第二处（特务系统）找我谈话，又提出这一问题。为了表示我的“清白”，我就请他们派一人跟着我。他们果真派了一个少校参谋随我回江阴。过后特派第十七兵团司令李延年陪着两名美方武官视察沿江防务。到江阴要塞时，还要我试射战防炮，并查询兵力配备、弹药储备情况。他们在谈话中，一再说作战有美国友邦做后盾，借此提高士气。下野后的蒋介石，也给各将领写来亲笔信，鼓励“效忠党国，至死不渝”。

江阴要塞堪称军事要地

江阴要塞始建于清末，主要依托江阴江岸的黄山、长山和君山，其所辖地区还包括对岸南通的狼山，靖江的七圩港，下游的常熟福山。在长江正面，它控制着长江下游最狭的（1500米）江面；在陆地方面，它与南面太湖地区接应，构成野战军的轴心地段，在军事上素称要地（抗日战争胜利后，狼山、七圩港、福山不在要塞管辖之内）。

建筑之初，“五山一港”均筑有炮台，配有英国阿姆斯特朗兵工厂出品的加农炮和榴弹炮，最大口径为24厘米。北伐前，炮台台官和兵员尚为曾国藩时期湘军后裔（系子弟世袭制），一切训练也还保持着英国操法。

蒋介石到南京后，任命杨杰为吴淞、江阴、镇江、江宁四路要塞司令，也没有什么兴革。后王柏龄建议开办要塞炮兵班，第一期学员50人，我就是该班学员之一。“七七”事变前，蒋介石想在江阴、太湖间建筑国防工事，曾派教官吴国桢到德国订购一批要塞炮，希特勒政府存心拖延，分批付货，直到日寇发动淞沪战争，江阴要塞火炮上的瞄准器材还未送来，以致江阴要塞在抗日战争中未能发挥作用。

日寇陷南京后，将要塞炮拆运南洋。胜利后，国民党按接收要塞的装备情况，将江阴要塞列为丙等要塞。按丙等编制，江阴要塞司令为少将，参谋长下设有参谋、副官等六室和一个直属通信连。以下为总台，总台编制相当于一个重炮兵团，总台下有三个大台，每个大台有三个中台，中台下有三个分台。第一大台是德国式 15 厘米榴弹炮，其余两个大台均为日式 10 厘米榴弹炮和加农炮。每个中台有炮三至四门。实际上，只成立了两个大台。全部兵员不到 1000 人。

此外，配有游动炮兵团，辖三个营，用以填补要塞炮射击的死角。炮兵部队之外，要塞掌握一个守备总队，下辖三个大队、九个中队和一个重兵器中队，约等于一个步兵团的配备和人员。

蒋介石任命我为江阴要塞司令

我于 1948 年 3 月接任江阴要塞司令。到江阴之前，我原任南京陆军总司令部兵工处长，由于亲戚故旧常来纠缠，经济上很感不宽裕，颇思外调。适江阴要塞司令孔庆桂辞职，处里同事王德容（副处长）、梅含章（科长）、吴广文等鼓励我活动补孔之缺，江阴要塞内部以唐秉琳为首的一部分军官也鼓动我去，还有国防部第三厅城塞组参谋唐秉煜（秉琳之弟）也希望我活动这个职位。

于是我就走了侍从室主任俞济时的门路，由他保荐提名，旋即得到蒋介石的批准。于是，偕同王德容、梅含章、唐秉煜、吴广文等走马上任，以梅含章为参谋长，唐秉琳为总台长，王德容为游动炮兵团长，吴广文为守备总队长，唐秉煜为工兵营长。他们与我不仅是同学、同乡，而且还有多年同事的关系，故均倚为亲信骨干。

当顾祝同和汤总部第二处怀疑要塞有共产党活动时，故我坦然以对，认为不过“杯弓蛇影”罢了。但汤恩伯并不放心，又叫上海港口司令周力行约我去沪一谈。周是俞济时的亲信，和我感情最深，彼此无话不说。我到上海后，见了汤恩伯和炮兵司令邵百昌，知道他们为了帮助我更好地控制内部，决定在江阴要塞司令部增设副司令一人，并商定以周力行的内弟杨安国担任。

杨到江阴不久，周力行又来江阴，对我说：“你的几个团长要调整。”我认为他们看得不深，这几个人关系与我都不浅，就告诉他说：“梅含章现由守备总队长调升参谋长，王德容是王揖唐的侄儿，由曾荫槐介绍来的，现由参谋长调为游动炮兵团长。他两人在陆军第五军就和我在一起，近两年随我在陆军总部工作，表现都很好。守备总队长吴广文和总台长唐秉琳都是盐城人，和我除同乡、同学外，且为世谊。这些人除了缺乏作战经验，我认为都极忠诚可靠。”周见我说得坚决，也就无话可说。

江阴解放前一个月，顾祝同对我说：“外传共产党给了你多少黄金，真相如何你要查明。”我回江阴一查，据说守备总队长吴广文弄了渡江民船 30 两黄金，我就认为顾之所言是出于误会，遂把吴广文交给王德容看管，不疑其他。另调游动炮兵团副团长李云葵接任守备总队长。中华人民共和国成立后才知道吴在王的掩护下就地转入秘密状态。

王德容、唐秉琳、唐秉煜等都早已参加了共产党，唐氏兄弟的二哥唐君照当时在解放军中担任领导职务，他们已建立了地下联系。事后了解，他们还动员了我的姑母、妹妹、姨姐夫等，来争取我。

可是，我刚从南京会议归来，接受了汤恩伯的灌输教育，遂召集团长以上的军官讲话，学着汤恩伯的口吻宣布：“谁要来策动我，谁就要遭到最不好的下场。”谁知这话并没有制止共产党的活动，反而把自己封闭在死胡同里了。大家见我态度坚决，都不敢再对我讲什么。平时与我无话不谈的王德容，也不敢向我正面有所表示了。连母亲也对我说：“儿子！不要太固执了。”我一样当作耳边风。

尽管我顽固不化，但内心还是很苦闷彷徨的。首先我与两位顶头上司相处并不融洽。我仗着顾祝同、俞济时的背景，对丁治磐不买账，经常为一些小事争执，彼此颇不愉快。汤恩伯要调走我的炮兵部队，也引起我的抵触，后来闹到顾祝同那里，才勉强同意将第一大台德式重炮调往上海。但因此要塞防御力量更为薄弱，内心很是懊恼。对守备江防的信心和国民党的前途，是恍惚、动摇，祸福如何，把握不住。

要塞的作战力量端赖火炮，而炮兵一般要有较长期训练，才能具备一定的射击技术。但江阴要塞是七拼八凑，自己又缺乏过去的基本部队。游动炮兵第一营是从台湾基隆要塞拨来，第二营是从台湾高雄要塞拨来，第三营的兵源是兵役局强征和我临时招募的“壮丁”，工兵营是由黄桥地方部队改编的，守备总队是收编我家乡（射阳）土匪部队曹炳山之部而成的。就是这样，也只凑足了七成，主要骨干都缺乏作战经验。

同时，要塞设备从日寇手中接收以后，简陋不堪，有些重炮放在仓库里还没装置，作战能力之差，可以想见。唯我总认为解放军不会很快渡江，对和谈存在一些幻想。

“迷魂阵”里，不战而败

4 月 20 日上午，江防战斗序幕正式揭开。丁治磐在电话中对我说，和谈已无希望，立即准备作战，并命我固守黄山要塞，王克俊部固守江阴城，互为依傍。我本住江阴城内，接获作战命令后当午就进入黄山营房指挥所。此时我对“敌情”毫无了解，上面既无情报送来，自己也无情报组织，如何打法，心中完全无底。官兵副食很困难，每天要派很多人到各乡镇去搜刮，地方苦于供应，相率推托不给。

战斗开始，申港告警。丁治磐命我调游动炮兵一营增援该处，并要将炮兵牵引汽车给他使用。他要调，我不肯，于是互骂一场。入晚，解放军已在申港对岸渡江，我只好派出游动炮兵第二营前往支援堵击。接着，长山方面对岸解放军亦开始渡江，君山、黄山各台均开始炮击。

那天晚上，解放军在江阴以西的申港附近发起炮击，并对江阴对岸靖江八圩港国民党军第二十一军所据的桥头堡开火，军长王克俊要求要塞炮兵向解放军还击。要塞炮打响了，但猛烈的炮火却射到第二十一军的阵地上，并因此引起内部的一场争吵。中华人民共和国成立后我才了解到，这是要塞中共地下组织摆下的迷魂阵。

黄山炮击之后，我一直没有接到总台长唐秉琳和游动炮兵团团长王德容的战斗报告。直到凌晨1时多，长山第四台孔台长来电话报告说："有一股共军已在长山北麓登陆，火炮无法射击。"我即令其向黄山转移。这时游动炮兵团尚无一点动静，我很感奇怪，随即打电话找团长王德容，但很久找不到人。黄山各台炮声也随之转入沉寂。我即电话总台长唐秉琳询问，他支吾其词。我遂决心到黄山总台去看看情况。

我走进总台部，见唐秉琳、唐秉煜兄弟与李总队长在抽烟谈话，忽见我来，有些惊惶。此时，我仍未怀疑他们有什么变故，只认为他们没有打过仗，胆小而已。我怒冲冲地责骂他们不该停止炮击。他们以休息为词敷衍着我。我即命唐秉琳到第一大台指挥射击，李总队长到黄山营房指挥第三大队，并掩护长山方面撤退下来的第四台官兵，唐营长即回工兵营。

此时，唐秉琳接了个电话，转而对我说："电话中是共军党代表讲话，这样还能打下去吗？共军渡了江后，我们的罪恶更大，账不好算了。"当时我竟完全没有考虑这一"特殊情况"竟盛怒地斥责他不该听共产党宣传。

李总台长在旁连说："我们就走，一定照你的话做。"唐出了指挥所，即命他的警卫排将附近警戒起来，名为保护，实则对我进行监视。这时，我还要做最后努力，用电话调来最亲信的陈耀中中队，并想命他为督战执法队，但该中队被阻于途中。

我在总台指挥所守候多时，乃未见各台炮击，乃率卫士二名追到大台部去。我责问孟大台长为何不发炮？他连说："我立即射击。"我又问唐总台长在哪里？

唐秉琳立刻从后面出来说："就射击了。"随即听到炮击的声音。

我拿起望远镜观测弹着点，只见满江都是解放军的帆船，万橹齐发，顺利地向南岸疾驶过来，通江看不见要塞炮击的弹着点。我所听到的炮声好像是一阵礼炮。第一舰队的许多军舰和沿江岸上的陆军部队也都毫无动作，好像在那里观礼一样。原来唐、孟等为了应付当时的情况，是用准备好的假引信炮弹发射的。我再打电话连找几个团长，也找不到人。又打电话给参谋长梅含章，他不肯上山来。

此时天已大亮，我即折回总台指挥所，在路上已发现解放军两三人在黄山北边匍匐上山。约隔一小时，唐秉煜和一解放军的营长来到总台指挥所。唐对那营长说："这是戴戎光。"那营长用手枪对着我说："举起手来！"

江阴要塞的战斗，就此宣告结束。

（本文选自《江苏文史资料集萃·军事卷》，1995 年版）

喻天鉴*：守卫南京的第四十五军被歼经过

从警卫师师长到四十五军军长

赵霞，湖南沅江县人，黄埔第六期毕业，任过连长、参谋，后在陆大参谋班毕业。他曾任郑洞国第八军军部上校参谋处长，继任军属第五师十四团团长，参加远征军到过印度兰木枷，任廖耀湘新六军参谋长。1945 年赵回国后任青年军二〇七师副师长，驻东北抚顺。1948 年春，青年军二〇七师师长罗又伦调任新八军军长，二〇七师师长遗缺，由陈诚派他的一位嫡系戴朴接任，没有轮到赵霞。赵因此愤愤离职，到南京见过孙立人两次，希望孙能为他推荐。

不久，蒋介石召见孙立人，过问东北的情况，孙立人把他所知道的情况讲述一番之后，说青年军二〇七师副师长赵霞知道详细，此人现在南京，并把住址写给了蒋的侍从。第二天蒋介石传见赵霞，再询东北军情，赵霞借此机会，侃侃而谈，把东北的情况做了系统的报告之后，又把他自己在新六军、二〇七师如何苦干，使两个部队获得了多少战绩等宣扬一通，一吐他胸中不平之气。过了一天，蒋介石手令“警卫师师长石祖德另有任用，遗缺由青年军二〇七师副师长赵霞

* 作者时为九十七师副师长，代理军参谋长。

调充”。

消息传出，南京军政大员认为是一个奇闻，争相询问赵霞是蒋的什么人，回答却莫衷一是。赵霞奉到手令，当然喜出望外，就欣然到警卫师去上任了。师长石祖德表示欢迎，赶办交代，赵霞打电话要我到南京协助，任他的师参谋长，时在 1948 年 8 月。10 月扩编为四十五军，赵霞任军长，警卫师改为九十七师，师长由青年军二〇八师副师长王晏清调充，我任该师副师长代理军参谋长。该军的任务是，以两师担任南京江防，一师担任南京城垣之守备。

妄图使南京固若金汤的城防计划

1948 年 11 月，陇海线上的黄伯韬兵团被歼后，南京卫戍总部命令成立南京城防委员会，由卫戍副总司令陈沛兼委员会主任，随带会计主任一员，掌管城防经费的支付，驻城四十五军军长赵霞兼副主任，并由军调派人员组成参谋、副官两处，负责城防工事的构筑业务。我调兼城防委员会参谋长，驻会内负责城防工事的设计和构筑指导工作，军部参谋长业务由二〇三师一位团长伍子贤代理，城防委员会就此宣告成立。另外从国防部工兵二团、工兵五团各调一个营，由城防委员会直接指挥，城委会设于中山东路逸仙桥的公安一分局。

城防委员会成立后，由会内发出通知，召集南京市商会开会筹划城防经费黄金 500 两，圆木费 200 两（指定上新河木商担负），另由工兵署拨一部分钢筋、水泥、铁丝网、汽油、两爪钉、螺杆等，一经城防计划批准，即开始建筑。

城防计划的设计，是按南京卫戍总司令张耀明的指示：“我军为了确保京、沪、杭这一个政治经济中心的三角地带，暂时采取防御手段，用以疲惫敌人于坚城之下，达到我军最后大举反攻、聚歼敌人之目的。因此，南京城防计划必须以城垣工事为核心，加筑一道水泥工事为外围，然后配合野战工事的守备，形成三道可靠的坚强阵地带，在强大的兵力守备之下，加上优势的海、空军有效火力的支援，这样就可以使南京固若金汤，转危为安。”

因此南京城防工事的计划是：北依长江天险，沿江岸加筑水泥工事一道（水泥地堡10余个），然后从东北面的幕府山、天文台、紫金山起，环绕南京的东、南、西三门外围的老虎洞、马群、苍波门、牌楼上、高桥门、雨花台、上方门、上新河等要点，部署13个连的守备阵地。由于阵地的正面和纵深很大，在兵力雄厚的时候，13个连守备阵地内，也可以容纳13个营，乃至13个团的兵力。每个连守备阵地内，建筑4个钢筋水泥地堡，最大的一个居中，预定作为连、营的战斗核心和指挥所用，3个较小的作为连、排战斗核心和指挥所用，另有水泥掩蔽部、弹药粮秣等掩体，环绕水泥地堡构筑了排、班使用的野战工事，以圆木为支柱的射击设备和地堡（这些后来未构筑）、交通壕、轻掩蔽部等。必要时，以两个军守备这些工事地带，以一个军的兵力守城垣，另以5个军分布在燕子矶、仙鹤门、麒麟门、青龙门、马鞍山、牛首山地带作为野战阵地带。

城防工事的构筑办法是，设计的13个连的水泥钢筋堡垒，全由南京私营建筑公司承包，由城防委员会发给他们钢筋、水泥和工事构筑经费。但是，这笔经费是由上而下层层剥削，大小回扣，实际用到工事上的不过半数。那些工程承包人员，形形色色，各怀心计，有几家把经费拿去大吃大喝，花天酒地，工事做了一半，他们就逃之夭夭，后来又由他们的担保人来赔修完工，质量都很差，与设计的强度距离很远，城防委员会也照数验收。淮海战役结束，败局注定，因此没有部队可以抽调来配合构筑野战工事，城防委员会在1949年3月就宣告结束，500两黄金及200两黄金的圆木费早已化为乌有。

赵霞调职，军属九十七师起义

1949年3月23日，第四十五军军长赵霞突然奉到命令调充上饶编练副司令，失掉了军权。这在国民党内，就叫明升暗降。大家都说赵军长来也突然，去也突然，摸不到底细。赵军长只得按照命令行事，把军长职务交卫戍总司令陈沛兼任。

这时我也准备请假离职回川，由于与陈沛在城防委员会相处了四个月，他对我的印象不坏，一定要我继续担任军的参谋长，我只好继任下去，并为赵军长代办移交。

在这种新旧交接的时候，一天，陈沛突然对我说："九十七师师长王晏清在卫戍总部扣押，上面发现他有通匪嫌疑，张耀明在考虑师的继任人选，因为你是这个师的副师长，我已力保你回去任这个师长，但张还没有做决定，过天看看如何。"

当天晚上，张耀明又把王晏清放回去了。王回师部，知道时不可失，密召有关人员开了个小会，发布了全师当夜渡河游击的命令。第一团团长杨正洲，第二团团长黄子安，率领全团官兵准时渡过江岸；第三团张团长是新任，一听当夜游击，有些手足无措，命令又是电话通知，张团长正要向师长再请示的时候，电话突然不通了，东摇西摇，好不容易摇通了军部。军部代理参谋长伍子贤接听了张团长的电话，大叫王晏清叛变，命令张团停止行动（这时兼军长陈沛因病住在鼓楼医院，我还在城防委员会，赵军长已离开军部，军部没有其他负责人），并急电张耀明总司令请示。

张知道他放回王晏清这着棋下错了，急忙又把赵霞找去研究对策，最后决定：当夜印刷几万份传单，上面写明王晏清投敌，官兵返回原防的均有重赏，割回王晏清头的特赏银圆 5 万元。

天未大明，飞机就起飞到江北岸跟踪侦察，散发传单。团长黄子安看传单后带领他的第二团向南回走，第一团看到第二团回走，也返回来向南走了。第一团团长杨正洲因为没有基层组织力量与他发生关系，不敢下令阻止，一个人同王晏清及几个有联系的人员带着师的警卫排向北急进，投奔解放区。九十七师起义没有完全成功。此后，师长职务由副军长陈阵兼任，调换了一些中下级军官。一个月以后南京撤退时，这个师在广德地区全部被歼灭。

解放军强渡长江，四十五军穷途末路

由于蒋介石在幕后操纵，中国共产党提出的国内和平协定 8 条 24 款被国民党政府拒绝，1949 年 4 月 20 日夜，人民解放军开始强渡长江。4 月 21 日解放军渡江成功，建立了桥头阵地。东面，国民党军扬中失守，溃军蜂拥南来。南京实际上毫无固守准备，汤恩伯下令 23 日全面撤退，放弃南京，指定江防及南京守备各军向杭州集中。四十五军在 4 月 22 日召集了紧急会议，宣布撤退命令的各项指示。23 日晨，江防守军撤出阵地，九十七师向大王庙、秣陵关集中后向溧水前进；南京城垣守军撤出南京，取道秣陵关向溧水前进；全军在南渡地区集结。

23 日拂晓，我同兼军长陈沛驱车到秣陵关等待九十七师部队。等到午后 2 时左右，该师才到了两个营，其余还未跟上来。这时由于南京撤出的有部队、机关、团体、市民、学生、各行各业，已是人山人海，漫山遍野，军民不分，而且一夜间不断有枪声，此起彼落，情况异常混乱，整整一天未能与九十七师的主力取得联络。

24 日拂晓，经过溧水县城，城内已逃避一空，当天我们到罗旧宿营。这时第四军又把道路全部阻塞，部队互相穿插，集中困难。我们军部准备在罗旧等到本军的主力后，再决定行动。到了上午 10 时左右，兼军长陈沛接到张耀明总司令的电话，要他到宜兴面授机宜，部队交副军长陈阵统一指挥。陈沛要我同他往宜兴，我们赶到宜兴，张又向南面前进了，留了一位参谋长在那里等候我们。参谋长把张耀明的一张手谕交了陈沛，张要我们赶回部队，迅速率领全军向杭州疾进。我们驱车回走，到了溧阳东面，听到溧阳枪声大作，逃出军民宣称溧阳失守。在这种情况下，我们又驱车走到湖州用电台和部队联络，一夜未联络上。

26 日我们带军部的一部分车辆、部队及先行人员，到杭州设收容站。直到 29 日，部队仍无音信。

30 日，一位营长胡玉溪率领他本营官兵百余人来到杭州，始悉全军三个师在广德地区被歼。他这个营担任侧卫，侥幸逃出。往后两天，没有人员继续来。陈沛率领残部逃宁波，我就此在杭州脱离了四十五军。

（本文选自《文史资料精选》第 15 册，中国文史出版社 1990 年版）

方耀[*]：国民党二十八军全军覆没

南京只有两个军的兵力守备

1948年冬，淮海战役开始时，解放军在碾庄歼灭了黄伯韬兵团后，以雷霆万钧之力包围了杜聿明指挥的四个兵团，蒋介石集团主力危在旦夕。同时，人民解放军取得了辽沈战役与平津战役的伟大胜利。此时南京空虚，没有一支有战斗力的部队。于是，蒋介石令参谋总长顾祝同抽调军队至南京，顾出于私心调二十八军至宁拱卫。二十八军是属于顾祝同系的部队，原属宋希濂兵团建制，驻防湖北沙市，一部分重要将领亦为顾所培养。

二十八军至南京后，拨归第六兵团李延年的建制，驻扎浦口与浦镇守备桥头堡阵地，不久李延年调任浙江金华指挥所主任。南京成立卫戍总司令部，总司令为张耀明，副总司令为覃异之与陈沛，辖二十八军与四十五军。四十五军是新成立的，军长由陈沛兼任，该军是由军委会警卫部队扩编，缺乏作战经验。而二十八军原只有五十二师与八十师，国防部又拨暂编第七师列入二十八军的编制。该师是苏北各地方保安团队扩充，缺乏战斗力，师长袁英是黄埔军校三期毕业生。

---

* 作者时为第八十师二三八团上校团长。

具体布防是二十八军八十师担任浦镇以东地区守备，五十二师担任浦镇以西地区（含江浦县城）守备，军部和暂编七师在浦口，暂编七师为预备队。四十五军担任江防和城防。偌大的南京城只有两个军的兵力守备，实在不敷分配。

淮海战役结后，蒋介石几个精锐兵团被歼，华东解放军主力沿津浦铁路南下，华北四野主力沿京广铁路南下，以气吞山河之势推进至长江北岸，积极准备渡江战役，解放南京与武汉两大城市。在南京津浦铁路正面，解放军为吴化文的三十八军，与二十八军面对面地相峙，从前方逃回的官兵与被俘释放的官兵，每日经过八十师的防线蜂拥而来，散布许多影响士气的话语。

构筑阵地工事，老百姓怨声载道

“为了确保南京，要死守浦镇与浦口桥头堡阵地。”这是二十八军在1948年11月，由军长李勃对全军营以上军官传达的。据此作战方针，首先在浦口与浦镇构筑半永久性野战阵地工事。军队的部署：八十师在右，沿铁路工厂和浦镇至东边的村庄丘陵地带，构筑半永久性阵地工事；五十二师在左（含至全椒公路），东接八十师至江浦县；军部直属部队驻浦口，暂编七师为预备队在浦口构筑阵地工事。八十师师部驻于铁路工厂内一座小山上，二三八团在左为第一线，西接五十二师一五五团，沿浦镇以北小高地（含津浦铁路）构筑阵地工事。浦镇有一千多户住民，大部分是铁路职工，该镇东西长达2公里。浦镇以北山地相距2000米处是一群大山，最高之峰名大顶山，次之为二顶山。大顶山位置十分重要，由二三八团派兵一个连构筑前进阵地死守之。花旗营车站由二三八团派团部连占驻做警戒阵地，二三九团在右西接二三八团沿小高地占领阵地，二四〇团为预备队。

八十师阵地工事由我设计施工，需要材料多，耗费人力也多，但阵地工事都很坚固。这种工事是根据实战经验而设计的，特点是射界广阔、死角少，依自然地形呈纵深配备。第一线阵地工事设在山脚下，第二线工事设在山腰间，第三线工事设在山的反斜面，步兵、轻机枪掩体是立射的，用交通壕沟相互联系，上面用 10—20 厘米直径杉木做掩盖，加土和草皮与自然面貌基本相同。建筑这些阵地工事的杉木是向南京、浦口与下关的木行强行征用的，用火车运到阵地，使这些木行受到很大损失。在第一线前沿挖了一道宽而深的外壕，底部用竹签，朝上削得很尖，使人进入壕沟里就要刺伤，损失战斗力。在外壕外面设了两道鹿寨，使对方难以接近。这项工事从 1948 年 11 月开始施工直到次年 3 月结束，每天征用民夫近千人，且要自备工具、干粮。由于需用砖头和木料，又把在浦镇车站附近的两座仓库拆除（每座有四五十间房子）。在构筑阵地工事期间，当地老百姓怨声载道，敢怒而不敢言。

1949 年 3 月，浦镇阵地工事才算告一段落，国防部派员专程视察，表示满意，后又举行了联合演习，这才松了口气。我们的目的是企图以此顽抗，阻止解放军南下解放南京，所以花了如此大的人力物力来构筑这些乌龟壳。不料解放军避实就虚，从南京至芜湖及江阴间突破了两个大缺口，越过长江天险包围了南京，使之成为孤城。花了九牛二虎之力筑成的工事也就变成了一堆废物。

蒋介石自欺欺人的战前讲话

淮海战役后，蒋介石的三个精锐兵团即李弥兵团、邱清泉兵团、黄维兵团被歼，从此形势急转直下，蒋被迫派遣和谈代表团赴北京谈判，但暗里还是积极准备打仗。1949 年 1 月 21 日蒋介石宣布下野，由副总统李宗仁代理总统，这实际上只是玩弄了一个花招而已。

蒋介石在下野前，在南京孝陵卫召开了军事会议，会址在南京警备总司令部内，参加人员系归汤恩伯指挥的京沪杭地区陆军团长以上人员。汤陪同面容憔悴、垂头丧气的蒋介石来到会场。蒋在会上说：“我们虽然军事上失败，但不是最后的失败。我们还有长江以南和西南地区，归京沪杭警备总司令部指挥的军队有七十五个步兵师，比广东革命时代条件好得多，希望大家发扬黄埔的革命精神，精诚团结，等待国际形势的变化。”

接着他说：“第三次世界大战，一年内一定会爆发。只要坚守京沪杭地带，以长江防御为外围，京沪杭三角地带为重点，淞沪为核心，作持久防御，与台湾相呼应，并以优势之海空军从台湾支持淞沪，相机反攻，加上美国援助，我们定可以转败为胜……”

汤恩伯也跟着讲了话，内容大致相同，主要是打气，做垂死挣扎的最后哀鸣。国民党经过辽沈、平津、淮海三大战役，几乎所有精锐军队全部被歼，妄想死守京沪杭三角地带，岂不自欺欺人。况且京沪杭地区的七十五个师，都是些残兵败将，多数部队是被歼后补充起来的，缺乏战斗力。什么坚守？京沪杭警备部队只不过是掩护国库黄金白银等贵重物资的转移罢了！

汤恩伯下令全线撤退

由于南京蒋介石政府拒绝在和平协定上签字，形势就顿时紧张起来了。毛主席提出将革命进行到底，中国人民解放军百万雄师积极准备渡过长江天险。这时，汤恩伯的总部由南京迁至上海。

4 月 21 日，江阴要塞司令部一部分官兵认清形势，毅然起义成功，要塞司令戴戎光跟随起义部队欢迎解放军渡过长江，掉转炮口猛击沿江国民党守军。南京以西解放军一个师从三洲强渡长江成功。以此为突破口，解放大军源源渡过长江，向蒋管区心脏地带深入，至 22 日，渡过长江的解放军已达 20 万人。

汤恩伯得悉后惊慌失措，他吹嘘的“长江是天险，共产党没有空军和海军，无法进行大军渡江”的呓语完全破产。于是在 22 日下午，他下令全线撤退，部署大致如此：江阴以西的五十一军与五十四军经吴兴绕过太湖向上海方向撤退。南京卫戍总部改为第七兵团。第四军、四十五军与二十八军归张耀明指挥，经京杭公路至杭州集结待命。二十八军掩护部队撤退南京，于 24 日零时开始撤离阵地。

八十师二三八团派在花旗营车站的团部连，于 23 日拂晓前受到正面解放军的猛攻。该连是警戒性部队，受到优势解放军的攻击后，即行撤退至浦镇，解放军当即占领了花旗营车站。根据情报，我们得知解放军准备大举进攻南京了。当日解放军以大炮轰击大顶山和二顶山二十八军的前沿阵地，步兵在炮火掩护下猛攻大顶山二三八团三营九连的阵地。

经过激烈战斗，八十师因不准备死守大顶山阵地，也就自动撤退回原建制。这天黄昏时，大顶山、二顶山及铁路正面的解放军，对我们二十八军阵地进行了猛烈的攻击。吴化文将军的独立旅攻击江浦县五十二师一五四团阵地，八十师与五十二师的第一线军队予以还击。双方战斗到晚上 12 点，才由激烈趋向缓和。而江浦县守军一五四团在这次战斗中损失了一个多营的兵力。

八十师阵地始终没有被攻破，到 24 日零时，八十师奉命撤退准备渡长江到杭州集结待命，师部下令前线只派少数士兵监视，其余部队于 24 日凌晨 3 时前在指定地点集合。部队集中后，3 时整，八十师按二三九团与二四〇团次序，二三八团殿后撤离浦镇。天色墨黑，部队向浦口前进，浦镇离浦口只有八里路，我们却走了三个小时，全师到达浦口码头时，天色已拂晓。

此时解放军的炮弹已落到码头、车站附近，大家十分紧张恐慌。渡轮已准备就绪，军部、直属部队、五十二师、暂编七师都先我们渡江完毕，好在解放军的步兵部队没有追上来，不然八十师就渡不了江了。由于跳板长而狭，人走在上面摇晃得厉害，有些人走得不快，后面的人一催就越紧张了。二三八团就有好几个士兵因失足落入江中，被江水卷走而无人捞救。全师渡江完结已经是上午 8 时了，一师人足足用了四五个小时才渡完。过江后部队离开下关，沿城墙东边大道行军，此时江对面的解放军还未开始渡江追击。

南京政府南逃，人心惶惶

南京设有“军官收容所”专门接待从前线逃回的官兵和被宽释而回的军官。

返回的官兵多数不满现状，加上管理人员贪污，安排生活不好，他们的情绪更坏，常常到社会上闹事（如坐车、买东西不付钱等），影响社会治安。人民解放军百万雄师逼近长江，国民党中央政府机关争相逃迁台湾与广州，社会上人心惶惶，物价一日三涨，流氓地痞乘机杀人越货，街头巷尾银圆贩充斥，伤兵到处闹事，商店粮行被抢时有所闻，搞得人人自危，不敢单独夜行。南京政府拒绝在和平协定上签字后，人心更加恐慌，迁逃外地人众，京沪火车拥挤不堪。

1949 年 2 月 22 日，京沪火车中断，人流似潮水般地涌向京杭公路。这种争相逃命的现象，对于我们军队的士气影响极大。23 日，南京的街道上担任执勤的警察已都撤除了，晚上城内已有稀疏枪声，恐怖气氛笼罩着整个市区。城内外所有交通工具被公务人员家属控制了，城郊农民的牲口、牛马车亦被强行拉走，商店闭门歇业。大街小巷人迹罕见。

我们八十师是军的后卫，最后离开市区。从下关热闹大街转沿城墙公路行军，在太平门城门高处俯瞰市区，只见一片混乱景象。中山马路上密密麻麻的人群从西向中山门行走，所有工厂都不冒烟了。约十点钟，我们由南京国民革命军贵族学校校址进入京杭公路，至孝陵卫已是 11 时了，全军都在营房内休息。

由于公路上撤逃机关的车辆和人群拥挤不堪，极大地影响了军队的行动。军长召集团长以上人员会议，研究决定部队改走小路到杭州集结待命。因此全军轻装，于中午饭后（12 时 30 分）离开孝陵卫，当晚在汤山附近宿营。暂编第七师副师长兼第一团团长（是共产党地下党员），于深夜在驻地举行起义，袭击了师直属部和另一个团，解决了该师的一半部队。次日我才明白事实真相。军长没有对全军宣布经过，然而大家都知道暂编七师损失惨重。

在南渡镇遭袭，损失惨重

全军于 28 日中午行军至溧阳南渡镇休息，八十师师部在车站休息，军部在镇西。步兵部队全部在老百姓家里，特种部队包括野炮营、各师山炮连、辎重部队、通信部队、骡马部队、大小行李全在公路上休息。南渡镇的北边有一座公路铁桥，周围都是河港，正当我们吃饭时，突然四周枪声大作，由远及近，判断是解放军包围我们二十八军了，情况十分紧张，各部队及时丢掉饭碗准备行动。我们师长李西开在车站听到枪声，站起来观察情况被子弹击中头部，伤势较重，用担架抬着离开师部，此时我正在二三八团休息，接到李师长命令“请方副师长代理师长”，我立即到师部指挥二三八团与二三九团、二四〇团迅即到南渡镇东南高地占领阵地，以掩护全军撤退。

此时军部亦无命令措施下达，部队一片混乱。我跑了一二里地，才到预定目标，部署好部队。这时，我看到西边山上刘军长带着一个年轻女政工人员与随从人员上山逃命。八十师两个团占领两座山，对北边大桥上前进的解放军部队进行射击，根据情况判断，这次来袭击的解放军部队不多，最多不过几千人。经过一小时的战斗，解放军的进攻被阻止了，我们的目的已达到，部队即行向南山山区撤退。我们的意图是避开京杭公路，免受解放军的追击。走了二十几里路经过一个又一个山村，道路上来来往往的老百姓还是多的。

天快黄昏时，到达一个较大的村子，据云此地离开县城有二十几里路。我们与军部失去联系，我下令各部队赶快吃饭，准备夜行军以脱离危险地带。从溧阳城内逃出的军炮兵营的人说：“在南渡公路上休息的全军特种部队，在一片枪炮声中，因无人统一指挥，就自动沿公路向南奔逃。到溧阳县城时，钻进了解放军布好的‘口袋’（县城已解放），几千人全部被俘虏，包括两个炮兵营 24 门大炮、6 个输送营、8 个输送连、几百匹骡马及一个通信营、十一个通信连。”我听后十分“痛心”，认为战斗力损失是相当大的，没有这些特种部队，仅仅靠步兵是无法打仗的。由此足见国民党军队的指挥官多么无能，在古今中外史上也是很少见的。

长兴、广德境内被全歼

二十八军自南渡镇向南山区逃跑时，犹如盲人骑瞎马，军以下各级指挥部没有通信工具，没有一点情报，解放军的活动与友邻部队的情况一无所知。军部与五十二师及暂编七师残部与八十师各走一条路，从南渡撤退进入山区，黄昏后，八十师与军部失去联系，就单独行动，向杭州逃窜。

遇到的第一个困难，是吃饭问题。没有补给，我就下令向地方老百姓强征，当时正值农村青黄不接，农民家中留的粮食不很多。到一个地方用了老百姓的粮食，由各部队长出具收据，证明用粮数目，以后向国民党政府索要。但是各部队长是否照办就不得而知了。

第二个困难，是师长因负伤而离师由我代理，师参谋长没有人。参谋室由一位没资历的姓陈的中校主任协助，师部有线和无线电报电话没有了，上下级的联系完全靠人传递，困难很大。二三八团团长杨又曾请假回福建家中，副团长梁尚英系军校十五期同学，刚升不久，还缺乏指挥全团的经验，我必须照顾二三八团。因此我就和副军长刘健伟商量，请他来协助我共同渡过难关。我与刘在军校为六期同学，刘在抗战中曾任五十二师某团团长，在溧阳、溧水、广德、长兴一带活动，地方民情较为熟悉。刘军长同意我的要求，来师共同处理问题。

第三个困难，是部队从南京向南逃窜数日，比较疲劳，加上南渡镇战斗损失惨重，士气不振。理应休整一两日再行，但因溧阳县境已经解放，不宜久留，部队必须连夜向杭州方面急进。因此在 28 日晚上吃过饭后，决定以二三八团为前卫团，其余按师部、直属部队、二三九团、二四〇团的次序，向浙江长兴县继续撤退。一夜行军，天微明时抵达一个村庄（已忘村名，村子西边有一条溪流可以涉水而过）。经查问，我们一夜只走了三十几里路。原因是部队走的是乡间小路，按一路纵队行军，加上途中听到一村子里有枪声，部队进行搜索，耽误了时间。由于部队官兵一夜未合眼，且饥肠辘辘，于是决定暂在原地休息几小时，吃饭以后再继续行军。部队停下来，我即派人上山警戒，派炊事人员做饭，派人检查各团情况。二三八团二营与二四〇团走错了路，和师部失掉了联系（二四〇团朝五十二师方向去了）。全师只剩下一个多团的兵力，我心情十分沉重，对把部队撤到杭州没有信心。

29 日上午 8 时多，八十师以二三八团（缺第二营）为前卫，按师部、直属部队、二三九团之次序向长兴县搜索前进。而二三八团以第一营为前卫营，由休息地出发，渡过一条宽而可涉水的大溪，进入一条十几里路的大隘路。走了不到一小时，当前卫营爬上一条上坡山岭时，受到了埋伏的解放军的阻击，我即令各部队展开向两边山头冲上去。山上的密密麻麻的树林，虽然对前进部队起着隐蔽作用，但由于出坡很陡，上爬很吃力。当我们快到山顶时，解放军的机枪、手榴弹就扫射、投掷过来，打得我们几乎无招架之功。

解放军一面阻击，一面呼喊着“缴枪的优待”。战斗不到一小时，枪声减少了，我们的二三八团各营部队被解放军冲锋队冲散，二三九团不到半小时就垮下来了。副军长刘健伟听到枪声，借口去了解情况，带着两个卫士溜走了（他熟悉地形）。我见情况不妙，再待下去有做俘虏的危险，就抛弃我喜爱的两匹马，带着随行军官和卫士十余人向西南深山逃去。八十师就这样被解放军伏击所歼灭。二三九团团长庄子卿（福建人）被俘，我逃至长兴和平镇也做了解放军的俘虏。八十师在抗战中期，在福建由李良荣任师长成立，至 1949 年 4 月，被歼灭过二次，这是最后的一次。后来了解，军部、五十二师、暂七师残部和二四〇团于 30 日在广德地区被歼。五十二师师长朱丰被俘后冒充伙夫逃跑，副师长段建嵩被俘后潜逃，暂编七师，袁师长亦逃走。

（本文选自《江苏文史资料集萃·军事卷》，1995 年版，原标题为《国民党第二十八军被歼经过》）

李文开*：浦镇守军国民党八十师被歼记

奉白崇禧急令，调驻浦镇

1948年秋，八十师驻在湖北当阳担任城防，归宋希濂指挥，其主要任务是：拦击解放军进攻武汉，并积极构筑城防工事，保卫当阳这个重要军事据点。至12月中旬，突然奉到华中总司令白崇禧急令，限二十八军（此时师又恢复为军）克日开到南京集中。部队接到这个命令后，暗中揣测，一定是让参加淮海战役，各级部队长忧心忡忡，大家关心的首要问题是如何安置家庭，以免后顾之忧。因此，纷纷打电报到南京等地，劝家属离开；筹集巨款汇归，以防万一。

我师全部到达武昌时，师长李西开为了探听到南京的任务，当即过江到华中总部谒见总司令白崇禧，白当面对李西开说："华中从十四军调走后，本来力量就不够，现在又要把你军调走，经与国防部力争，也未得到允许。淮海战局，十分紧张，我各兵团被共军包围中，战争成败，即日分晓，形势变得如此之快，还有什么办法可挽救呢？据我看，你们到南京，不是增援徐州，就是在南京担任江防，至于增援，恐怕是远水不能救近火……"

---

* 作者时为八十师政工处长。

李听过白传的这些不利消息，匆匆忙忙地回到旅馆，把上述情况告诉了我，并催促他的妻子速离汉赴渝，并说，水上运输拥挤，无船舶可调，我师改乘火车，通过浙赣路直达南京。

大约是 12 月 20 日，我军全部到达南京后，马上过江，分驻浦口、浦镇两地待命。由于淮海战局急转直下，黄维兵团被吃掉，其他兵团被包围，李延年兵团已撤到蚌埠，再无法增援上去。因此，我军奉命担任江防，部队驻地遂重新加以部署。当时二十八军仅辖两个师，军司令部率五十二师驻浦口车站，八十师率二三八、二四〇两个团驻浦镇，二三九团驻东门，并派一个加强营驻谢家店。

1949 年 1 月，国防部将江苏地方保安团队改编，扩充为师，仅辖两个团，其番号为暂七师，拨归二十八军节制，驻在南京市郊整训。

军心不稳，官兵各有打算

由于辽沈战役、平津战役、淮海战役国民党军主力被消灭，蒋家王朝的崩溃迫在眉睫，南京国民党政府忙于迁移，一股凄凉情景，笼罩了整个南京城，大有“树倒猢狲散”之感！一般有见地的人，知大势已去，不愿再跟随国民党同归于尽，许多人借政府迁移机会，自动离职回家，也有不少人，不辞而别。此时我军官兵，受到南京政府迁移的影响，加上目击津浦路上从前方逃回来的官兵的狼狈情形，对战争前途的悲观情绪，达到极点。士兵逃亡，成群结伙，防不胜防，各级带兵官，有一个共同的说法，“这个仗，再无法打下去，不和谈，只有向后撤，到底撤到什么地方，那就不堪设想了”。

少将军长李渤，因军司令部 8 月间在湖北应城被解放军夜袭时，副军长被俘，副参谋长负伤，特务营长负伤阵亡，他吓破了胆，借病长期住在镇江，不敢返防；经过妻子劝导：“这个军长不要再干了，干下去没有好结果，不死，也得当俘虏，何苦呢！？”最后借病离职。

八十师少将副师长吴曙青，素为李良荣所倚重，当他知道淮海战役不利的情况后，就动摇起来。吴有一个女儿在台湾教书，因此他常自豪地说：“共党胜利了，大陆不能立脚，我可以携老婆到台湾住。”当部队奉命从当阳开南京时，吴在途中对我说：“老兄，我们这次去增援，凶多吉少，不死，也得当俘虏，没有别的出路！”当部队到达浦口，担任江防后，他就下定决心请求退休，被调为国防部少将参议。我与吴交谊甚笃，平日无事不谈，当我送他到南京时，他又对我忠告说：“背水作战，军家所忌，将来不葬身鱼腹，也得当俘虏。依我之见，还是引退为妙。这是我临别的赠言，你自己去抉择吧。”

上校参谋长杨又曾，在部队开到浦口后，感到大势已去，他郁郁不欢，常与妻子密议，设法摆脱军旅生活，另调其他行政工作。1949 年 2 月，盛传解放军要渡江。他夫妻经过密商，伪造家信一封，诡称他的儿子在楼上失足落地，伤势很重，有生命危险。两人哭哭啼啼，其妻故意逼他请假回福州探视。杨遂将家书面交师长李西开，转报军长准假两星期，从此就一去不复返了。

师长李西开因副师长离职，参谋长又告假，一个人唱独角戏，忧心忡忡，明知前途不妙，还是做一天和尚撞一天钟，一切听之于“天命”。

国防部新闻局于 1948 年春，派来 15 名“人民服务队”队员。1949 年 1 月，服务队奉命撤销，队员一律改派为连指。但这批受过法西斯训练的，又自称为“三民主义灵魂”的青年军，因每天看到津浦路上从前方逃回的国民党军官兵狼狈情形，有所恐惧或悔悟，命令发表后，这 15 个人中，绝大部分拒绝到连上工作，纷纷借故离职，因而形成“连指无人干，连‘卖膏药’的也逃之夭夭”的局面。

其他文职人员，如干事、军需以及司书等，开小差的就不知有多少了。

新任军长刘秉哲的垂死挣扎

新任军长刘秉哲，于 1949 年 1 月到差。刘是顾祝同的亲信，抗战期间，他任五十二师师长时，曾率部进攻皖南新四军，使人民军队遭受巨大损失，是皖南事变的祸首之一。他在二十八军接事后，很有一股干劲，力图整顿部队，还想把部队拉到福建，最后逃往台湾。他为了实现这一打算，首先把家眷送往台湾。据说他从军需处拿去银洋 1 万元，作为安家费用。

刘为了做最后的垂死挣扎，采取各种措施，企图挽回士气。刘一向服膺蒋介石的所谓“三分军事，七分政治”的一套反动办法。

他对部队着重于政治训练，认为“作战，没有政治思想为指导，不能取胜”。因此，他接任军长后，首先从反动的政治训练着手，同时又公开地主张吃缺。他曾召集团长以上各级部队长在军司令部开会，商讨吃缺的办法，他在会议上提出，并经一致同意，师长每月吃士兵缺 30 名，团长吃士兵缺 20 名，师政工处长吃士兵缺 15 名，其他营连长也有具体规定。至于军司令部高级人员，由军长设法补助。

在政治教育方面，他首先在军部创办短期干部训练班，调集各师和军部直属部队连排长和连指以及上士班长等受训。其训练方法是，阐述战争前途，在精神上打强心剂，以维持军心。他除去自己经常做精神讲话外，还亲自到南京面请国防部新闻局正副局长，做保卫南京的形势报告，用大堆谎言来迷惑官兵。我认为在当时那样混乱的情况下，起了一定的刺激作用。现就回忆所及，把他们那套所谓政治教育的内容，扼要地转述一二。

2 月间训练班开学典礼那一天，刘秉哲做了长篇讲话，在守住江防问题上，他说：“我军奉命担任江防后，已经赶修了两个月工事，如果工事全部完成，守住两浦，可保无虞。共军要渡江，必须付出巨大代价。我们的有利条件是：第一，有长江天堑，海军可以封锁，就是被共军突破一点，也无法偷渡长江。第二，江防战争揭开后，我有海空军助战，只要将士用命，使共军无法偷渡，守得住江防，时间拖得长，就有利于形势变化。第三，我军有半年之储备，粮草充足，宜于持久战，共军补给线会随时受到我空军袭击。”

2 月下旬，国防部新闻局中将副局长张彝鼎来到浦口，我们政工人员随同军长刘秉哲陪张到干部训练班讲话。他说：“我们与共军作战以来，在军事上打了败仗，这是事实；但是我们在政治上、经济上仍处于优势。我们更有利的条件是，可以得到国际上的援助。现在问题的中心，是我们能不能坚持下去。只要全国上下团结一致，将士用命，一定能争取最后胜利，如对日作战，政府退守重庆，敌人兵临城下，结果，敌人还是以失败而告终。目前的情况，也是如此。国共和谈，是政治上争取时间，时间对我们有利，你们对和谈不要有幻想，不要冲淡你们的战斗意志。委员长暂时引退，是为了缓和当前局势，不必为此担忧。我们只要守得住，国际上一定起变化，英美不会坐视中国落于共产党之手……”

3月上旬，新闻局中将局长邓文仪也来到浦口。早上，军长刘秉哲率军政工处长何清、五十二师政工处长王超群、八十师政工处长李文开等在浦口码头迎接。邓携一卫士，身穿人字呢棉布军服，神色沮丧，上岸一见刘秉哲就说：“我们在南京能住多久，完全在你们。”刘随口回答说：“我们希望你们就近领导，长期不动。”到司令部稍事休息，询问工事构筑情形，旋即到干部训练班讲话。

他讲了一个半小时，其主要内容是：“淮海战役结束后，接着委员长又引退，有些人对国事感到失望，甚至动摇起来，对战争前途丧失了信心，这种悲观情绪是可以理解的。从当前一城一地之得失来看，我们确实处于不利地位，但从整个国际局势来看，中国反共，是世界反共的一部分。只要我们坚守江防三个月，国际一定起变化，英美不会眼看中国落入共产党手里，为了他们的在华利益，不会袖手旁观，何况美苏冲突尖锐化，大战迫在眉睫，中国问题与世界反共联系在一起。目前和谈，是为了争取时间，若要照共党的条件达成协议，就是向共党投降，我们大家只好逃到国外当白华，别无其他出路。关于当白华的滋味，白俄流落在中国的悲惨情形，应当引以为鉴。此路不走，只有作战到底，死里求生。你二十八军捍卫首都门户，责任重大，关系到国家存亡，这是当军人报国的最好机会。只要坚守阵地，寸土必争，后援部队没有问题。我们尚有20个后调旅，装备精良，拥有现代化武器，随时可以支援，你们可以放心……”

邓讲完话，刘秉哲留他在军部午餐，我与何清、王超群在座。席间邓突然向刘说：“万一要撤走时，走京杭公路，要防止共军从镇江登陆向后抄袭，过去日寇是这样做的，我们吃了大亏，不得不注意。”经他这样说，我们就怀疑起来：口口声声如何坚守阵地，等待国际变化，为什么又谈到撤退问题？令人捉摸不定。邓辞别时，又对刘说："我们在此话别，那就不知何时何地才能见面了！"很有点生离死别之感！

邓走了之后，刘秉哲对我们政工人员指示：来一个宣传运动周，采用两种宣传方式，一方面命令各连指，利用早晚点名时间，对士兵讲话，讲解"坚守江防阵地，等待国际变化，三次世界大战爆发，解决中国问题"；另一方面，用文字宣传，在交通枢纽绘制大型壁报和油印传单。他企图用这些办法，欺骗士兵卖命，守住江防。

采取各种措施，巩固桥头阵地

八十师司令部，根据"守住江防六个月，等待国际形势变化"的指令，制定了三个方面的防御措施。

（一）构筑工事方面

1. 严令所属二三八、二四〇两个团在浦镇靠北山岭赶修桥头堡阵地，有部分工事改用水泥；二三九团在东门和谢家店两地分别构筑地堡，并控制津浦路交通线；各团所需民工，统由政工处征雇，妥为分配。

2. 师司令部，在浦镇机厂内山腰间，建立一个坚固的作战指挥所，指定搜索营会同工兵连，赶修一个月，建成一个长达几十米的大隧道，可容一营以上兵力，内装有电灯照明。

3. 将浦镇车站破坏掉，改为机枪掩体，从浦镇到浦口这 10 里的双轨上，构筑交通壕，每隔 300 米建立一个机枪掩体。

（二）控制居民方面

1. 浦镇是南北商人歇脚之地，人口在万人以上，以铁路工人为最多，情况复杂，原编的 15 个保，未办理连保连坐切结。师政工处针对此情况，会同镇公所迅速举办连保连坐切结。不履行连保连坐切结者，即认为"不可靠之人"，一律驱逐出境。

2. 更换住民身份证。认为过去颁发之身份证，使用时间过久，难免发生弊端，因此，又颁发所谓“战时身份证”。这次领取身份证时，凡属参加连保连坐切结者才发给。

3. 散住浦镇的无职业游民很多，认为“处在战时，影响治安”，决定采取如下办法：散兵游勇，由搜索营逮捕，交输送连补充兵役；无职业游民，一律驱逐出境；至于难民，一律向北撵走，不许过江。

4. 设立交通据点检查哨。在东门至浦口的交通线上，设立三个检查哨。东门由二三九团负责，浦镇由二四〇团负责，浦口由五十二师负责，每哨由连指率兵4名负责检查来往行人，如查出无身份证和通行证者，认为“行迹可疑”，当即逮捕。据我所知，仅浦镇一哨，前后共逮捕约20人，至于哨口乘机掠夺老百姓财物，那就不知有多少了。

（三）加强反动宣传方面

1. 八十师政工处，绘制各种大型标语，张贴浦镇市内交通枢纽。这些标语的内容是“要拼命才能保命，要破产才能保产”。派政工队员到各家访问，口头宣传什么“共产党来了，富有者不能保家，穷人也要抓去当兵”，劝他们搬家南迁，免受“灾难”。

2. 二十八军司令部邀请南京市各报社记者来两浦参观桥头堡阵地，请他们发表新闻，吹嘘什么“保卫首都门户，阻止共军渡江，江防阵地，固若金汤”，“守驻江防阵地的国军，士气旺盛，共军敢于来犯，当予迎头痛击”，等等。当时曾有英美记者数人，也到浦镇阵地参观。他们到处拍摄照片，并对陪同参观的国防部人员捧场，说“工事做得顶好”，对驻军打气，说“成败在此一举”。

3. 全部工事完成后，第九兵团司令官李延年和南京卫戍司令张耀明也到浦镇视察阵地，他们发表谈话，大肆吹嘘什么“首都南京，在海空军配合下，又有长江天堑，可保无虞”，并面令各部队长，加强戒备，迎接江防战。

“一草一木，也不能留给共军”

3 月间，盛传解放军要渡江，空气紧张起来。刘秉哲等认为“国家已不可保，一切以军事为第一，任何物资，都可以破坏，一草一木，也不能留给共军”。在这种思想指导下，进行了一系列野蛮的破坏活动。

1. 浦镇机厂是津浦路唯一的车头修配厂，规模相当大。八十师司令部迁驻该厂后，就纵容官兵们将各种重要机械设备拆卸下来，偷运到南京、上海等地变卖，许多仓库被抢劫一空，该厂搞得残破不堪。

2. 浦镇到浦口，原系双轨道，为将来要转移阵地计，事先加以破坏，所拆卸之枕木，由各单位做烧柴。

3. 师指挥所北面有两栋工人住宅，认为有碍机枪射程，副师长吴曙青和我决定予以拆毁，使两家工人男女老幼十余人，流离失所，被迫南迁。

4. 军政工处会议决定，将浦口车站两旁茅屋数栋予以拆毁，住民疏散到南京。这些穷苦老百姓认为到南京后无法生活，“死也死在这里”。为了执行这项决定，军司令部派出枪兵，挨家挨户勒令他们迁移。在这样迫害威胁下，这一大批穷苦人才哭哭啼啼地离开家，到南京过流离失所的生活。

5. 刘秉哲事先就决定，浦口过江码头要破坏掉。我派中校教官方某主持执行了这项任务。

走投无路，当了俘虏

4 月 18 日，驻在江浦县城附近的五十二师一个团与解放军发生战斗，战事非常激烈，该团阵地被突破，全团被歼，团长李某单身逃回。八十师二三九团一个营驻在谢家店，也发生了战斗，他们节节败退，退到东门。21 日，浦口右侧前沿二三八团桥头堡阵地发生战斗，东门二三九团在战斗中，形成被包围形势，这时全师官兵又紧张又害怕。一部分人员，为自己的后路做打算，搞假身份证，向老百姓要便衣，什么花样都有。我在镇公所填了一张假身份证，藏在身边，冒充小学教员。副官主任李子明乘机结婚，妄想结婚后，在地方上埋伏下来。

22日早晨，师长李西开愁眉苦脸地坐在指挥所，两个助手早已离开了。二三八团在山头上打得很紧，有个排长临阵退下来，他很凶地下令就地枪杀，以“壮”士气。

是日上午10时左右，军部来电话要李西开去参加会议，我与参谋主任陈曼谷、副官主任李子明守在指挥所等候军部消息。李西开参加会议后，无法返回师部，他就在浦口打来电话，通知参谋主任，八十师于是晚全部撤退，过江后，在下关集中，另有任务。

撤退的消息来了，可是通过浦镇到浦口交通线相当困难。后来由军司令部电请南京卫戍司令部，饬令海军舰队以及驻下关炮兵团，以各种大炮百余门，是夜集中火力向解放军前沿阵地轰击，以掩护八十师从浦镇撤退。

我师全部到达下关后，京沪杭卫戍总司令汤恩伯即来令要我师于是夜增援镇江。因京沪火车已断，改用汽车运输，正在忙于调集车辆时，又接到命令，停止出发。传说解放军已在镇江登陆。于是三个师便在南京市内过夜。

翌日上午10时，部队在孝陵卫集中。严格规定各单位轻装出发，所有机密文件全部焚毁；各部队所需要的运输工具，自行设法征雇。由于这一指示的下达，南京市所有的商车、马车、三轮车、人力车等，被拉一空。

因为各部队整顿行军装束以及一些下级军官拖儿带女，时间拖得很长，延到下午才开始行动。刘秉哲坐在吉普车里东看一下西看一下，急得有话说不出来。这次行军序列：八十师任前卫，军司令部率五十二师在本队，暂七师任后卫，全军炮兵、辎重兵跟随在暂七师后面。约走了三小时，始知暂七师张团在南京市郊起义，所有炮兵、辎重兵被扣。前进部队闻此消息，大家拼命向前跑，加以天不作美，下着毛毛雨，道路泥泞难走，途中许多车辆被拖坏，车夫在哭泣。南京市撤退下来的各机关、学校以及其他地方团队也拥挤于途，公路两旁，不时发出枪声，真是风声鹤唳，狼奔豕突。

24 日上午到达南渡。午饭后，发现京杭公路被共军切断了。顿时人心惶惶，前进不得，后退不能。从江防撤退下来的二十军、四军和地方团队等十几万人，相继赶到。这大批人马，正如热锅上的蚂蚁，谁也不相让，因而互相开枪射击，打死打伤不知有多少。在此情况下，到底往何处去，谁心里也没有数。正在徘徊中，南渡北面的山岭被共军占领了，打过两枪后，接着大炮轰来。在此千钧一发之际，刘秉哲做出决定，全军改向安徽地区逃窜，各师自行设法突围，并指定在上海、杭州两地集中。

军司令部关于改向安徽地区逃窜，绕道突围，到上海、杭州两地集中的命令下达后，李西开要我派人通知二三九团庄团长先占领南面山岭抵抗共军，掩护后续部队前进。这个任务完成后，我与李西开分别上马行走时，突然射来一发炮弹，正落在我与李西开之间，他脖子被炸伤，其卫士腿被炸断，我的马被炸伤，顿时行军次序又紊乱起来。大家拼命往前挤，都想脱离火线。由于李西开负伤，再不能指挥部队，派来副军长刘健伟代理八十师师长职。刘到时，因搜索营被打散，即嘱我与他同走。现在既决定自行设法突围，没有仗可打，我借口马被炸伤，未与他同行，率领一部分政工人员脱离司令部，跟随其他部队前进。走到天亮，到了安徽广德山区。我军前面的部队停止前进，说是广德县城也发现有共军。这时二十军也赶到，后该部队跑步行军，越过其他部队。

我军五十二、八十两师到达广德山区后，大家感到“上天无路，入地无门”，暂七师则尚未到达，整个情况不明。在刘秉哲与五十二师师长朱丰密议下，先派该师一个团，由师参谋长熊介生率领，试图打开山区封锁线，把部队拉走。熊奉命后，率一个团先行开动，大约两小时，熊从前面派人送来报告，说通不过。刘得此报告后，愁容满面，感到绝望，各师向他请示行动计划，他仍装腔作势地说：“各自设法突围，集中目的地是上海、杭州两地……”他明知逃不出，却照样应付，把大家应付过去后，他与代理八十师师长刘健伟、军参谋长陈宜群三人，东张西望了一阵，就无影无踪了。

这时，来的部队越来越多，聚集在广德山区的有约10万人。大家有一个共同的想法，武力突围行不通，咱就各显神通。八十师师长李西开，要几个枪兵把枪扔掉，叮咛士兵称他“李先生”或“副官”；五十二师师长朱丰，身材矮小，长得傻头傻脑，他就化装成伙夫，挑一个大锅行走；总统府某高级官员是李宗仁留在南京办理迁移的，他化装后挑一担送子娘娘，让一个老百姓带路；还有一些不知名的高级官员，有的赶大车，有的自己打扮成农民，把老婆改妆为乡下妇女，手提篮子，表示串亲戚的样子；有的挑一担日用品，像做小买卖的……真是形形色色，不一而足。我原打算化装与他们一同走，由于二三九团刘营长熟悉安徽地形，我们企图从小路窜到大别山地区，后因刘有眷属之累，未能成行，又改变计划，率领中尉干事谭保定、上士任超、勤务尹建生三人换便衣往杭州方向逃走，机枪1挺、卡宾枪2支、手枪2支，全扔在水沟中。至下午6时，在缴枪不杀声中，我们4人龟缩在一起，举手当了俘虏。八十师自师长以下，全部官兵近万人，同时在战场上放下了武器。

（选自《文史资料精选》第15册，中国文史出版社1990年版，原标题为《南京北大门——浦镇守军八十师被歼记》）

徐世江*：我随李宗仁撤离南京

1949年4月23日，是蒋介石政权撤出南京的一天，也是我一生中大转折的一天。现将蒋政权撤离南京时我的亲历、亲见记述于后。

见证“党国”命运的机密大事

我原任国民党国防部参谋本部机要组少将组长，后又代理总长办公室主任。

我作为参谋本部的机要核心人物，曾承担启封、分办、承转过许许多多关系着所谓“党国”命运的机密大事。诸如签署着“中正”的蒋介石的手令，由我加盖陈诚、顾祝同私章的参谋总长的签呈，全国各战场的国民党政府高级将领的速密电等，多经我手呈转。如傅作义将军请准扩编三个骑兵军，以确保平津的建议；东北保安副长官郑洞国困守长春时所谓“不成功，便成仁”的效忠电；第十五绥靖区司令康泽求援最紧急电和蒋的空头慰勉，称兄道弟的亲笔函；杜聿明等多次请求空投军火与给养的特急电；等等。

我也承转过各界知名人士的建议——要求立即停止内战进行和谈的紧急呼吁书等，我也看到延安广播所载毛泽东主席敦促国民党军政人员放下武器的劝降书

* 作者时为国民党国防部参谋本部机要组组长。

（它给我以启示，促使我最后走向弃暗投明的新生之路）；同时我也目睹国民党退役将官流离失所，无法生活，到中山陵哭灵的悲剧，以及国统区人民遭受物价飞涨，民不聊生“朱门酒肉臭，路有冻死骨”的悲惨生活……

1949 年 4 月 23 日凌晨 4 时，我送走参谋本部最后一批后勤人员（他们是由总务科科员陈克坚率领的总、次长的卫士司机、电话兵和炊事班的士兵，20 余人分乘两辆十轮卡车，6 辆吉普和 4 部轿车跟随国防部警卫团沿京杭国道撤退到上海，再转广州），回到机要组办公室除了正墙上挂的时钟嘀嗒嘀嗒的响声外，全楼寂静无声，20 余张写字台整齐地排列在我的周围，我孤零零地站在靠椅旁边，只有四部电话机在陪伴着我，我感到孤寂、凄凉和悔恨。

悄悄备好专机

回想昨晚 10 时亲送部长办公室主任刘泳尧、总办代科长姚榕和刘参谋等到明故宫机场的凄惨情景，和三年前也在这个机场欢迎胜利还都“凯旋”的情景，恰成两幅不同的画卷。正在此时，清脆的电话铃声唤醒我的梦幻。

当我拿起电话耳机，便听到沉郁而紧迫的声音：“你是世江吧？赶快到我这里来一趟。”我马上放下电话听筒向后楼跑去，我一到首席参谋次长林蔚的卧室，见他穿件旧毛巾睡衣站在洗脸池旁，拿着假牙牙托正在洗刷，他忙着对我说：“……立刻去找周至柔（国民党空军总司令），要他准备好专机，李代总统、何院长他们要用。”

我乘车从黄埔路经中山东路到光华门外军用机场。仲春的凌晨寒意透骨，平时路上熙熙攘攘还算热闹，可是那天晨雾迷茫，路断人稀，马路两旁，关门闭户。从国防部到飞机场沿途原来是军警林立，宪兵、纠察组、卫戍巡逻队穿梭不断，今晨却异常清静，连十字口的交通警也无影无踪，南京已成为一座死城。

一出光华门就望到守卫在机场的卫兵们比平时增加数倍，且都荷枪实弹像准备出发的样子。汽车驶到专机旁，我连忙跳下车来，看见周至柔及参谋长和特务团团长们在望天兴叹。我即将林次长交代的事情向周报告，只见周满脸悲愤、怒气冲冲地说："张耀明（南京卫戍总司令）这小子真浑蛋，会议决定叫他们今日晚 6 时撤兵的，可是昨晚，就不见一个人影啦。滕杰（南京市市长）这个胆小鬼，平时喊得凶，什么守土有责啦，什么军不能侵政啦（指空总占用南京市府所属土地滕杰上告到国防部说军队侵占民地），可是还没有到紧急关头，昨天下午就带着交警及警察大队先跑啦，丢下市府人员不管，土地和老百姓他都不要啦！"

接着周又说："徐代主任（原参谋总长办公室中将主任钱卓伦于半年前奉命到广州，负责国防部南迁设营，遗主任职由我代理。为此，我有机会参加几次国民党政府高级会议——备战和谈会议，和协助首席次长林蔚整理备战和谈决策会议记录及有关文件资料等）你赶快回去，叫李代总统他们马上来，专机已准备好啦，我们这机场也只守到上午 10 点钟，10 点钟以后我们的部队就撤走。"

我立即返回国防部，报告林蔚。林便打电话给李宗仁、何应钦等，并叫我派车接他们即刻赶到机场，登上已为他们准备好的两架专机——"自强"号、"追云"号。乘"追云"号专机的是：李宗仁、何应钦、林蔚、刘士毅、蔡文治及李的随行人员等；乘"自强"号专机的是：顾祝同、徐永昌、肖毅肃、侯腾、总长随从秘书程大干及副官陈文华与电话班长谭昆山等，我也在"自强"号专机上。专机 7 时 30 分飞赴杭州和等在笕桥空军航校的蒋介石会面，报告"和谈破裂及备战情况与撤离南京后保卫大上海的军事部署及政府迁穗正式办公诸事宜"。这是 4 月 19 日晚国防部会议所决定的。

在上飞机前除林蔚和周至柔低语，并做手势请李、何、顾等分别登机外，大家表情都很抑郁，没有讲一句话，连通常握手告别的仪式都没有心思举行。仅当专机起飞时，守在机旁的卫士们还是举手敬礼。

撤退时的黯然神伤

在登机前后，我对掌握国民党政府军政大权的台前幕后人物进行了观察。我至今还清楚地记得，那天，李宗仁仍不失政治家风度两目炯炯有神，表情严肃，未显悲伤情绪。何应钦则满面愁容，金丝腿眼镜遮不住他失望的眼神。尾随李宗仁身后的“总统”府军务局长刘士毅则急得满头是汗，双眼通红，左右回转，好像有话要问，但又找不着对象。

起飞后，我又看见“赔了夫人又折兵”（在北平解放前夕，蒋派山西宿将并和傅作义将军有历史渊源的徐永昌，携带银圆2万元和蒋的亲笔函，飞往北平慰问“华北剿总”傅作义总司令及所属官兵，意在收买傅作义，稳住华北阵脚，阻止傅向共军投降。不料“认大局、守旧谊”的傅将军，收下银圆，放回徐永昌后毅然起义。从此，国防部有关人士送给徐一个“赔了夫人又折兵”的雅号）的代部长徐永昌是最沉着的一个，他一登上飞机，就双手合掌，闭目养神，恰像少林寺大法师在那里打坐。徐座前的参谋总长顾祝同则紧锁双眉，怒目前视，好像斗败的公鸡要和对手拼命似的。惯于幽默的作战次长肖毅肃，坐在我的身旁，一反常态，双目紧盯着他嘴里烟斗所冒出的白烟，脸上毫无表情可看出他内心的压抑。

同机座里只有一人与众不同，不仅从他那棕褐色的面孔中看出笑容，还可从他那深邃的豹目中，窥出他内心的喜悦，他就是我们两架专机中唯一的士兵——总长办公室电话班长谭昆山。谭是重庆乡下人，抗战时抓壮丁抓出来的，后来学了技术，当上电话兵。抗战胜利后，我们把他带到南京来。这次，他听说国防部又要迁回重庆，他就可和他的双亲团聚了，当然他内心有说不出的欢乐。可见，同是一种事情，处境不同，感触也就不一样了。

时间和环境，都不允许李宗仁像蒋介石那样，最后离开南京时，还乘专机绕城一周告别孙中山先生的灵墓和国民政府所在地——石头城。专机直飞杭州，上午8时许到达杭州机场。下机后，李宗仁、何应钦、顾祝同、林蔚、肖毅肃等人和前来迎接的俞济时、蒋经国同车赴笕桥航校与蒋会晤，徐永昌、刘士毅率领其余人员驱车到西湖楼外楼餐厅，出席浙江省政府为国防部留京人员设的便宴。所谓便宴不便，山珍海味俱全。

据笔者估计，其代价足够农村五口之家一年的生活费，如用金圆券支付，也需两箩筐（当时国统区币值贬值，买一盒火柴都要金圆券2万元）。那天，大家都没有吃早饭，论理需饱餐一顿，可是这批如“丧家犬”的将军们哪有食欲？连楼外楼的名菜——清蒸活鳊鱼，都没有翻面就撤去了。饭后接通知：上海阴雨能见度过低，只有改乘火车了。下午 2 时，顾、林、肖从航校回来，说：“李代总统、何院长他们已搭原机（追云号）飞穗，我们先去上海。”晚 8 时，专车抵上海车站，顾、林、肖由先期返沪的京沪杭卫戍总司令汤恩伯接走，我和程大千、陈文华等则被迎进新亚大饭店（国防部临时招待站）。当晚我辗转反侧，不能入睡。

国民党政府几次和谈准备会议上的争吵声，还在我耳边回响。记得李宗仁代总统在备战和谈第二次会议上，告诉和谈代表黄绍雄说：“你回北平去告诉张文伯（张治中，国民党政府和谈首席代表），叫他向中共代表团力争取消逮捕战犯这一条，我愿意以国民政府代总统的身份到北平去负荆请罪。内战罪责，由我一人承担，但不要再追究国民政府所属的军政人员的罪过。其他各条款（余下的 7 条 23 款）我们都愿意承认和执行。”

在国防部机密会议室，最后一次备战和谈决策会议上，“华中剿总”总司令白崇禧拍着桌子大叫：“我们‘革命’军人，头可断，血可流，绝不做敌人阶下囚，我绝不当战俘，明晨即飞返武汉，团结华中军民与共军决一死战……”

同时，首席参谋次长林蔚（林系蒋下野后，在国防最高会议蒋的代言人，他每晚 11 时用专线电话向蒋汇报南京的重大事件）也转达蒋的意愿，什么要像抗战时期那样精诚团结啦；共同对敌啦；保存有生力量保卫大西南啦；南京是我们首都，要保持她的完美，做有计划、有秩序的撤离，不要丝毫损坏，以便早日光复啦，等等。会议就在“无异议”的悲愤气氛中宣布“和平已濒绝望，停止和谈积极备战，确保有生力量，尽快撤退京畿守军，为争取保卫华中、华南、大西南奠定有利的基础”。

国民党政府救国救民的假面具已经揭开，反动本质已经暴露。它已患不治之症，无可救药，我该怎么办呢？这时在我内心深处已萌发出脱离国民党政权向往革命的新认识。这为我 1950 年 1 月正式弃暗投明，从思想上迈出了重要的一步。

（本文选自《江苏文史资料集萃 · 综合卷》，1995 年版，原标题为《李宗仁南京撤退纪实》）

吴诚聚*:"京电轮"迎渡大军

1949年4月20日，国民党反动政府妄图垂死挣扎，拒绝在国内和平协定上签字，激起了全国人民的愤怒。为了彻底消灭反动派，解放全中国，毛泽东主席和朱德总司令立即发布了向全国进军的命令。伟大的渡江战役开始了。

6名船工的坚守与希望

当时，还处在水深火热中的南京人民，热切地盼望着大军渡江，解放南京。下关发电厂的工人，对江北的战局十分关心，期待着这一天的到来。"京电"号小火轮上的黄兴发、钮其郎和吴诚聚等6名船工，在江边看得更是真切，大批国民党军在下关沿江一带搭起帐篷，架起枪炮，准备负隅顽抗；一股宪兵还驻扎在厂里，名为保护电厂，实则监视工人行动……这些情况表明，敌人也闻知末日将临。

船上的工友还利用到浦口运煤的机会，打听到人民解放军已经攻下江浦，逼近浦镇的消息，心里着实高兴。他们想，一定要和厂里的工友团结起来，护好电厂，保证发电，迎接解放。当时，国民党反动派为了军事上的需要，曾下令电厂不许断电，否则，以耽误战机论处。卫戍司令部和宪兵司令部还在"京电轮"上

* 作者时为"京电轮"上的船工。

贴了“不准动用运煤船只”的布告，这客观上就给工人们护厂保船继续发电、迎接解放提供了有利的条件。

战局的发展异常迅速。4 月 22 日，守在船上的工人，早上就看到大批国民党伤兵由北岸向南渡运。敌人的舰艇，发了疯似的在江面上横冲直撞，开始拦劫船只。狮子山上的大炮时而发出几声哀鸣，为那些惊恐万状的守敌壮胆打气。

10 时左右，忽然有两个国民党军人跑到运煤码头，直嚷着要用船。黄纪发、吴诚聚、钮其郎等船工走上甲板问道：“老总，你们有什么事？”两个敌兵气呼呼地说：“我们要用船！”看到敌兵要拉船，大家心里一紧，但立刻都把眼光落到那张布告上。吴诚聚连忙说道：“老总，这是发电厂的运煤船，你们上司有命令，谁也不准动用。”两个敌兵朝布告上打量一番，觉得事关重大，不敢妄动，只好灰溜溜地走了。敌兵走后，大家更加小心了，急忙把船紧靠码头，隐蔽在吊煤机下面。

江面上的惊险一刻

4 月 23 日，天刚蒙蒙亮。黄纪发、钮其郎、吴诚聚、戴仁邦四人还睡在底舱里，码头上突然响起了一片嘈杂声。没等他们走出船舱，几个全副美式装备的国民党官兵已闯上船来，为首的敌军官气势汹汹地喝问：“哪个是船老大？马上给我把船开到江北去！”年纪较大的黄纪发、钮其郎赶忙应道：“船老大不在，我们不会开船。”话音未落，两个散军冲上去就打了他俩几个耳光。他俩为了保住船，只好忍着疼痛和屈辱，又指着布告给敌军看。凶狠的敌军不由分说，一面破口大骂当大官的都跑啦，这布告顶鸟用；一面伸手就将布告撕得粉碎，并把手枪子弹推上膛，对着船工凶神恶煞似的叫道：“不开，老子毙了你们！”

这时候，另个家伙已经去解缆绳，船上的气氛显得十分紧张。大家觉得情况不妙，心想这帮家伙狗急跳墙，什么绝事都干得出来。这时刻还是吴诚聚年轻灵活，为了大家免遭意外，马上挺身出来说：“老总，我们试试看。”大家压住满腔怒火，走下船舱一商量，决定将船开往下游，暂且躲避一下。敌人看到船往下游漂去，知道上当，气急败坏地大喊大叫，还开枪射击。

当天中午，浦口方面隆隆的炮声和密集的枪声渐渐逼近，大批大批的残兵败将纷纷仓皇逃回南京。守在南岸敌军像得了传染病似的，个个丢盔弃甲，潮水般地一起向城南退去。江面上的兵舰都逃之夭夭，狮子山的炮声也变成了哑巴，连龟缩在电厂的宪兵队也夹着尾巴，逃得不知去向。

就在这时，敌人竟然开始下毒手了。一帮军警、特务把搜罗来封在港内的民船，放上炸药，浇上汽油，炸的炸，烧的烧，扬言不留一条船给共产党。霎时间，江边爆炸声和哭喊声响成一片，浓烟和烈火弥漫着半个江面。“京电”号上的船工个个气得咬牙切齿，亟待着大军过江惩罚这些凶手。

当时，厂里为了安全，要船上的工友和部分工人到新街口电厂办事处集中。中饭过后，司炉工吴诚聚把炉膛加足了煤，压好了火，戴仁邦也把机器加好了油。大家又查看了码头周围的铁丝护网，紧锁了大门，就奔向新街口去了。

劈波斩浪，小火轮发挥大作用

黄昏时分，下关电厂的门口，出现了5位健壮的年轻人。他们身穿黑色便装，脚蹬草鞋，操着浓重的北方口音，说是人民解放军，来找厂里的负责人。隔了不久，总务课长段景琪走了出来说：“你们有什么事？下关电厂的事务由兄弟负责。”这几位年轻人看出他不安的神情，很和蔼地说：“我们是人民解放军，现在部队就要过江了，听说你们有几只驳船，希望能支援我们。”段景琪思忖了一下，表示同意，当即打电话到新街口电厂办事处。

几名船工听说马上要到下关开船，一股暖流涌上心头。心想肯定是迎接大军过江。这几天守在船上，面对江北，早也盼，晚也盼，眼都要望穿了。今天这个日子终于来到了，大家怎么能不高兴呢？

不一会儿，一辆吉普车载着6名船工，飞也似的来到下关电厂。5位战士立即迎上去，紧紧握住船工的手，大家急速地奔向运煤码头。

登上“京电轮”，他们发现了意外的情况：炉膛里压火的煤已经烧尽，计算蒸汽的压力表只有 5 磅，而轮船的开动需要 100 磅，按常规还需要 2 个钟头的燃烧时间。

怎么办？此刻，解放军同志激励大家说：“工人兄弟们，南京人民在盼望着我们，早解放一个小时，人民就少受一个小时的灾难。”负责烧炉的吴诚聚斩钉截铁地说了声：“烧炉！”他心里像燃起一盆火，脱下外衣，迅速地把煤投进炉膛，两位战士也上前去帮助铲煤。

时间在一分一秒地过去，吴诚聚一面调整炉火，一面盯住压力表，恨不得一下子就把蒸汽烧足，让船飞过江去。但他也知道，这时岸上还可能有敌人的散兵游勇，必须沉着冷静，所以连鼓风机也不敢开，只是勤加煤，勤调整，仅用了一个钟头就将蒸汽压力烧足。此时船老大黄兴发、船工钮其郎和轮机手戴仁邦已分别做好了开船的准备工作。他们立即解缆开船，悄悄地躲过岸上敌特的视线，在夜幕笼罩中驶向浦口。

这时，江面上没有一点灯光，只见对岸的信号弹流星似的划过静静的长空。黄兴发、钮其郎在驾驶室谨慎地驾驶，水手黄纪发和缪金泉冒着风浪警惕地注视着周围的动静。“京电轮”排开水浪，迅速前进，大家的心情既激动又兴奋，真像江中的浪花一样欢腾。大约 15 分钟后，“京电轮”安然抵达浦口码头，还未靠定，解放军同志已跳上甲板，亲热地向船工们问候。船工们端详着英姿勃勃的人民子弟兵，回想起自己遭到国民党军的毒打和被洗劫后南京的惨景，禁不住眼睛都湿润了，他们有好多话要向亲人诉说啊！

晚上 9 时许，“京电轮”满载着英雄的人民解放军指战员，肩负着“打过长江去，解放南京城”的光荣使命，从浦口码头出发，劈波斩浪，直取南岸。战士们紧握住武器，瞪大两眼，直视前方，黄兴发、钮其郎抹去了兴奋的眼泪，警觉地驾驶着“京电轮”向前急驶。

首次迎渡大军过江以后，6 名船工的信心更足了。为了迎接更多的队伍，他们热心地向登陆的部队提供了三汊河一带有船只的消息，并又把机舱的设备检查一遍。这时吴诚聚忽然告诉驾驶室说："锅炉房存煤很少，只能渡运三四次了。"船老大黄兴发想：太平舱里有供紧急情况下使用的太平煤，现在正好用在刀口上。他当机立断叫吴诚聚和两名战士钻进又闷又热的太平舱，取出1吨多太平煤，及时保证了燃料的供应。

"京电"号像矫健的海燕，在宽阔的江面上往返穿梭，又运了几趟，天色已经微明，此时，江面上又起了变化啦，数不清的小帆船、木划子、小火轮，汇成了一支大船队，以浩浩荡荡、排山倒海之势，威武雄壮地向南进发。

（本文选自《金陵破晓　纪念南京解放40周年史料专辑》，南京出版社1989年版）

何克希*：国民党反动政府的覆灭

现地勘察，确定作战方针

辽沈、淮海、平津三大战役之后，国民党反动军队的主力已被消灭，美帝国主义在中国殖民统治的支柱蒋介石政府，像一只破船，正在历史上沉没。中国人民革命的胜利已成定局。摆在中国人民面前的主要任务，就是迅速打过长江，去解放全中国，坚决、彻底、干净、全部地消灭一切反动势力。

就在这个时候，国民党反动政府为了保存残余力量和美帝国主义在华的侵略势力，取得一个喘息机会，发表了战犯求和的声明。党中央、毛主席彻底揭穿了敌人企图赢得时间，然后卷土重来扑灭革命的假和平阴谋。并提出八项和平条件，作为和平谈判的基础，号召全国人民起来争取真正的民主与和平，反对国民党反动政府的反动的虚伪的和平。

我们深深懂得，不管谈判的结果如何，人民解放军都是要渡江南下、向全国进军的，革命一定要进行到底，所以根据中央指示，我百万大军在4月间积极准备全线突破国民党所谓的“千里江防”，解放全中国。

---

* 作者时为第三野战军第三十五军政治委员。

我们第二、第三野战军在获得淮海战役的大捷以后，就挥师南进，直通长江。总前委决定：我三十五军及三十四军在第八兵团参谋长何以祥指挥下，担任正面钳制南京、镇江之敌的任务，以策应二野和三野主力在两侧渡江。当时，吴化文任三十五军军长，我任政治委员。

在兵团指挥部开会回来，兄弟部队已开始向两侧移动。为了加强我军的领导，何以祥同志抱病前来，同我们一道进行现地勘察，定下决心。

浦口、浦镇地区，丘陵起伏，山头上布满弯弯曲曲的交通沟和坟冢般的地堡群。浦镇通往浦口的公路，在丘陵间蜿蜒伸展。宽阔的路面上，到处堆着成堆的石头，并挖有防御沟；在岔道路口，还构筑了各式的碉堡。浦镇、江浦、浦口互为掎角，构成了一条坚固的防线。这证明敌人丝毫没有放下武器的表现，只是妄想利用这一带有利的地形，来阻挠我们横渡天堑，以保全他们的反动统治中心——南京。

看罢地形，我们更体会到党中央和毛主席以革命的两手对付反革命的两手的指示的英明，立即召集各师指挥员共同研究战斗部署。

何参谋长问我们："你们看怎样打法？"

我说："我们不准备与敌人在江北纠缠，要按照毛主席的军事思想，迅速集中优势兵力，先求歼灭敌人，然后过江直扑南京。因此决心首先从右翼拿下江浦，从正面夺取浦镇，再取浦口，争取先机过江。"

大家纷纷发言以后，何参谋长同意了我们的意见。

所谓的"千里江防"，不堪一击

4 月 20 日，南京国民党政府最后拒绝了《国内和平协定》的最后修正案。随后，我们接到了毛主席、朱总司令的命令：奋勇前进，坚决、彻底、干净、全部地歼灭中国境内一切敢于抵抗的国民党反动派，解放全国人民，保卫中国领土主权的独立和完整。

伟大的渡江战役开始了。西路大军很快在芜湖以西地区登陆，东路大军在江阴东西两侧打垮沿江守敌顽抗之后，迅速占领和扩大了滩头阵地。我军于 21 日 0 时，在极为有利的条件下，向两浦地区发起攻击。部队打得很猛，虽然敌人还在组织兵力顽抗，但仅仅几个小时的时间，就捷报频传：一个师占领了江浦县城，全歼敌人，俘获甚多；另一个师已扫清了浦镇的前沿阵地，打垮守敌一个团，予敌重创！

这时，又接到了兵团部的通报：从 20 日夜里开始，我军渡江部队 30 万大军，已经在中路首先突破了芜湖、安庆一线，渡过江去。

形势的发展，清楚地告诉了我们，我百万大军正以秋风扫落叶之势，在西起九江东北的湖口，东至江阴，长达 500 余公里的战线上突破敌人所吹嘘的“千里江防”。我放下了电报，立即以电话通知各师，要我们的部队猛插到浦镇、浦口，乘兄弟部队已经突破敌人江防的胜利形势，争取以最快速度，打过长江，解放南京。

21 日白天，我们将部队重新做了部署，以一部分兵力积极地从左侧进攻，威胁敌人侧背；主力部队与敌在浦镇以北山地敌人的重要阵地进行着逐点、逐线、逐个碉堡的争夺战。经过彻夜激战，我们将敌人主要阵地全部占领。22 日晨，浦镇、浦口守敌害怕被我们全歼，慌忙南逃。当天下午，南京守军及国民党政府开始南撤。为了截击敌人，我军迅速猛追，奔向浦口。

从浦镇通往浦口的公路上，到处躺着敌人的尸体；公路拐弯的地方，遍布着地雷；新架的公路桥，正燃着熊熊大火；一堆堆的石头、鹿寨，拦阻着道路。但是我们的追击部队，正像潮水一样，势不可当，沿着大路小道，涌向浦口。

隔江眺望，南京城历历在目，紫金色的钟山，雄伟的城墙，汹涌澎湃的大江……真所谓“钟山龙盘，石城虎踞”，不愧为一座名城。但是当时的南京城，却冒着冲天火柱，爆炸声频传不绝。蒋介石 22 年的反动统治，把它变成了人间地狱，在这王朝末日的时候，死到临头的敌人又想把它毁为一片瓦砾。

当我们全军到达浦口的时候，敌人又为了争取逃跑的时间，利用其海军空军向浦口发动了疯狂的反击，把成批的炮弹掀向江北。可是无论如何，他们的厄运已是近在旦夕了。我们占领浦口的部队，再次研究了渡江的部署，准备立即以最快的速度过江！

“早一分钟进南京，早一分钟结束蒋介石的反动统治；早进南京一分钟，早使南京人民少受一分钟的损失！”这已成为我们全军的战斗口号，它紧紧地扣动着每个指战员的心弦。但是敌人在溃退的时候，把江北的船只全部掳掠一空；我们找遍了浦口，也找不到一只船。正在着急，却见一伙群众不知从哪里找来两只小船，一只可载 8 个人，另一只可载 10 个人，其中一只还没有橹。虽然如此，也给我军解决了不小问题，我们决定就靠这两只小船马上组织渡江。

解放军横渡长江，占领总统府

4 月 23 日黄昏，彩色的信号弹刚刚升起，拽着火焰的炮弹，便飞向了江南敌人的阵地。在强大的炮火掩护下，我们在全军中挑选了 18 个精悍的侦察兵，每人带着一支汤姆枪、一支快慢机和 4 个手榴弹，驾着两只小船，首先过江。

这 18 个勇士，横渡了两公里左右宽阔的江面，约 20 分钟后，就搞来了一只可载 30 余人的小汽船。第二批 30 余人过江，又搞来了一只可载 300 余人的大汽船，第三批就有 300 余人过江……

这时，下关的工人听到我们从浦口过江的消息，他们立即撑着木船，纷纷来到江北迎接自己的队伍；下关发电厂的工人们，把收藏起来的“京电”小汽轮也开来帮助我们运输。午夜，在宽阔的江面上，浪花飞溅，舟楫如梭，我们部队全部向南京挺进。

“解放军同志，你们辛苦了！”

“工人兄弟们！谢谢你们的支援！”

工人和战士们的热烈欢呼声融成了一片。

过江以后，我们迅速地控制了南京周围狮子山、紫金山等高地，并且胜利地进占了南京。

在军司令部的作战室里，不断接到部队的报告：

“我军已经占领了蒋介石官邸，标示着淮海战役形势的巨幅地图还完整地挂在墙上……”“我军已经占领了总统府，总统府的日历只翻到 4 月 22 日……”

4 月 23 日，国民党海军第二舰队司令林遵率所属舰艇 25 艘，在南京东北的笆斗山江面宣告起义，逃往汤山地区的国民党残敌第四师也向我军投诚。蒋介石 22 年的反动统治，至此正式宣告灭亡！

（本文选自《解放战争回忆录》，中国青年出版社 1961 年版，原标题为《打过长江，解放南京》）

第四章

迎接新生：顺利接管南京城

朱明镜*：接收“总统府”纪事

“文管会”参与接管“总统府”

南京解放后，“总统府”由市军管会房地产管理处接管。1949年10月初，市军管会、市人民政府调朱泽甫（市军管会文教接管委员会文物接管部部长）、李谋亨（市军管会文教接管委员会秘书室秘书）和我（原地下党员，时任市军管会文教接管委员会秘书室秘书）前去接收“总统府”，并宣布成立南京市文物事业管理委员会（1951年改为文物保管委员会，简称“文管会”）。朱泽甫任秘书长，李谋亨和我任秘书。主任由市军管会文教接管委员会主任徐平羽兼任，副主任由南京图书馆馆长贺昌群、南京博物院副院长曾昭燏兼任，委员有南京中央大学文学院院长胡小石，中央大学建筑系教授、古建筑专家刘敦桢，文物专家、教授朱偰，中共南京市委宣传部部长石西民，曾任北平艺术学院院长的杨仲子等。调进文管会工作的还有南下干部、青年团员刘俊亭、李蔚然。我们接收“总统府”的同时，还接收了梅园新村中共代表团办公原址。1950年1月和1951年初，朱泽甫、李谋亨先后调动工作，市文管会的专职干部仅我一人。

---

* 作者时为南京市军管会文教接管委员会秘书室秘书。

“总统府”的人员大部分已经市军管会处理完毕，移交给我们的职员和工人约 50 人，文管会成立后又陆续从原国民党政府机关及学校接收了少数人，加上与市军管会、市政府介绍来的合计约 60 人。他们当中有不少人的历史比较复杂，经过 1950 年到 1951 年的学习和镇压反革命运动，才逐步弄清了这些人的政治面貌。

其中，有蒋介石侍从室官员、军统“特检处”的检查员、专职负责收转各地写给蒋介石私人信件的秘书。还有一个自称是第三野战军副司令员粟裕的“侄子”，叫粟杰夫的人，实际上 1930 年他就是湖南省会同县的清乡“剿共”委员。辽沈战役时，他是国民党“东北剿匪总司令部”的军级政工主任。

一个叫程万孚的人，自称与柯庆施市长关系密切，后交代曾任国民党战区司令部长官卫立煌的少将秘书长，皖南田赋粮食管理处处长。其他还有国民党区党部委员，区分部书记、科长；有“监察院”秘书，蒙藏委员会专门委员、县长；有北平市警察局长，上海市警察分局局长；有汪伪政府的淮海省民政厅长，伪淮海省政治保卫部少将专员；有江苏省警察厅特高科长，铨叙部科长；有军统特务；等等。

意外发现重要档案

1949 年的“总统府”，已经年久失修。我们接收后，发现蒋介石办公的“子超楼”屋面多处漏雨，西花园房屋、路径被毁坏，太平天国时期的石舫也已破损。我们请市城建局派来邹声植工程师进行全面勘查，计算工程量，编制预算，报请市政府拨款维修。

接收“总统府”之初，“总统府”里保留了蒋介石办公室的原状，供国内外宾客参观。先后来此参观的领导人有董必武、陈毅、粟裕、唐亮等。在苏联等社会主义国家的青年代表团前来参观时，我们还展出了中国共产党领导的学生运动的图片和“四一”学生运动中遭国民党镇压死难烈士的血衣等实物。

1949 年至 1950 年，我们接收了“总统府”与行政、立法、司法、考试、监察五院及各行政机关的图书共 70 万册，档案 2.7 万余卷宗，书画、金石、陶瓷、玉器、珠宝、象牙雕刻、古玩等近 3000 件。接收的图书，我们请金陵大学图书馆馆长、教授李小缘指导，由中央大学几十名学生利用暑假进行整理，并分类建卡、造册移交给南京图书馆，对外开放。接收的档案，经清查整理后转交政务院副总理董必武从北京带来的接收工作组。书画、金石等全部入库保存。

在这些档案中，有一批完整的《国民政府公报》和《总统府公报》。从 1927 年国民政府成立到 1949 年“总统府”垮台，国民党最高统治机关发布的法律、法制、法规、法例、政策、政令、指令、指示，蒋介石的讲话、训话、演说，国民党政府、军队的人事任免，国际上的交往，大使、公使、代办、领事的派出、召回等一切重要事项，都刊登在《公报》上，这是研究国民党及其政府、军队的重要历史资料。

此外，让我惊奇并如获至宝的是在档案资料中发现中国共产党的一批重要革命文物。“总统府”的档案中怎么会存有共产党的革命文物呢？原来，“总统府”档案中有一类是通令全国专门查禁共产党的书刊、文件、宣言、传单的。在每份查禁通令中都有两份革命文物的原件，作为附件存档。这些革命文物，在其他地方已很难找到。

“总统府”内办展览

南京，作为国民党统治的首都，虽然解放了，但反动影响仍然存在，在国民党撤退前有计划地潜伏了大批敌特分子。这些人时时窥测方向，伺机兴风作浪。我们接收“总统府”不久的一天下午，在“总统府”的大门前突然涌来了许多人围观两座石狮子。有的摇头叹息，有的感到惊奇，有的发表议论，说石狮子流泪了，走动了，那意思是石狮子想念国民党、蒋介石了。这件事显然是国民党特务在挑动，其中也包含一部分群众的愚昧无知。这事引起了中共南京市委和市政府领导的重视，要求各部门加强政治、思想、时事的宣传教育。

从部分群众围观石狮子一事，我们感到，应当利用“总统府”图书档案中革命与反革命两方面的实物资料，加上从北京收集来的革命图片资料，对人民群众进行爱国宣传和革命历史教育。

从 1950 年 2 月到 1952 年 5 月，我们联合南京的大专院校、博物院、图书馆、科研院所与市政府有关部门，举办了十次规模较大的展览会，其中有庆祝南京解放一周年的“南京解放前后史料展览”（1950 年 4 月），“美帝侵华罪行史实展览”（1950 年 11 月），“伟大的祖国展览”（1951 年 2 月），“三十年中国革命史展览”（1951 年 7 月 1 日），“镇压反革命运动展览”（1951 年 4 月），“新南京建设成果展览”（1951 年 10 月），以及“土地改革运动展览”（1952 年 3 月）等。

记得“伟大的祖国展览”开展当天上午，政务院副总理黄炎培、华东军政委员会主席陈毅、南京市副市长金善宝、中共南京市委宣传部部长石西民、中央大学文学院院长胡小石、南京博物院副院长曾昭燏、南京图书馆馆长贺昌群等同来参观展览。还记得我们曾模仿北京筹办党史展览，去北京观摩，搜集展品，把全国知名油画家为党史展览创作的 100 幅油画全部拍了照，放大后穿插在南京的展品中。石西民部长认为这对南京市人民有教育意义，指示我们改用“三十年中国革命史展览”的名称开展。

这些展览会的展出时间，多的一月有余，少则半月，观众达百万人次以上。每次展览会都有不少观众留言，总的评价是，看过展览会，提高了对党的政策、党领导的革命运动的认识，纠正了对国民党、帝国主义、封建主义、官僚资本主义的错误看法。每次展览会，《新华日报》记者都来采访，及时进行报道。

1951 年 9 月中旬的一天上午，市委书记柯庆施、副书记江渭清、市委宣传部部长石西民同来市文管会，由我陪同视察“总统府”大院及“子超楼”“西花园”“东花园”。柯庆施看完之后，要求我们立即将所有蒋介石的遗物、遗迹，全部、彻底、干净地扫除，不许保留，不许开放参观，蒋介石的办公室可以用于办公。我们立即遵照办理，将蒋介石的办公室、休息室、会客室，国务委员会议室，外宾接待室等屋内的有关陈设，统统清除。

还有一个专为蒋介石设置的红门，此门设在外客接待室与政务局大楼之间，将“总统府”分为前后两部分。前半部是参军处及其下属的军务、总务、典礼三局，后半部是文官处及其下属的政务、文书、印铸三局，有点像宫廷的内宫、外宫。此门只为蒋介石进出而设，其他人只能从两旁通过。我觉得设此门封建意识太重，让人把它给锯了。至今人们经过此地，还可以看到它的痕迹。

（本文选自《红日照钟山　南京解放初期史料专辑》，1999 年版）

刘志诚*：接管中山陵

1949 年 4 月 20 日夜，人民解放军百万雄师以雷霆万钧之势，从江西湖口至江苏江阴的千里江面上发起了渡江战役，一举突破了国民党苦心经营并大肆吹嘘的“陆海空立体防御”的长江防线。4 月 23 日南京解放，统治中国长达 22 年之久的国民党反动政权宣告覆亡。这是中国革命史上具有重大意义的辉煌一页。当年，我参加了渡江战役和解放南京的战斗，40 多年过去了，许多往事仍历历在目，难以忘怀。

驻守中山陵

4 月 24 日凌晨，三十五军一〇五师某团前卫营（二营）胜利渡江后迅速在南岸集结，追歼南逃的敌人。在夜色苍茫中，我向前卫营全体同志讲话，简单交代了任务，随即开始进发。沿街电灯时明时暗，四周冷冷清清。在行进中，偶尔听到不远处有零乱枪声和人的呼喊声，但我们想到后续部队会进行搜索和处置，我们不能耽误时间，必须以最快的速度追歼逃敌。胜利的喜悦，使大家忘记了连日作战的疲劳，部队士气高昂，精神振奋，快速前进。我们进挹江门，过鼓楼，当

* 作者时为三十五军一〇五师三一五团前卫营二营副政委。

行至新街口时，隐约看到了街中心竖立的孙中山先生的铜像，令人肃然起敬。

我们从新街口转向东，沿中山东路至中央医院（现南京军区总医院）门口时，已走了20余里。这时天色已微明，部队停下来休息。刚坐下不久，侦察员报告，中山门外还有国民党一部分部队未走。我们立即追赶上去，经过了解他们是中山陵园所属的拱卫大队。我们意识到这个拱卫大队是一支特殊的武装，是负责警卫孙中山先生陵墓的，绝不同于国民党参加反革命内战的一般军队。所以，我们与他们的领导人代处长范良和拱卫大队长王全中校谈判，取得了协议。我们迅速将这个情况向上级报告，上级同意我们的处置，决定解除我们追击敌人的任务，要我们控制紫金山，警卫中山陵和天文台。

我们的部队开到中山陵园广场集结，石副团长和营的领导干部划分了各连担负的任务：四连进驻天文台，卫护天文台的安全；五连守护中山陵，对通向南京市区的各条路口派出警戒；六连进驻灵谷寺，向马群和孝陵卫方向派出警戒；营部驻明孝陵附近的中山植物园。这时我对全营指战员讲话，强调了守卫中山陵和紫金山天文台的重要意义，并要求大家严守“三大纪律，八项注意”和入城守则，做到秋毫无犯。

讲话完毕，石副团长去五连、六连具体指导设置哨位和组织巡逻队，我由王全陪同去察看蒋介石和孙科的公馆。蒋介石公馆又名美龄宫。据王全介绍，这是蒋介石、宋美龄做礼拜的地方。美龄宫建筑金碧辉煌，内部陈设也十分豪华。孙科公馆外表不怎么样，内部家具和装饰却非常富丽堂皇。我对王全说：中山陵园内所有国民党要人的公馆，我们解放军全不进驻，仍由你们陵园管理部门看管，听候南京市军管会前来接收。

中午我到了中山植物园，受到技术员吴敬立和潘祖恒等的热情欢迎，他们一直坚持工作，保护园内的各种设备，终于盼到了解放军的到来。他们腾出好几间房子，安排二营营部人员住宿，对战士们的生活照顾得无微不至。

下午，范良陪同我和石副团长上中山陵谒陵。路上我们看到哨位上都是两个战士值勤，一个持枪解放军战士，一个徒手拱卫队员，配合得很好。我们沿着台阶上山，进到中山陵的祭堂大厅内，怀着崇敬的心情，向孙中山先生的坐像鞠躬默哀，然后进入墓室绕着中山先生卧像和遗体环行一周。

半天多来，我留心观察，中山陵园苍松翠柏，碧瓦银墙，维护完好，中山先生陵寝内外整洁、有序。我对范良说，为了迎接解放，你的工作做得不错，现在南京解放了，你应该带领陵园拱卫大队的全体人员，认真守卫执勤，把工作做得更好。范良听了很受鼓舞。从那天起，我们就建立了友情。

当我和石团长回到二营营部时，刚好四连政治指导员从天文台下来汇报部队进驻天文台的经过。他说，连队一到天文台就受到全体人员的热烈欢迎。台里的科技人员和职工表示一定要坚守岗位，把天文工作搞得更好。

下午 5 时，我们到师部汇报了和陵园范良、王全二人谈判的情况，以及部队进入中山陵后对营、连的部署以及任务的区分等，师首长完全同意我们的安排，并说，本来按军部的部署，控制紫金山，保护中山陵和天文台是一〇四师的任务，由于你们带领前卫营追击敌人，进军迅速，先期到达中山陵，并和陵园管理部门领导人谈判，达成了协议，这样，军部就改变了决定，把这个任务交给你们去完成。中山陵是中外瞩目的重要的古迹名胜所在地，南京刚刚解放，城内外秩序混乱，对中山陵是否保护得好，关系十分重大，党中央和总前委对此都非常重视。师首长决定石副团长回团部主持工作，由我留在中山陵园内，领导二营完成守卫任务。

当我回到中山陵园时，已是晚上 8 时多了。我想亲身体验一下黑夜中在中山陵园祭堂前守卫的感受，同时在高处观察南京市夜晚的景象。我跨着石阶，默默地数着石级，一共 392 级，走到了中山陵祭堂大厅门外。我作为第一批解放军战士守卫在中山先生的陵前，感到十分自豪。向西望去，南京城内灯火辉煌，春风微微吹来，仿佛听到了人们庆祝南京解放的欢声笑语。

搜索无名洞

夜晚，回到营部驻地，我立即传达了上级关于保护中山陵园的指示，布置搜索山林。第二天一早，五连巡逻队在太平门南边城墙东北角的嶙峋怪石中，发现一个枯藤杂草掩蔽下的暗洞。洞口1米多见方，洞内黑黝黝，深不可测。询问附近群众，说是国民党工兵挖的，据说可通城内。这里离廖仲恺墓、天文台、中山陵都很近，我当即决定武装搜索。

我要五连连长、指导员集中全连的手电筒，带领一个尖兵排，钻进了黑森森的洞口。另留一个排在洞口接应。在十几支手电汇成的光柱照耀下，战士一个接着一个躬腰前进。走了十来米，洞身突然开阔，幽暗中滴水的叮咚声，乱石的坠落声，蝙蝠的扑打声……更增添了神秘、恐怖的气氛。

突然，一个战士绊了一跤，大家顿时紧张起来。用手电筒照去，只见地下抛着几只文件箱和一堆堆烧尽的纸灰。一切证明，洞里曾经隐蔽过敌人。又搜索了半个多小时，我们终于看到了亮光，眼前出现一扇十分隐蔽的铁门，果然已是城内。这是一条精心构筑的军用暗道。它的发现，既可切断城外残敌到市区骚扰的通道，又能避免市区坏人从这里对陵园地区造成威胁。我们立即对两面洞口采取相应措施。经过战士们仔细搜索，陆续发现了许多类似的暗洞、地堡、古穴。我们明确了巡逻重点，确保了附近地区的安全。

一天上午，发生了一个意外情况。我到四方城一带巡视时，发现运输部队战士正推着一桶桶汽油，堆放在公路两旁的松林里。我一见十分焦急：眼前枯草季节尚未过去，一根烟蒂也可能引起满山大火，何况是数千桶汽油？从军部通知中我才知道，原来这是从大校场飞机场缴获的，因那里不断遭到敌机轰炸，上级考虑到中山陵地区不大可能成为敌人轰炸的目标，决定全部转移此地，要求我们严密守护。

为了防止发生危险情况，我们立即在汽油堆集地区实行特别警戒。正在紧张布置时，突然收到通知，让我迅速赶去军部参加紧急会议。一场比汽油更大的危险已经迫在眉睫。

智克敌四师

原来，问题出在那支盘踞汤山的部队——敌暂编第四师身上。

我们出发追击的那天，这支部队见大势已去，无处可逃，就打出旗号，几次三番放出投降空气。军首长明确答复，可以谈判，但条件只有一个，那就是：放下武器，无条件投降。但他们并不打算缴械，而是提出保留建制，和平改编的要求，并声称早已看清了形势，等待大军过江，还说他们部队中有我们党的地下组织，要求作为起义部队加入解放军。

面对这一复杂情况，军部一面迅速向有关方面调查这支部队的底细，一面要求敌四师撤离碉堡成群、工事坚固的汤山地区，等待命令。敌四师已转移孝陵卫一带，有种种不安全的迹象。

投鼠忌器，为了确保中山陵园的安全，解决这支部队必须智取。军部决定由我和三一三团政治处主任戴逸以军部派驻干部的身份，立即进入敌四师，以麻痹并稳住他们，同时摸清这支部队的真正面目。

出发前，我命令驻陵园一、二营加强对孝陵卫街方向的警戒，并增调一个加强班进驻美龄宫，居高临下，日夜监视敌四师的动静，以便一旦发生意外情况时紧急接应。

进入敌四师后，经与敌人多方周旋及深入调查，我们发现：这支部队并非如他们自己所标榜的那样是违抗国民党军命令“按兵不动”的“有功之臣”，而是一伙顽固与人民为敌的危险敌人。

我们以参加报告会为名，及时将情况向师部汇报。师部也正好摸清了情况，指示必须立即拔除这枚埋在南京城郊的定时炸弹！为了确保中山陵园及附近地区的安全，这将是一场特殊的战斗。

师党委制定了周密的战斗方案，决定把敌人调到江宁县城南的桥头村、横岭村一线，那里的地形对于我们围歼顽敌十分有利，而且远离中山陵地区，无损坏中山陵之虞。部署完毕后，宋献章政委又向我面授机宜，我们详细地研究了行动的具体时间和一切细节。

现场察看地形后，我立即赶回敌四师，传达军部指示，命令该部在指定期限移防桥头街一带。敌师长见我们几个干部并没有撤走，并准备随队出发，以为万无一失，便满口答应。

敌四师准时进入移防地区。按照预定部署，我师师部通知敌师长，要他们全师排以上军官到大祠堂开会，听宋献章政委讲话。敌师长事先到祠堂周围看看没有动静，便率领全师数百名军官到大祠堂参加会议。联络副官一直跟在我后边。我见敌师长和全体军官已去，便提出集合全体士兵讲话。副官见我们不过十几个干部，谅无大碍，便照令执行。

在横岭附近一块空旷的平地上，敌三个步兵团和师的直属队 3000 多人，一个个肩挂背包，手携武器，整队来到。我看时间已到，便站在一处高坡上下达口令："立正……枪放下……向后转……起步走……"等士兵离开武器 20 米左右，我高喊："立定……向后转…放下被包……坐下！"这实际上也是一声发起战斗的口令，隐蔽在四旁树林和农舍里的战士，猛虎出山似的冲了出来，手端机枪对准吓得发抖的国民党士兵。联络副官来不及反抗，已被我们逮捕。一阵骚乱平定之后，我大声地向敌士兵宣布："你们的师长拒不投降，已经被扣押了。上级决定暂编第四师解除武器，全体军官由一〇五师师部处理，士兵由所属各团接收，愿意参加解放军的，欢迎你们加入人民军队的行列。"说完，就由事先准备接收的干部分别把这些放下武器的士兵带走。

与此同时，祠堂内出现了另一幕惊险的场面，几百名敌军军官坐在一起，宋献章政委走到台前，庄严地宣布我军命令，开门见山地说："只有放下武器，无条件投降，才是你们唯一的出路！"祠堂内顿时乱成一团：有的目瞪口呆，有的议论纷纷，有的大声叫骂，煽动反抗……敌师长还没来得及拔出武器，窗口、门洞闪电似的伸出一挺挺机枪，埋伏在内厅的我师部警卫连战士齐声高喊："缴枪不杀！"敌军官见大势已去，只得乖乖地举手投降。就这样，没有一声枪响，这股3000多人的国民党残部被全部解决。上级的英明决策，确保了南京城郊的安全。使我们顺利完成了保卫中山陵及周围地区的任务。

（本文选自《纵横》，1994年第1期，原标题为《中共接管中山陵》）

曹锦[*]：接收“国民大会堂”的经过

南京一解放，“国民大会堂”即被入城部队（人民解放军三十五军）占领。5月1日，南京警备司令部成立，会堂驻军（一个连）归警备司令部管辖。

5月初“国民大会堂”由市军管会房地产管理处接收，原留守人员大部分遣散，留下少数人成立“看管组”。房地产管理处当时接收的房产数量太大，干部力量有限，因而未派专人去大会堂负责接管工作，大会堂内所存物资、档案等亦未清理、造册与点收。

6月10日，市委、市军管会向全市下达《关于管理公共房产之决定》，其中第6条明确规定：“富有历史意义或特殊建筑之房屋（如国民大会堂等）应予保存，不准任何机关、部队住用，尤不准随意搬用东西。”

秘书处接管大会堂

10月初，市委秘书处接管大会堂，成立管理处并派我去工作，对大会堂的留守人员、档案及物资状况，又逐一做了了解与清点接收。原“国民大会堂秘书处”下属的“国民大会堂事务组”有300余人，解放前夕随国民党逃离一部分，自动

* 作者时为南京市委秘书处人员。

散去一部分，解放初又遣散了一部分（去学习或还乡生产），剩下留守人员 12 人（职员 3 人、工友 9 人）。他们对大会堂的情况很熟悉。但他们的旧意识较重，受国民党宣传影响较多，对共产党的政策缺少了解，亦缺少为人民服务的思想。

大会堂采用中西合璧的建筑形式，楼高 3 层，会场开阔，走廊宽畅，灯光明亮柔和，设施齐全。台前悬挂着紫红色高级丝绒幕布，座位均为绒垫沙发。场内座位 3475 个，比当时上海最大的会场美琪电影院还多 200 个座位。

大会堂规模之大为全国仅有，有通风、冷暖气设备，为国内最新。但国民党政府撤退时有所破坏，许多设备接管时已不能使用。会场内每个座椅的椅背设有 3 个按钮，电线通入地下。整个会场地下埋有万余根电线，通向主席台两侧的电灯显示器。这是解放前搞的新花样——电钮表决器。因其安装质量问题，故障频频，检修困难，遂成为弃置之物。

清点时的意外发现

会堂后台东侧楼上，存有国民党遗留的部分档案资料，主要是“国民大会秘书处”“戡乱委员会秘书处”“立法委员会议秘书处”三个会议办事机构的档案资料，还有一些“国民大会筹备委员会”的档案资料，加上大批图书，塞满了三间房屋。

在清理中，发现有两件“国民大会筹备委员会”关于修缮扩建“国民大会堂”的呈文，上有蒋介石的批语。留用人员汤某曾在“国民政府典礼局”工作过，经他辨认，认定为蒋介石手迹，非陈布雷代笔。我将这些情况向市委秘书处做了汇报。

接收大会堂时，我发现了为蒋介石建造的“保命设施”。一处是建在大会堂西墙内的暗道，通到蒋介石专用休息室前的走道。这条暗道是专供蒋介石进出会场用的，仅容一人进出，内有电灯，平时锁闭，外人不知。另一处建在主席台后西侧蒋介石的专用休息室里。室内朝西的墙壁上有一个临街的大窗户，此堵墙上有一扇手摇的“防弹保险墙”，其形状颇似现在商店所用的卷帘门，但其面积较大且用优质钢材制成。显然这是为了防备刺客行刺蒋介石的保护设施。还有一处在蒋介石休息室的北面，此处有一个用钢筋制成的垂直转梯，必要时由转梯既可上到后台楼上，也可下到地下室。地下室很大，有厕所，也可从通道出会堂。

（本文选自《红日照钟山　南京解放初期史料专辑》，1999 年版，原标题为《解放初在南京人民大会堂工作的回忆》）

鲁平*：接管首都电厂的前前后后

保卫电厂迎解放

1949年2月，解放战争经过辽沈、淮海、平津三大战役后，国民党反动统治面临覆灭的境地。为进行垂死挣扎，国民党特务组织对首都电厂严密控制，扬言要炸毁电厂。我当时担任中共南京市委工委委员，分工负责公用事业系统电厂、水厂的地下工作。面对当时的严峻形势，我们考虑，电厂的几名党员都在新街口首都电厂总办事处营业大楼里上班，光保住营业大楼还是不行的，关键是要保住下关首都电厂发电所。

我们根据市委的部署采取了措施，给发电所的所有老师傅寄发了宣传材料，介绍了当前形势，提出了保护电厂的要求，并向以产业工会理事长身份出现的"中统"特务赵家成等人寄发了警告信。时隔不久，我感到单靠寄发宣传材料或警告信作用有限，要做好护厂工作，必须争取厂长陆法曾的支持。陆法曾是首都电厂的厂长兼总工程师，留美学习过，是全国电业界的权威人士。他事业心很强，有正义感，对国民党的一些做法是不满的。

---

* 作者时为中共南京市委工委委员。

正在这时，组织上由地下学委转来陆法曾的堂妹陆菊如（中共党员，中央大学学生，在解放区工作）写给陆法曾的亲笔信，信中提道："……介绍我的好朋友来看你，和你当面谈谈。"3月的一天，我拿着这封信，去新街口营业大楼找到陆法曾，把信交给他。他问我是从哪里来的？我说是从解放区来的，是共产党的代表。他一听感到既惊讶又害怕，向我示意他的办公室隔壁就有国民党特务，谈话不方便。我说："要是害怕国民党特务，我就不来了。听说你很有事业心，我们对你是了解的。"他一时没有说话，我又向他宣传了形势和党的政策，说明下关发电所很重要，希望厂长做好解放前夕的护厂工作，为人民立功。陆法曾听了这些后，说："我知道了。你到南京人地生疏，找人不便，这事以后你可以到下关发电所找我的堂弟陆佑曾商量，你的安全由我负责。"我当时有点怀疑他是在推托，便问："你堂弟能不能代表你？"他说："他陆佑曾说的话就是我要说的话。"这样，我又去找陆佑曾。

陆佑曾是下关发电所的工程师，他与我见面时态度很好。他知道我是陆法曾介绍来的，又是陆菊如的好朋友，待我若上宾。之后我每个星期约见陆佑曾一次，商谈护厂组织工作。我们通过陆佑曾组织护厂，成立了护厂纠察队，把队员家属都接到发电所里住，并储备了半个月的柴、米、油、菜等，还成立了一个"应变会"。

4月初，蒋介石把首都电厂交给资源委员会管理（电厂原属建设委员会），电厂的厂长换成了资源委员会的资方代理人韩德举，此人是韩德勤的弟弟。这给我们的工作造成了意想不到的困难。于是，我就加紧做陆佑曾的工作，组织工人进行护厂巡逻，加强戒备，以防敌特分子破坏电厂。后来据陆佑曾说，国民党特务是准备炸掉电厂的，因职工进行了有效的护厂工作，敌人的阴谋没有得逞。

4月中旬，国民党军政机构已在迁移，银行对首都电厂的资金实行冻结，厂里燃料无存。当时，敌人封锁了下关江面，燃煤运输中断。为了保护好电厂，维持发电，迎接解放，工人们不顾家里经济拮据，缺吃少用，自发地筹集资金，每人捐献两块银圆，向三汊河私商购买200多吨煤炭，渡过了断煤停电的难关。由于电厂职工全力护厂，南京解放时，电厂没有停一分钟的电。

4 月 23 日夜晚，电厂工人驾驶着“京电”号煤轮，在解放军侦察员的引导下，运送解放大军胜利渡江。至此，南京解放，结束了国民党的反动统治。

顺利接管旧企业

1949 年 4 月 28 日，南京市军事管制委员会成立。5 月 1 日，接管工作全面开始。5 月 3 日，市军管会委任我为军事代表，陶健生为副军事代表，负责接管首都电厂的工作。我们率领 20 余人进驻首都电厂，我当时就住在新街口首都电厂总办事处内办公。陶健生带了 10 余人进驻下关发电所，市军管会还派了一个连担负电厂的保卫任务。我们所到之处，均受到电厂广大职工的热烈欢迎。

市军管会对接管首都电厂极为重视，专门制定法令，提出要求，规定电厂职工要服从接管，安定情绪，保护所有设备，坚守生产岗位，确保发、供电。我们接管电厂的主要任务是：接收清点，发动群众，整顿组织，防空护厂，维持治安，恢复生产。

接管开始阶段，我们有针对性地对电厂职工进行形势政治教育，使职工群众了解工人阶级和共产党与人民政府的关系，认识工人阶级在恢复国民经济、巩固人民民主政权中所处的地位和作用，了解党在城市工作中的各项政策，还向职工群众宣传国民党官僚企业已被人民政府没收，即归人民所有，工人阶级成了工厂的主人，也是国家的主人。我们召开职工大会，宣布电厂组织机构维持原状，人员待遇保持原职原薪，以稳定人心。

接管期间，首都电厂厂方按照我们宣布的接管办法，派出副总工程师张兰阁、下关发电所所长杨安定、电业处处长戴绍曾、秘书朱寅亮、会计课课长杨宝绂等 5 名代表负责办理文书档案、发电设备、输配电线路设施、房屋家具、车辆器材、文具杂物、图表书籍、工具仪表、已领未用材料以及会计报表等的移交。不少职工以主人翁精神，主动用业余时间参加全厂设备、资产和各种物资的清点、登记，积极协助我们完成了清查资产的任务。至此，我代表市军管会在移交清册上签了字。

由于我们和职工群众的共同努力，顺利地接管了电厂。5月18日，首都电厂更名为南京电厂，厂长由韩德举继任。

捍卫“光明”反轰炸

南京解放之初，国民党反动派不甘心自己的失败，下令盘踞在浙江定海的空军，对南京实施轰炸。自1949年4月28日至1950年2月28日，国民党先后7次出动22架次飞机，进入南京上空，以下关地区的电厂、车站、码头等为主要轰炸目标。下关发电所多次被炸，厂房、设备遭受重大损失，1名战士和3名工人牺牲，20多名工人受伤。

1949年7月19日12时，国民党空军5架飞机轰炸下关地区，其中3架对电厂投弹10余枚，1枚直接命中1号及2号汽轮机间的墙壁上，1号机被弹片击中，透平油起火燃烧。敌机还在上空盘旋，驻厂部队战士和职工立即奔赴1号机灭火，清理现场，抢修设备，表现了英勇无畏的护厂精神。这次轰炸，使厂房、设备多处受损，1名解放军战士牺牲，数名工人受伤。

当天下午，我赶到下关发电所，召开紧急会议，传达市军管会主任、市长刘伯承的指示，将受伤工人急送鼓楼医院治疗，表扬了发电所职工在反轰炸中表现出的革命英雄主义精神，勉励职工抢修设备，及早发电。经过大家的努力，当晚7时，3号机和1台2000千瓦机组恢复发电，保证了对南京市的供电。我们和电厂领导发动驻厂部队和全厂职工及家属共800余人，不分昼夜地在重要设备四周堆放了1.2万个沙袋，以防弹片冲击。

在反轰炸斗争中，由于电厂全体职工的共同努力，坚守生产岗位，抢修设备保证发电，为保障南京地区的工农业生产和人民生活用电做出了贡献，受到党和人民政府的高度赞扬。1949年8月2日，市人民政府和市总工会筹备会举行盛大庆祝会，市领导表彰了南京电厂职工在反轰炸斗争中做出的功绩。1950 年 4 月，中央燃料工业部在北京召开第一次全国电业会议，陈郁部长颁发嘉奖令，内称：南京电厂下关发电所在反轰炸斗争中所取得的成绩，“堪为全国电业的模范”。

民主改革气象新

解放初期，我们根据市军管会的指示，为迅速恢复和发展电力生产，决定在南京电厂从清理非法组织入手，进行内部整顿，通过改造旧企业来解放生产力。我们采取发动群众与运用政权力量相结合的方式，自 1949 年 7 月起，逐步展开企业民主改革运动。首先对全厂职工进行形势、政策的宣传教育，提高职工的阶级觉悟，树立当家做主的思想。在此基础上，依靠职工中的骨干力量，发动职工开展“防奸护厂”活动和对电厂内部的清查工作，协助公安部门依法逮捕“中统”特务 8 名，取缔“三民主义青年团”在电厂的组织，解散由“中统”特务控制的产业工会及“青帮”“洪帮”等封建帮会。

同年 7 月，针对旧企业遗留下来的机构臃肿、人浮于事、管理混乱、效率低劣等弊病，制订了南京电厂组织机构与整编方案。我们还专门请南京市建设局局长万金培对全厂职工进行机构整编和增产节约动员。随后我们在厂内开展民主改革，发动群众，树立新的劳动观念；建立和健全劳动纪律和管理制度；对解放前有严重贪污劣迹及少数劳动态度极坏的（包括解放前拿薪不做事者）职员和工人，实行调离或开除出厂处罚；调整和合并一些不必要的机构；整编中对 144 名编余人员（职员 44 人，工人 100 人）都做了妥善安置；在人事制度上将领班制改为班长制。整编工作于当年 11 月结束。通过整编，全厂职工受到了教育，深感新社会政治上翻了身，生活上有保障，从而激发了大家恢复生产、努力工作的积极性。

1950 年春，南京电厂为照顾临时工的生活和劳动权益，结合实际情况，除历史不清、政治面目不纯者予以解雇外，将进厂多年、生产上需要、符合条件的 50 余名临时工转为正式工。

1950年6月24日，中央燃料工业部电业管理总局决定，南京电厂更名为南京下关发电厂。我们对厂内的行政机构进行改组，从工人中提拔了17名干部和工程技术人员，加强管理部门和分厂工作。开始推行生产区域制和分厂负责制及交接班制等制度，财务上建立成本分析和经济核算制，实行消耗、材料、费用三定管理。

通过企业的民主改革，纯洁了职工队伍，彻底摧毁了企业内部的封建残余势力，革除了旧企业遗留下来的一切压迫工人的旧制度，逐步建立起一些新制度，使工人群众亲身感受到自己成了企业的主人。广大职工热情称赞民主改革是“第二次翻身”。

（本文选自《红日照钟山　南京解放初期史料专辑》，1999年版）

李元[*]：重建紫金山天文台

紫金山天文台是我国第一座现代天文台，她继承了中国古代天文学光辉的业绩，成为中国现代天文学的摇篮。南京的解放，标志了紫金山天文台的新生，揭开了中国现代天文学新篇章。现就我当年的经历做一回忆。

历经战乱，紫台已满目疮痍

1928年，前中央研究院天文研究所成立后，就筹建紫金山天文台（简称“紫台”），到1934年9月建成。主要建立了装有当时远东最大的600毫米蔡司反射望远镜的大赤道仪室、200毫米蔡司折射望远镜的赤道仪室、135毫米子午仪的子午仪室、100毫米罗氏变星仪的变星仪室，此外还配备有海尔太阳分光仪和从北京观象台迁来的古代天文仪器浑仪、简仪、圭表、漏壶、小天体仪、小地平经纬仪以及附属建筑等。此时所台合一，在紫金山上办公和开展研究，以后创出一些研究成果，但历经战乱动迁，到解放前夕，紫台已是满目疮痍。

1948年底，淮海战役打响，南京国民党政府摇摇欲坠，拟将中央研究院迁往台湾。天文研究所所长张钰哲与所有员工坚决抵制。大家经过商议，决定所有仪

---

* 作者时为紫金山天文台工作人员。

器都原地不动，只将其贵重部分拆卸装箱，封好后置于子午仪室的地下室内，而部分图书资料则随一些员工于1949年初暂迁上海，作为应付。南京由陈遵妫、陈彪、沈晓青等人留守。

军管会接管，旧紫台迎来新气象

1949年4月23日夜，人民解放军占领了南京。次日，解放军部队控制了紫金山这一南京地区的制高点，并将紫台作为重点单位保护起来。

几天之后，留守紫台的员工向南京市军管会请示，希望能尽快恢复工作。获得批准后，他们将天文仪器开箱装竣，擦洗一新，开始了观测研究活动。5月27日上海解放，不久陈彪即赴上海，向进驻中央研究院（上海部分）军代表李亚农和张钰哲介绍了南京解放后的情况，汇报了紫台的情况，大家都很兴奋，对今后开展天文工作充满希望。

1949年5月7日，南京市军管会文教接管委员会派军代表赵卓来到中央研究院进行接管工作。17日，在研究院的部分人员中推选接管工作组组员候选人。18日，在天文研究所留守人员都参加的全院员工大会上，赵卓宣布成立中央研究院接管工作组。工作组由文教接管委员会驻院助理员田一民、联络员郭勋和吕建华以及中央研究院员工代表共7人组成，下设组织、宣传、清点、检查、秘书5个股。

19日，工作组决定建立4个工作分组，具体负责中央研究院的社会所、地质所、历史语言所、总办事处、天文所、气象所、数学所、物理所等各单位的接管工作。这一天，接管工作组号召中央研究院员工们自愿报名参加军管后的研究院工作。结果研究院留京的107人全部报名参加，经接管工作组和分组负责人联席会议决定，将全部人员按单位分编为18个小组，其中天文所为第15小组，属于第4工作分组领导。当时，南京市军管会文教接管委员会派来的15名同志，分别加入了工作组、分组和小组，领导接管工作。

在工作组的领导下，首先开展了树立新思想、新观念、新作风的工作。从旧社会过来的知识分子，大部分人对新社会具有强烈的新鲜感，亟待施展抱负。但由于认识不足，还不能马上适应新的工作，也有的人思想陈旧，处于随遇而安的状况。工作组的同志多次召开座谈会，并进行个别交谈，做知识分子的思想教育工作，帮助他们树立起主人翁的思想。

从 5 月 21 日起，天文所的留守人员按照计划和要求，以高涨的热情开始了资产清点工作。在两天的时间里，将所里 6 幢楼房和附属平房内的水电设备、家具、器皿、图书、药品以及 135 件天文仪器等全部复查并登记造册，随即将资产清册上报接管工作组，得到了上级的表扬。工作中，大家破除了过去存在的职位、身份、等级和门户观念，一起动手，相互配合，洋溢着团结和谐的气氛，同时也全面了解了所里的资产情况。

到 7 月上旬，中央研究院的资产清点工作告一段落。7 月 9 日，在全院员工大会上，赵卓做了总结。他强调，接管工作一方面是“接”，即是政治上的革命；另一方面是“管”，就是在政治革命的基础上进行业务革命。

接着，他宣布成立中央研究院管理工作组，在军代表的领导下，监督和管理经费的开支和物资的动用，研究如何进行科学化、合理化的行政管理，推动各项业务工作的开展，建立起新的规章制度，培养有朝气和认真负责的工作作风。

7 月 15 日，以 4 个接管工作分组为单位，推出候选人 12 名，由军代表聘请其中的 6 名，加上军事代表联络员，共计 7 名，正式成立管理工作组，下设总务、学习和业务研究 3 个股开展工作，全研究院的工作开始走上了正轨。

到 9 月份，天文所的迁沪人员陆续回宁，他们面对一派欣欣向荣的景象非常激动，积极投入到建设新紫台的工作中去。

1949 年 10 月 1 日下午，当北京天安门广场举行开国大典的庄严时刻，所里的全体成员齐集在紫金山天文所的大平台上，以激动的心情收听广播电台传来的声音，在雄壮的《义勇军进行曲》旋律中，大家怀着无比激动和自豪的心情，举目注视着冉冉升起的五星红旗。这面在南京最高点飘扬的五星红旗，充分表达了大家对新中国的热爱之情。

各级领导对紫台的建设非常关心。我清楚地记得，陈毅同志曾多次上山，看望驻守在这里的部队和台里的同志。他每次都是晚饭后来，与大家轻松愉快地交谈，鼓励大家搞好工作，然后由值班的同志陪同，用天文望远镜观测夜空，虚心请教天文知识，给我们留下了深刻的印象。

当时，天文工作面临的一个大问题就是修复和添置仪器，如那台600毫米的反射望远镜已损坏多年，一直无法修复。一次当陈毅同志到来时，台领导向他做了汇报，想请上海的技术人员协助修复。在陈毅同志的关心下，不久，上海就派来了几位工程师进行修理。这一段时间，经特别批准，紫台还购置了电动计算机和属于军用管制物资的短波收报机以及蔡司100毫米中心仪、坐标量度仪等设备。这些仪器价格都比较昂贵，在当时国家经济状况并未好转的情况下，购进这些设备，充分说明上级领导对紫台的关心和支持，为紫台的发展创造了非常好的条件。

新生的紫台在军代表和工作组的支持下，开展了许多工作，例如全面大规模的太阳黑子观测、变星观测、天体摄影以及修复天文钟、编制民用历书和天文年历等。

1949年底，在南京召开了中国天文学会会议，交流研究成果，探讨研究方向，会上还成立了大众天文社。根据军管会的指示，在人民群众中开展科普教育。因此编辑出版了《大众天文》月刊。

此外，还利用周末和周日时间开放紫台，宣传天文科学知识，破除迷信。这一举动得到了社会各界的好评，也为新中国的经济建设贡献了一份力量。

（本文选自《红日照钟山　南京解放初期史料专辑》，1999年版，原标题为《钟山风雨话紫台》）

张亚平*：我参与筹建了南京邮政局

接管邮电系统

淮海战役结束不久，在“打过长江去，活捉蒋介石”的口号声中，解放大军饮马长江，各路接管队伍在此期间先后组成。

接管邮电系统的队伍由当时山东战时邮局和苏皖边区交通局的干部组成，有160多人（我是其中之一），驻扎在安徽淮远县境内进行集训，学习有关党的城市政策、入城纪律、守则等，随时待命。1949年4月20日，国共谈判破裂，党中央、毛主席命令解放大军渡江作战。不久，接管邮电系统的队伍按预定部署兵分三路，一路去上海，一路到杭州，一路来南京。

我们来南京的这支队伍跟随大军行动，于4月25日由浦口渡江。当天驻在中山北路萨家湾国民党政府交通部大楼（今解放军南京政治学院内），次日移驻原交通部长俞大维的公馆——南祖师庵3、5、7号三座二层小楼里。那里人去楼空，遍地狼藉。两三天后，经清理、打扫，南京市军管会交通接管委员会下设的邮电部即在此办公。

* 作者时为南京邮政局局长。

交通接管委员会邮电部负责接管邮政、电讯及电话局等机构，部长为李雪枫（山东战时邮局处长），副部长为叶云章（二野通信处处长）。邮电部下设一个大办公室（对外称秘书科，我任科长），辖秘书、人事、财务、总务等股，负责邮电部的日常工作和机关事务。邮电部派出几位军代表，负责接管电信和邮政。

接管邮政的军代表是于淳，助理军代表有李厚林、吴志敏、李光荣等人，联络员有汪光之、李刚智、孔庆华等人。4 月 30 日，军代表进驻江苏邮政管理局，与国民党溃退时任命的代理局长王良骏等人开始办理交接，着手清理工作（包括人员、文书、档案、财务、票证、房产、物资、交通运输工具，等等）。由于接管政策英明（四个照旧：原职、原薪、原机构、原管理制度），人心安定；邮局地下党组织发动群众护局工作做得好，财物未被转移，秩序未乱；大势所趋，人心所向，这三个原因，留用人员积极配合，接管工作比较顺利，而且很快恢复日常工作，保证了邮政通信业务的正常进行。6 月 8 日军代表接收完毕。接管后，江苏邮政管理局的组织机构基本未变，设有人事、财务、本地、内地、总务等股和一个视察室。

邮政军事管制工作于 7 月底结束。8 月 1 日，成立江苏省邮政管理局（1949 年 11 月奉华东邮政总局的命令改称为“江苏邮政管理局”），李雪枫（原南京市军管会邮电部部长）任局长，禹光（原苏北邮政管理局局长）任第一副局长，王良骏（留用）任第二副局长，我任人事科科长。邮政管理局仍驻在中山北路 301 号原中华邮政旧址（今江苏省邮政管理局仍在原址办公，虽已盖了新办公楼，但旧楼仍在）。

组建南京邮政局

南京解放时，还没有市一级邮政管理机构，市内邮政业务和市内各邮政支局（所），由江苏邮政管理局本地股（后改科）管理。接管以后，本地科的科长为张祖增（留用人员，原江苏邮政管理局本地股股长），副科长为李光荣（接管干部）。

1950 年春，华东邮政总局指示江苏邮政管理局：管理局与现业局应该分设，成立南京邮政局。华东邮政总局责成以我为主负责组建工作。

大约在 1950 年 3 月，江苏邮政管理局正式宣布筹建南京邮政局，由我和张祖增、赵广昌（江苏邮政管理局视察员，原地下党员）负责组建事宜。鉴于国家正处在经济恢复时期，百废待兴，一切从勤俭节约考虑，当时规定了“三不”原则：不增加编制，人员从江苏邮政管理局中调配；不增添设备，从江苏邮政管理局的设备中调剂；不新建房屋，国家不投资，我们也建不起。筹建工作虽然头绪很多，但主要有三个方面。

领导班子，由江苏邮政管理局提名，报请华东邮政总局批准，中央邮电部任命。

机构设置和人员编制，由江苏邮政管理局议定，人员亦由管理局调配。筹建中的南京邮政局当时设有办公室（主任赵广昌）、人事科（科长杨德宏）、财务科（科长李以恭）、业务科（科长戈福茂）、发行科（科长张洪波）等科室。

人员组成，业务科由江苏邮政管理局本地科全部人员划过来，办公室、人事科、财务科人员从管理局相关部门抽调。由于遴选的一些人员都是精兵强将，管理局各科开始均有难色，管理局局长李雪枫等领导给予了大力支持，局里各科（处）室也都发扬了风格，踊跃输送工作骨干。发行科是由新华日报社发行科原班人马划过来的，家具设备均由管理局调配，抽调的人员均带着自己原来使用的办公桌椅和办公用品一同过来。这些工作虽同有关方面多次协商，但总的说来还是比较顺利的。

选定局办公地址，颇费了一番周折。原来选择新街口附近的中山南路 148 号——原邮政储金汇业总局南京分局城南办事处大楼（一楼有一个很大的营业大厅，此楼现已拆除）。南京解放时，邮汇局作为金融单位由市军管会财经接管委员会金融部接管，房产交给了人民银行，后经政务院审定，原邮汇局属邮政总局管理，此楼为邮电系统财产，应归还邮政部门，但人民银行（今中国银行）进驻已一年多，让出来确有困难。

几经协商，他们愿以中山路 19 号原宋子文的国货银行大楼作为交换。此处的办公条件远比邮汇局南京分局城南办事处大楼要差，虽经多次交涉，考虑到银行搬让困难太大，为照顾大局，我们发扬风格，接受了交换条件。

1950 年 12 月 1 日，南京邮政局正式成立，我任局长，张祖增任副局长，办公地址就设在中山路 19 号。中央邮电部颁发的局印为：邮电部南京邮政局。

回忆起来，当时南京邮政局的筹建工作虽说以我为主，但我原是在敌后送鸡毛信的战士，进入城市后对现代邮政业务知之甚少，加之当时我还兼顾江苏邮政管理局人事科的工作，所以大量的工作实际上是赵广昌同志在做，他为南京邮政局的建立和发展付出了辛勤劳动。广昌同志虽已作古，但他的革命精神常在。忆往昔，思故人，倍增怀念之情！

（本文选自《红日照钟山　南京解放初期史料专辑》，1999 年版，原标题为《接管邮政与组建南京邮政局》）

周家让*：降服“野马”——回忆南京解放初期金融工作

当解放大军胜利渡江的炮声隆隆作响的时候，在南京城内，我同所有老百姓一样，沉浸在欢欣鼓舞之中。

1949 年 4 月 24 日凌晨，我在位于南京新街口的邮政储金汇业总局（简称邮汇局）大楼顶层的单身宿舍里，亲眼看到进入市中心的解放大军英姿。古城南京从此获得了新生。

地下党提供资财清册

南京解放前，我所在的邮汇局是国民党政府掌握的金融主脑机构之一，属官僚资本，同中央银行、中国银行、交通银行、中国农民银行、中央信托局、中央合作金库，统称“四行二局一库”。我于 1946 年 9 月进入邮汇局保险处任科员，由于出身贫寒，经历了旧社会的种种苦难，目睹反动统治的倒行逆施，因此较快地接受了革命思想。我先是参加邮汇局中共的地下外围组织和各种进步活动，经过几年的实际斗争考验，于 1948 年被批准加入中国共产党。

---

* 作者时为邮政储金汇业总局保险处科员。

南京解放后不久，市军管会交通接管委员会邮电部派军代表于淳率员进驻邮汇局。没过几天，因邮汇局及其下属机构均系办理金融业务属银行性质，经市军管会协调，划归财经接管委员会金融部负责接管。我作为负责人之一参加了邮汇局的接管工作。

南京解放前夕，国民党政府机构及人员大批撤离南京，邮汇局也在其中。但无论哪个机构或单位总有一部分不愿跟着跑而要求留下的员工。邮汇局由局方批准公开成立了“邮汇局南京留守办事处”，负责清理和保管局里的资产财物以及分散在市内各处的房地产，说是准备国民党再回来时原物移交，我借机留了下来。当时的局长谷春藩及各主要头目已撤离到上海去了，局长办公室成了留守处办公室。

局方绝对不会想到，他们指定的留守处负责人——邮汇局经济研究室主任孔繁衍（孔罗荪，解放后任南京市“中苏友好协会”秘书长，后调上海市文联担任领导工作）以及留守处的几个科员、办事员（我是其中之一），竟都是中共党员。我们正是利用留守处这个公开合法的机构，开展了迎接解放的许多革命活动。

留守处的几名工作人员，对局里的一切资财以及人员情况，公开进行调查清理登记。南京解放后，我们把原来调查登记的各项表册仅仅改动了一下封面标题，就变成接管时的一份完整的资财移交清册。因此，我们的接管工作非常迅速和顺利，没有出现隐藏资财及其他意外情况，局里的业务工作也很快就转入人民银行的工作轨道。

兑换群众手中的“金圆券”

1949 年 5 月 2 日，中国人民银行南京分行（简称市人民银行）成立并对外营业。原来的“四行二局一库”员工全部留职，成为人民银行的职工。办公机构先是设在中山北路 2 号原中央银行南京分行旧址（今鼓楼食品商场），同年 9 月，迁到新街口原邮汇局旧址。当时我任行长秘书，办理行长交办的事项并处理日常事务。

市人民银行建立后，按照“发展胜利，巩固胜利”的总要求，积极贯彻人民政府提出的“发展生产，繁荣经济，公私兼顾，劳资两利”方针，开展各项业务，工作十分繁忙。我记得开门后的第一项业务就是向市民通告：收兑国民党政府发行的货币“金圆券”。“金圆券”是国民党政府在内外交困的情况下，于 1948 年 8 月 19 日开始发行的新钞票，原来发行的“法币”被收回作废。国民党政府规定：“法币” 300 万元兑换“金圆券” 1 元，同时强制收兑民间金银外币，规定纯金 1 市两兑换“金圆券” 200 元，纯银 1 市两兑换“金圆券” 3 元，银币 1 枚兑换“金圆券” 2 元，美钞 1 元兑换“金圆券” 4 元。老百姓私藏金银外币，一经查出，除没收外，还要严加追究。国民党政府还煞有介事地宣布“金圆券”含金量为 0.22217 克，把小数点以后的 5 位数都“计算”出来了，以此蒙骗老百姓。实际上，发行“金圆券”不过是反动政府借机搜刮民脂民膏的一场大骗局。“金圆券”既无物资做保证，更无充足的黄金做后盾，且发行毫无限制。结果不到 10 个月，发行额已达 130 多万亿元，超过定额 6.5 万倍，于是币值猛跌，物价暴涨。到南京解放前夕，同 1948 年 8 月 19 日的价格相比，此时黄金上涨了 225 万倍，银圆上涨 175 万倍，大米上涨 142 万倍，物价有如大江溃堤，一发不可收拾。

南京刚解放，老百姓议论的一个热门话题，就是“金圆券”还能不能用？有的人说：“我家还有一些‘金圆券’，现在国民党政府拍屁股走了，这不坑了我们老百姓吗！”当时南京街头还传出流言，说人民政府不可能承认“金圆券”，“金圆券”只能当手纸用了。一时间，议论纷纷，人心惶惶。

1949 年 5 月 2 日，市人民银行开业后，各下属分支机构第一项业务就是按一定比例收兑“金圆券”，每日由市人民银行公布牌价兑换人民币。为了照顾工人、学生及公教人员，还可凭证明集体造册兑换“金圆券”。市民们看了布告，奔走相告，无不喜笑颜开。当时，我在银行的营业厅里，亲眼看到众多市民拿着成包成袋的“金圆券”在柜台前排队兑换，个个喜形于色。市民们说：“国民党发出的钞票，共产党来收兑，这是哪个朝代也没有的事。这不明摆着是为了我们老百姓嘛！”据市人民银行统计：自收兑日开始到结束日为止，共兑收“金圆券”876亿余元，兑出人民币1298万余元。

随后，市人民银行又着手清理抗战前直至解放前在旧银行的存款账目，凡未取款和结清的存款，一年一年、一笔一笔地加以清理核对，参照各个时期的物价指数，将存款分阶段、按比例以人民币支付给存款人。人们原以为变成废纸的存款单，如今竟死而复生变成钱了，无不喜出望外，感动得连声称赞人民政府：“德政！德政！”

金融史上的新举措——折实储蓄

南京解放初期，由于诸多因素，物价波动较大，米、油、布、煤的价格日有上涨。人民政府为了稳定群众生活，决定从1949年6月20日起，由市人民银行举办一种我国金融史上从未有过的新型储蓄业务，取名折实储蓄。这种折实储蓄的计算单位，由中熟米1斤、12磅龙头布1尺、豆油1两、统煤1斤4种商品的单价加起来之和，以市场价格为准，即为1个折实单位。储户按每天的折实单位牌价（由市人民银行每日在报上公布），以人民币折算成为折实单位存入银行。如物价上涨，折实单位的牌价也就相应提高，储户取款时，即按当日的折实单位牌价，从银行取出人民币，不会因物价上涨而受到损失；存定期的还可得折实利息。作为折实储蓄计算单位的这4种商品都是老百姓日常必需的生活资料，其价格在当时是颇有物价代表性的，如此存取款，储户毫不吃亏。市人民银行开办这种折实储蓄，大受老百姓的欢迎。市民们笑着说，人民银行想出的办法真好，有钱存折实储蓄保险，没有必要去黑市买“大头”（银圆）了。在新街口银行营业柜台前，存取折实储蓄的市民常常排起长队。

我手头有一份当时的资料，从中可以看出：1949年6月21日，用人民币287元折合成1个折实单位存入银行，到6月26日，从银行取出1个折实单位，可折合取出人民币311元，较之原来的287元，增加24元。折实储蓄在当时对稳定人民生活和维护社会秩序，的确起到了良好的作用。直到 1950 年 11 月 20 日，南京物价基本稳定，折实储蓄已经完成了它的历史使命，市人民银行才宣布停办此项业务。

给“野马”套上笼头

南京解放前夕，城里的金银美钞黑市交易大白天就在街上公开进行，国民党当局已无法控制。新街口、三山街、建康路、山西路、热河路等处，马路上的黑市交易整天人头攒动，买卖声喊成一片。南京解放初期，市场上的“大头”（银圆）、美钞、黄金黑市仍十分猖獗，贩子们兴风作浪，扰乱金融秩序，投机商人乘机哄抬物价，囤积居奇，造成市场混乱。

市人民银行建立后，即发布公告，办理收兑金银外币业务，收兑价格逐日挂牌公布。市军管会同时发出布告，禁止银圆流通、买卖；所有银圆贩子应立即转向正当营业，短期内，准予向人民银行登记，凭证可在指定地点交易，交易活动由人民银行派员监督。

此时，市人民银行拿出一大笔资金收购“大头”、黄金、美钞，以铲除这个破坏正常金融秩序、影响物价的祸根，同兴风作浪的投机商展开针锋相对的斗争。我和另外两位同志一组，在市军管会金融贸易部的安排下，乔装成西装革履的商人，在新街口、三山街等处，以“大亨”姿态出现，用人民币“吃进”大批“大头”、黄金、美钞。“我有的是钞票，你抛多少，我收多少，看你能有多少货色抛出来”，几个回合下来，收效显著。

市人民银行还派出 60 名干部，会同市公安局的同志，通过宣传教育，采取行政手段和法律惩罚等有力措施，进行全市性反金银黑市买卖斗争。没多久，新街口、三山街、建康路、山西路、热河路等处的黑市交易果然没有了，老百姓手里的“大头”、美钞等，都按正常渠道换成人民币，金融市场的运作逐步进入正常轨道。

解放前，南京老百姓称当时的物价为“脱缰的野马”，有句口头禅：“今天野马跑到哪里去了？”真是谈虎色变。解放后，经济在逐步恢复，由于党的政策得到认真贯彻执行，金融秩序日益好转，经过各方面的努力，没有多久，这只国民党政府无法驯服的“野马”，终于在共产党手里被降服了。

（本文选自《城市接管亲历记》，中国文史出版社1999年版，原标题为《降服“野马”——忆解放初期南京的金融工作》）

魏文华*:《中央日报》终刊前后

《中央日报》的最后宣言

1949年4月24日《中央日报》最后一期上，该社员工于头版社论位置发表了一篇《我们的声明与希望》:

> 今天，南京局势已经根本改变或者正在改变中。于此，我们向南京的亲爱读者们，简略地声明我们的态度与希望。
>
> 首先我们要声明的，就是我们今天的《中央日报》只是一张牌子而已。实际上，我们的内部组织与境况，早自去年徐蚌会战快要结束时，便有了巨大的改变。元旦前后，南京第一次大疏散的旋风时，社里贵重的机器、生财以及巨额的资产完全被运到台湾，此中真正“有办法或者有点害怕的人”已经全部撤退到台湾去了。此时《中央日报》所留下的，是一批破铜滥（烂）铁所凑拼起来的“老鸦机器”，是一群没有“美金”没有“大头”（银圆），没有路好走的低级人员与技工，社中所能控制的活动资金几乎连一文也没

* 作者时为《中央日报》社会新闻版编辑。

有，国民党中宣部一文津贴也没有寄来。此时全社职工，在极其恶劣的艰难环境中咬住牙关自力更生支撑下来，大家把广告收入与营业收入，每五天一期予以平分，因为物价暴涨，广告与营业收入相对地锐减，职工每天还拿不到二毛大头（银圆）。

2月中旬，局势平静了，台湾方面派李主任荆荪飞京来社主持、指导与监督，到本月初，李主任因局势将突变，乃于九日夜赴沪转台。自此，我们的报社便像一个孤儿，靠社中同人的合力工作，在南京城艰苦地支撑……

至此，全社180余位同人，唯一的信念，便是：为南京人民服务，以《中央日报》报道市民所想知所爱知的新闻。

现在，南京城内的军警宪在一夜之间，悄悄地偷偷地撤走了，偌大的一座金陵古城形成一座死城，而今天，全市陷在火海、枪弹、抢劫与混乱中。雄伟壮丽的下关车站被连石基炸毁，许多艘轮渡船只火光烛天，飞机场弹药库的爆炸声撼地，救火车嘶鸣市上，若干善良百姓死于非命。我们不禁热泪横流。美丽的南京城，陷在悲惨的号泣中。那些平时大言不惭的人们仓皇地逃跑了，对于这批高官飞将的行为，我们大惑不解，想来南京人民更其不解。人民是无辜的，而相反的，人民都（却）饱尝了这些苦头。

我们的报纸，从今天起，完全是为人民服务的报纸。我们的全部生财，也都完整地保存着。我们的职工都手无寸铁地巴眼望着秩序的恢复。我们的资产（包括动产、不动产与劳力），绝不会隐匿丝毫，我们的职工一个也不准备逃避。本报是南京人民栽培起来的，并由南京人民喂养长大，在此新旧交替的过程中，只要事实与情况允许，我们仍将奉献我们的精力，为南京人民服务，能服务一天我们便服务一天，能服务一周我们便服务一周。我们绝不退缩，也不推诿……

我们对南京人民希望的有几点：第一，际此时会，正是青黄不接的时候，我们要群策群力拥护维持治安的机构，爱护公物，爱护国家财产，任何个人私自或聚众打劫商店、抢占公物、毁灭公私设备，都是公众的敌人，应该受到必要的惩罚；第二，任何人的公私恩怨，也必须静待将来合理的处理，此时此刻，如有任何人擅自乘势分辨恩怨，徒然引起秩序的更加混乱，这也不是真正善良人民所应取的；第三，我们希望扶老携幼的流亡集团，立即停止流亡，赶快回到自己的家庭去，“在家千般好，外出半日难”的古训，实在可以发人深省。

总之，今日的中央日报，是南京市民的报纸，希望各位父老支持、指导！

以上声明揭露国民党高层的贪残，表明《中央日报》职工追求光明的决心，大概是当时南京所有官方报纸甚至连私营报纸在内唯一的一家，而这正是在中共南京地下党领导下发生的。

中共地下党打入报社内部

《中央日报》作为国民党的重要喉舌，政治控制异常严格，内部的进步力量相当薄弱，直到国民党溃逃台湾前，只有李廉一名中共秘密党员。李廉自中央政治大学毕业后进入报社担任记者，1949 年初报社要员们出逃后，他被任命为留守南京继续出报的采访部主任。李廉乘《中央日报》奉命照常出版但采编人员接近空虚的时机，请求中共南京地下党调人员进来，充实报社的进步力量，准备占领这块重要的舆论阵地。1 月，中央政治大学毕业的邵燕平（邵平）、左克恭（左克）等进步青年被安排进采访部当记者，使采访部基本上由地下党控制。2 月初，我由地下党新闻分委推荐到编辑部任社会新闻版编辑。《中央日报》的进步力量不断得到增强。

中共南京市委派文委书记王明远领导报社的地下活动。起先的主要任务是，利用《中央日报》的特殊条件，收集整理国民党上层活动的情报；后来随着形势的发展，又注重团结报社员工，护社护厂，为将来利用现存设备出版人民的报纸奠定基础，准备条件。

这时候，尽管《中央日报》上层逃离时带走了几乎所有的资财，留下的印刷机器十分陈旧，职工工资完全靠微薄的广告收入维持，由于职工生计与报社的生产设备紧密相连，职工们很容易接受地下党的护社护厂宣传。只有少数人不明白共产党的政策，担心身在国民党中央党报工作，解放后会丢掉饭碗，甚至被抓捕坐牢。

针对少数人的顾虑和关心的问题，地下党含蓄而又仔细地解释党的政策，谨慎而又耐心地做思想工作。编辑部值夜班时，我在排字房看发稿清样，听到有人议论："共产党来了，我们会不会被解雇丢饭碗，会不会坐牢？"也有人试探我的身份。我既不暴露自己，也不隐讳对时局的看法，用小职员的身份称"未当大官，不怕变天"，以传小道消息的口吻转述解放区尊重保护技工和小职员的"见闻"，并说"农民要有耕地，工人保护好机器才可谋生"，要大家合力保护好机器设备就是保住眼前的饭碗。讲这些与他们有切身利害关系的话，容易打动人心。李廉、邵平等也寻机在职工当中交朋友、讲政策，消除人们的疑虑，发动大家积极护社护厂。

地下党逐步稳定住人心，控制了报社的局势。1949 年二三月间，逃到台湾的《中央日报》总编辑李荆荪忽然窜回南京。他假借安排南京《中央日报》工作的名义，拉拢职工，想要盗运报社剩留下来的汽车、机器去台湾。可是，没有人肯跟他走，机器、汽车等资产也因职工守护未能拆运，李荆荪的图谋未能得逞。我们从采访到编辑，都注意了改变报纸内容，使之逐步淡化甚至消除反共消息和言论。可以说，这时的南京《中央日报》已显现出实质的改变。

南京尚未解放，我们依然要小心谨慎。留下来的 180 多个员工中，有一个重要人物叫茅世杰，编辑部主任，也是报社留下来的主要负责人之一。此人阴沉寡言，曾受到《中央日报》逃台当权者的信任和重用，我们对他十分警惕。考虑到《中央日报》是国民党中央政治大学毕业生的大本营，我这个非政大嫡系的人突然来到，可能会引起茅世杰的注意，所以我对他在态度上尽量不卑不亢，诚恳自然。在编辑业务上，我直率地向他提出"切合实际"的建议（如为了报纸生存，暂时少登政论性即反共文章，多登广告和读者爱看的社会新闻，以增加收入，他认为可行）；在日常生活上，虽然我家近在咫尺，但我仍单独住在报社内，基本上割断了与外界包括家人的一切联系；上过夜班后，我不是睡觉休息，就是看书编稿，没有任何可疑之处。这样一来，他对我主编的社会版一般不大干预，对增加一些不黄无害群众关心的稿件，也睁一只眼闭一只眼地开绿灯。

1949 年 4 月下旬，国民党残部从南京溃逃前开始大破坏。一天，我忽然听人说："下关起大火啦！"心想："若在社会新闻版发消息揭露敌人的暴行，会引起全市护厂护社护校人员的警惕，严防敌人的破坏。"于是，马上向茅世杰提出："我想亲自去一下，看看是否可发条消息。"他先以外面混乱、危险为由不同意。我又提出可借用社里的军用吉普车护身，他只得同意了。

时间已至傍晚，我邀约好友邵平一同乘坐吉普车，于下午 6 时许到达下关。我们先察看了烈火熊熊、一片狼藉的火车站，又到长江渡口看见被敌人放火焚烧的十几只渡轮商船……当我们采访完毕，怀着欣喜和向往朝江北岸眺望陈兵江岸的解放军时，大概被误为是国民党兵在窥探军情，立即引来北岸一阵鸣枪放炮。我们赶紧乘车向回跑，虽然那枪声炮声令人一时惊吓，但在黎明到来前夕，能够先向对岸的解放军行过注目欢迎礼，真叫人惊中有喜，喜中为荣！回到报社，我加班赶写出一篇直接揭露国民党军种种暴行的特写《访下关》，以便日后在社会新闻版刊出。

从国民党的喉舌到人民的报纸

1949 年 4 月 23 日，人民解放军兵临城下，国民党政权即将崩溃。虽然这一天，市面上放火、抢劫、杀人的消息不断，《中央日报》楼前也不时有冷枪响起，但谁也不再怀疑这是旧南京最后的末日，历史就要展开新的一页！

我们地下工作者尽管难以抑制内心的喜悦，但在解放军尚未渡江之时仍然格外地小心谨慎，不敢有丝毫麻痹大意。大家不约而同地在想："《中央日报》还要不要再出？如果出，能不能再用‘中央日报’的名称？如果仍用‘中央日报’的名称，版面该如何安排？”我就此探询茅世杰的想法，他出乎意料地推诿说：“你们看怎么办好，就怎么办。”明白地表示出要让权的意思。

就在这一天，王明远同志悄然来到我的宿舍，向我们传达了市委“稳定大局，安定人心”的指示，要求我们在解放军进城以前，仍用《中央日报》的名号出报，宣传我党的主张，号召群众护厂护校，维系社会秩序，并劝告市民不要离家逃亡等。王明远特别提醒我们：“不许自行暴露身份。但在遇到人心不稳的特殊情况时，要挺身出来，控制报社大局！”

碰面之后，李廉立刻跑里跑外，联络掌握报社上下的安全运营。我则和编辑们在一起，凭着一股激情，连续坐台值班。1949 年 4 月 24 日，南京《中央日报》第二版左上角刊出了《访下关》一文：“富丽堂皇的大厦只留下在继续燃烧的空架……正面，全部玻璃都被爆炸时震成粉末，吹散在前面的广场上，广场上厚积的玻璃碎片像一潭烂泥，汽车走上去嘶嘶地响。大厦里面火舌还在可怕的延伸着，无情地吞吃那曾经千千万万人走过、路过、排过队的地方。”

同日刊登在《中央日报》第一版社论位置上的《我们的声明与希望》，也是我执笔，按照地下党市委指示精神赶写出来的。但我们并不知道，就在大家为敲响旧南京《中央日报》的丧钟而忙碌、印刷车间轮机飞速转动的时候，人民解放军正从南京江北岸万船齐发。更没料到，当报纸印刷完毕开始发行，亲人解放军已然胜利渡江，进城来了！1949 年 4 月 24 日，正是南京《中央日报》最后终刊的一天。

南京解放了。《中央日报》的员工们在党组织领导下，仅用两天时间先后创办了《解放新闻》和《新华日报》(中共南京市委机关报)。我们这些地下工作者由秘密转向公开，原《中央日报》的员工都得到适当安排，不少人后来成为新闻出版界的骨干。

（本文选自《纵横》，2003 年第 11 期，原标题为《〈中央日报〉终刊前后》）

李廉[*]：南京《新华日报》正式创刊

筹备出版《新华日报》

1949年4月23日南京解放。第二天，周恩来在北平中南海接见准备去南方开拓新中国文化事业的人士，宣布中共中央决定在南京出版《新华日报》。为此，中共中央从各地区、各部门调集了一批在宣传、新闻战线上久经考验的同志，组成了一支南下队伍。在武汉和重庆时期曾任《新华日报》编辑部和采访部主任、新华通讯社和延安《解放日报》副总编辑的石西民等同志，4月24日奉命乘专列南下。到了淮北，因淮河大铁桥被国民党炸毁，火车不通，在第三野战军驻蚌埠的后勤机关协助下，换乘大卡车，日夜兼程赶往南京，筹备出版《新华日报》。

4月27日，石西民作为军事代表，带领联络员史纳、李震，来到原国民党中央日报社，接收该报社的一切资产和人员。此前，史纳、李震受二野领导之命与我（《中央日报》采访部主任，中共地下党员）已接上头。因得到报社地下党员和留守职工的积极配合，接收工作进行得十分顺利。

4月30日，作为中共南京市委机关报的《新华日报》正式创刊。创刊号以新

* 作者时为《新华日报》编辑部副主任。

华社社论《庆祝南京解放》为代发刊词。在国民党反动派统治下度过了22年漫长黑暗岁月的南京人民，终于在自己生活的城市里看到了公开出版的第一张中国共产党的报纸，第一次从党报上听到了党中央、毛主席的声音。创刊号发行的几万份报纸，在很短的时间内被争购一空。许多读者纷纷写信、打电话给报社表示祝贺。南京《新华日报》的出版，是中国人民革命取得伟大胜利的一个象征。

“新华大军”来自四面八方

中共中央一声号令，从北平、山东、河南、安徽等地和人民解放军二野、三野干部中调来了一批精兵强将会聚南京，加上南京地下党领导的一支新闻队伍，组成了具有马克思主义理论和革命新闻工作实践经验的新闻大军。中央任命石西民为南京新华日报社首任社长。当时参加创刊工作的同志，真可谓来自四面八方。

从豫皖苏边区几乎调来了原《雪枫报》的全班人马，带队的是陈阵（南京《新华日报》创刊后任副社长），队员有史纳、李震、肖波、陈向东、李友欣等。他们阵容整齐，有编辑、记者、校对、经理、发行工作者，还带有一部能收发报的电台。

从山东解放区调来的有李力众、李义、张枫苑、舒星、李承部、朱华等。他们有的来自《大众日报》，有的来自《新民主报》《潍坊日报》。这些同志多是在抗日战争与解放战争中久经锻炼的新闻战士。

这两支新闻干部队伍于1949年3月在合肥郊外会师。他们在以邓小平为书记的总前委领导下，被编入金陵支队，随同二野兼程南下。在渡江前后，他们又与从冀鲁豫调来的苏文、向阳等同志会合，陆续随军到达南京。进城以后，他们又与从三野八兵团新华分社调来的李扬、季音、艾煊、金雨困、刘凡、邹健东等同志胜利会师。当时，二野政治部新闻科抽调了王旬等同志，协助报纸创刊。这些同志是筹办南京《新华日报》的骨干力量。

在南京解放之前，中共南京地下市委就决定在解放后立即出版自己的报纸。1949 年 4 月 26 日，第一张人民报纸——《解放新闻》创刊出版了。石西民等同志进驻报社后，传达了市军管会的决定，中共地下党以解放新闻社名义接管的原中央日报社的所有资产转交新华日报社，参加创办《解放新闻》的同志转入新华日报社工作。这些同志有李廉、魏文华、金敏之、左克恭、邵燕平、刘彦佶、王智生、殷仲金、刘沛基等。

南京《新华日报》诞生以后，报社陆续增加了领导和骨干力量。杨永直本来是要去上海创办《解放日报》的，应石西民的邀请，来南京担任《新华日报》总编辑。1951 年 3 月石西民调离后，杨永直任新华日报社社长。艾长青、牛玉华、叶剑韵等也是这一时期参加南京《新华日报》工作的。

原属中共南京地下市委文化工作委员会新闻分委的党员，这时也参加了《新华日报》的工作，他们有姚北桦、吴立达、赵国光、李吉钧、汪北炜、邵琼。原在南京中央日报社从事多年地下革命工作的马琅，解放前夕为了躲避国民党的逮捕，隐蔽在上海，此时也回宁参加《新华日报》的工作。

解放前在南京从事进步工作的新闻工作者王淮冰、夏晨中、阚岳南等，于 1949 年 5 月陆续加入“新华大军”之中。

各项工作都开展得有声有色

南京新华日报社成立后，报社的领导及各部门负责人为：社长石西民，副社长陈阵，总编辑杨永直，编辑部主任肖波，副主任李廉、姚北桦，采访部主任李力众，经理部经理史纳，资料研究室主任李廉（兼），印刷厂厂长李玉山。

1949 年初夏，来自《雪枫报》和山东解放区的部分同志，参加西南服务团离开了新华日报社，其中的负责同志有陈阵、李力众、史纳、肖波、李友欣等。7 月，新华社三野八兵团分社全部人员和电台合并于《新华日报》，八兵团分社社长李扬任报社副总编辑兼编辑部主任。八兵团政治部干部吴镇转入《新华日报》工作，任采访部主任。9月，新华社三野总分社社长邓岗调新华日报社任副社长。

《新华日报》创刊后，除了每天发布新闻，还有政治评论、专题论文、时事评论、特写、通讯、专访，等等。具体栏目设有《社会服务》《新华画刊》《卫生》《青年生活》《通讯与写作》《文艺》《新华园地》《南京工人》《党的生活》《学习》《时事一周》（后改为《时事问题》）《时事画刊》《抗美援朝专刊》《团的生活》《通讯与读报》等。

《新华日报》为了贯彻党报出版原则和贯彻群众路线，特别重视培养通讯员的工作。为此，1949年9月，中共南京市委发布了《关于开展〈新华日报〉通讯工作的决定》，要求：（1）各级党委、支部在当月15日以前，认真检查一次通讯工作，加强党报观念教育，贯彻全党办报的方针；（2）各机关、工厂、学校党组织发动和领导党员为党报写稿，反映情况，发展通讯员，建立通讯小组，并指定一两人任特约通讯员；（3）警备系统加强报纸的军事宣传；（4）加强报纸的指导作用，提倡批评建议。

7个月以后，市委又发布了《关于改进〈新华日报〉通讯工作的补充决定》。到1950年4月为止，报社发展的通讯员已有990人，通讯小组93个，通讯员来稿采用率为83%。在1950年还连续举办了三期通讯员讲习班，仅第二期学员就有220人。新华日报社在南京解放初期迅速地培养了一批擅长撰写新闻通讯的人才。

《新华日报》重视与读者的联系，报社专门设有“社会服务室”，积极为群众服务。该室成立后的4个月内，就收到读者来信7298封，仅1949年7月份读者来访就有728人，日平均24人次。

有一位读者来信建议：新华日报社组织成立“新华日报读者之友会”，在可能范围内组织读者晚会，建立读者图书馆和读者信箱，为读者提供职业介绍和生产指导，对模范人物进行宣传介绍等，开展多种形式的活动，帮助读者。报社领导采纳了这位读者的建议，很快开展了许多切实可行的社会服务活动。在收到来信的第五天，报社就邀请了57位读者座谈，在此基础上成立了新华之友会。

10 月 8 日，新华之友会首次举办讲座，请市教育局徐平羽局长讲《中华人民共和国和中央人民政府》，展开了对群众的教育活动。从 1949 年 10 月 8 日到 1950 年 8 月 13 日，新华之友会先后举办了 25 次专题讲座讲演。主讲者有南京市市长柯庆施、市委副书记江渭清、市委宣传部部长陈其五、三野参谋长张震、新华日报社社长石西民以及徐平羽，等等。新华之友会是在新华日报社领导下的社会性、群众性的学习组织。该会的会友达 2300 人，组成 103 个小组。其任务是以学习新民主主义政策、社会科学知识为主，帮助广大读者树立革命人生观，树立为人民服务的观点，反映人民群众的意见和呼声，沟通报社与群众之间的联系。新华之友会是《新华日报》在新形势下开创的群众自我教育、自觉自愿团结互助的新形式，在当时社会上产生了良好的效果。

新华日报社为了组织群众学习时事政策，还从 1950 年 1 月起，在全市建立读报组。到 9 月，全市已建立读报组 2684 个，有 45709 人参加。其中工人读报组 75 个，10220 人；农民读报组 317 个，7505 人。报社召开了读报组代表大会，到会代表 2653 人。金善宝副市长和石西民社长到会讲了话，鼓励读者学习马克思列宁主义、毛泽东思想，学习和贯彻党的政策，关心时事，帮助新华日报社员工办好党报。会上对优秀读报组、读报员及推动读报工作有成绩的单位，给予了奖励。从此，南京市各行各业的读报活动有了深入的发展，对国家的各项工作，起到了积极的推动作用。

这一时期，新华日报社还做出了一项全国性的创举：从 1950 年 9 月开始，不再领取政府补助，实行经济负责制及成本会计制，建立了各项经济责任制度。可以说，南京《新华日报》开了党报企业化管理的先河。

认“真”和认“错”的态度，难能可贵

我有幸能参加《新华日报》这份国内外闻名的报纸，十分高兴。从一开始，我就抱定向解放区来的同志学习的态度，组织上要我做记者就做记者，要我做编

辑就做编辑，要我搞资料就搞资料，认真地向同志们学习。回顾解放初期在南京《新华日报》工作、学习的经历，我感受很深，受益匪浅。

周恩来同志是抗战时期重庆《新华日报》的领导者。听石西民同志说，周恩来经常在报社内部和公开场合宣布，《新华日报》是为人民服务的报纸。1950 年 4 月 29 日，周恩来总理为南京《新华日报》创刊一周年题词："在人民胜利的南京，出版《新华日报》一周年，今后应更好地为人民服务。"时任中共南京市委书记的粟裕同志在题词中也强调了为人民服务的指导思想，他的题词是："老老实实地反映人民的意见，详尽地向人民解释党的政策，以发动和团结广大人民，增强人民力量。"可以说，南京《新华日报》自创刊之日起，无时不在贯彻报纸的党性与人民性的统一，始终坚持为人民服务的宗旨。

《新华日报》发布的新闻要求"真"。"真"就是以事实为依据，真的新闻才能体现党报为人民服务的根本原则，而假的新闻则违背了这个原则。当然，党报的记者、编辑在工作中也可能会犯错误，一旦犯了工作中不应有的错误，就要在报纸上公开认错。这样的事，在南京《新华日报》上曾经有过几次。例如，1951 年 6 月 2 日，《读者来信》专栏刊出了《本报编辑部关于编辑部工作作风的检讨》，公开答复读者冰花的批评（冰花于同年 2 月致函报社，对某些标题中的浮夸现象和不准确之处提出批评）。"浮夸"就是不"真"，"不准确"也可以说就是假。

南京《新华日报》有几次在报纸上更正错误，甚至还有检讨。如 1949 年 11 月 29 日，编辑部就公开做了检查，说明："昨日四版头条新闻标题严重政治错误的发生……这是从领导起，思想作风、工作作风严重的责任心不强，缺乏高度民主的、严肃地对人民负责的精神，作风粗枝大叶，发生了如此严重的政治错误。社长、总编辑、有关编辑已做出书面检查，并请求市委给予处分。"1950 年 7 月 14 日，第三版头条标题不符合当时的形势，社长石西民及时向编辑指出错误。1951 年 9 月 28 日，报纸的第一版与第二版发生 7 处文字差错，第二天（29 日）在第一版刊出"重要更正"，在 30 日第二版发表了《关于本报 28 日一、二两版发生七处错误的检讨》，可见报社对于报纸上出现的错误，一向是采取对人民认真负责的态度的。报社对于产生文字错误的负责人，也及时给予严肃处分。如1951 年 12 月 8 日，报上发生两处文字差错，10 日报纸第一版上便公布了报社编委会对 8 日差错有关人员的处分决定，对校对、秘书、排字工人、总编室值班员给予“警告”处分。当然，“错”不等于“假”，但《新华日报》发布新闻的这种认“真”和认“错”的态度，非常可贵。石西民同志对新闻的“真”，对我有过格言式的教诲：新闻要“真”，但不是每一件事都报道。报道不报道，取决于对人民的利害。

（本文选自《红日照钟山　南京解放初期史料专辑》，1999 年版，原标题为《南京〈新华日报〉创办经过》）

管致中*：从中央大学到南京大学

接管前的准备

1949 年 4 月 24 日的清早，我（中央大学助教，中共地下党员）就听说解放军已经进城了。早饭后，中央大学与我同系的一位助教来找我，说解放军的队伍正在大马路上，我们一同赶到中山路上的珠江路口去观看。市民们站在马路两旁夹道欢迎解放军。身着黄色土布军服的战士背枪列队向南行进，个个精神抖擞。人群中不时响起掌声，战士们则报以微笑。这是我第一次见到人民解放军。两年前的 1947 年 5 月 20 日，也就在这同一地方，我见到了国民党特务对学生游行队伍用棍子打、用高压水龙头冲的疯狂镇压情景。然而历史是无情的，国民党终于垮台，南京回到了人民的手中。

接下来几天，常常听到消息说，解放军接收了这个机关，又接管了那个单位。但在中央大学，除了一个秧歌队来到大操场表演过一次外，其他什么动静也没有。我和学校中的几个地下党员及党的外围组织“中大校友联谊会”的一些成员都十分着急，组织上怎么不分配给我们任务，我们熟悉情况，可以在接管中出点力呀。

---

* 作者时为中央大学助教。

这种情况大概被组织上知道了，不久我们就接到通知，到成贤街原国民党政府教育部（今市文化局机关大院），说有负责同志要和我们谈话。参加的约 20 人，大多是助教中的党员，因地下工作需要，相互间大多不认识。坐等了一会儿，负责同志来了，经教师党支部书记黎洪模介绍，来的是中共南京市委委员、市军管会文教接管委员会主任徐平羽。他看上去不到 40 岁，一身黄布军装，脚上一双布鞋。他抽着烟，侃侃而谈，从党的七届二中全会谈到南京解放，从当前形势谈到解放区干部和南京地下党会师的情况；对我们地下党组织所做的护校工作给予了赞扬，并肯定了大家的革命热情。他要求大家少安毋躁，工作有的是，马上就要布置下来。这是我接触的第一位解放区来的干部。他的一席话使大家都有茅塞顿开之感，我们这些青年知识分子对他由衷地钦佩、信服。

正式接管中央大学

5 月上旬，中大接管工作开始了。市军管会派来军事代表是文教接管委员会大专部部长赵卓，同来的还有几位军事代表助理。因为我是助教会的负责人之一，对学校的情况比较了解，所以党组织派我在接管办公室协助工作。赵卓是瘦小个子，一身土布军服，这是我接触的第二位解放军干部。他同样是外表朴素，很有学问。

我慢慢地知道他研究英语语言学，对一些英语单词如何由拉丁文的字根演变而来很熟悉。他一到学校就召开全校师生员工大会，部署清点接收工作，讲明工作意义。他说，对学校设备、物资的接收，不仅仅是清点一下贴上标签的事，更重要的是我们在代表人民把这些物资接管好。这以后，全校就建立起各级接管工作组织，绝大多数师生员工都热火朝天地投入了工作，对全校所有的图书、仪器、文档乃至桌椅、橱柜一律进行清点登记造册。接收工作的另一项任务是收缴枪支弹药。学校里的武器主要是护校期间从撤退的国民党兵、军警机构搬来的，通过党组织的工作很快就收上来了。

这一期间，我为工作常到赵卓的办公室去。有一次去，见他正在喝一碗白酒。

他告诉我今天发供给制津贴，食堂又发了酒，他用津贴买了几包烟和一包花生米，就以花生米下酒喝了起来，他还把碗递过来请我喝。这种清苦的生活，使我感触很深，我当时工资虽然不算高，但与他们这些领导干部相比，却要宽裕多了。

6 月上旬，学校的清点工作结束，举行了接管仪式，军事代表和解放前主持学校工作的校务维持委员会常委分别在接收、移交报告上签字。解放军进城后，学校仍继续在上课，校内机构还在运转，维持着正常的秩序。其实，学校管理财、物的部门，在移交仪式之前已经由接管工作组在处理日常行政工作了。

不久，学期结束了。旧时，每一学年度结束时，学校要在暑假前给每一位教师发出聘书，表明学校继续聘用。没有拿到聘书的教师就意味着被解聘了。现在，聘书又该怎么发，成了接管工作面临的一项紧迫任务。

教师的聘任工作由徐平羽亲自掌握，为此，召开了数十次会议。会议由徐主持，参加者除文教接管委员会大专部的部分同志外，还有地下党的教师党员和学生党支部书记。当时，地下党组织还未公开，每次散会时，仍和地下时期一样，三三两两地离开会场。那时全校教师有 500 余人，正、副教授和讲师、助教约各占一半，教师逐个按院、系讨论聘任问题。每一个教师是否发给聘书，从政治、业务和社会影响等多方面因素考虑，做出决定。

对于教授，讨论得很仔细，政治上掌握尤其慎重，有些人徐平羽自己也已了解，大多数人则是依靠地下党组织调查了解的。对几位知名教授的聘用，则反复进行了衡量。在讨论中，充分体现了党对知识分子，特别是高级知识分子既热情关怀、用其所长，又从政治上帮助改造、提高觉悟的政策。讨论结果，包括个别自动离职的，正、副教授解聘的十余人，讲师、助教略多一些。这些未拿到聘书的教师，大多去了华东人民革命大学，经过一段时期学习后，仍分配到高等学校工作。

校内职工当时有 300 余人，上面下达的指标是精简四分之一。这项工作由赵卓负责，也是开了不少次会议才定下来的。赵卓在会上再三强调要照顾多年勤恳工作的老职工，他们对学校的一草一木都有感情，现在如果他们不被留用，离校之际，回首依依，情何以堪。这些人事方面的工作，都在 8 月底前结束。

回忆徐平羽和赵卓两位同志，他们艰苦朴素、平易近人和渊博的学识水平给我留下了深刻而美好的印象。徐平羽本身也是一个文化人，他酷爱文艺，有许多文化界的朋友。华东军政委员会成立后，他调往上海任华东教育部高教处处长，是我们学校的上级领导，我曾因公事去找过他。后来，他调国家文化部任副部长，就再也没见过。赵卓除了担任中大的军事代表，同时还兼任其他高校和研究院等十多个单位的军事代表，马不停蹄地到处转，常见他汗透军服。我们相处得很好，他曾有意调我去协助他接管别的单位，因我在学校已另有任务而作罢。后来他在省里工作时，我还见过他。他以后调中宣部任理论处处长，就再未见过。“文化大革命”前，听说他不幸病故。

更名为南京大学

8 月上旬，中央大学更名为南京大学，梁希、潘菽、涂长望三位知名教授由北京返宁，以梁希为主席的校务委员会建立。中央人民政府成立后，梁、涂两位调中央任职，由潘菽接任主席（1951 年南京大学改行校长制，潘菽任校长）。这期间，我除了教学工作外，先是作为校务委员会常委在校委会办公室工作，后来在校长办公室任秘书组主任，因此与接替赵卓的军事代表职务、后来成为南京大学副校长的孙叔平有很多接触，他是解放初和我直接有工作关系的第三位解放区干部。

9 月起，赵卓因忙于其他单位的接管，南京大学军事代表由孙叔平接任。当时，接管工作已经结束，校务均由校委会主持，有些大事均直接向文教接管委员会甚至市军管会请示。孙叔平到校后，一项主要工作是每月向师生分别做社会发展史和《新民主主义论》等政治学习报告，以及抗美援朝、土地改革等政治运动的动员报告，同时还为文科学生讲授政治经济学。他刚来学校时，也是一身土布军服，具有军人气质。

经过接触和了解，其实他也是知识分子，一位学者。他对马列主义很有研究，加上他特有的讲课艺术，因而师生们都非常喜欢听他做报告。他的大报告内容丰富，条理分明，逻辑严密，非常具有说服力，使听众为之倾倒。后来，他曾任南京大学哲学系主任，可见其理论功底之深厚。由于他在师生中威信甚高，1951 年南京大学改校长制后，他被任命为当时唯一的副校长。

孙叔平真正参与学校领导工作，是在他担任副校长以后。他掌握政策稳重，由他领导的学校里的政治运动，都未出现大问题。在“三反”运动中，揭露了不少校内铺张浪费、损公利己的现象，群众中也有过一些“逼供信”的过激行动，打出了一窝假“老虎”。但在他要重事实重证据而不轻信口供的思想指导下，有关人员都及时得到解脱。除批判中群众使用一些过激言辞外，南京大学未有冤假错案。

在知识分子思想改造运动之初，南京大学举办了一个“思想展览会”，对会上展品的说明稿，孙叔平逐字逐句修改，尽量减少消极影响。在对知识分子的错误思想进行批判时，群众（尤其是青年学生）难免会有过火的言论，甚至粗暴的态度，但在他的引导下，运动还是比较平稳健康的。

我协助孙叔平完成的最后一件工作，是 1952 年南京地区以南京大学为主体的高校院系调整方案的制订工作。院系调整涉及全局性的问题，都是由华东教育部决定，我们要做的是订出具体方案并予以实施，包括各校校址的择定，人员、图书、设备、文档及其他物资的划分，最后进行动员、决定搬迁日期等。各校的工作方案，由孙叔平负责拟订。

为了确定各院校的校址，我陪他不仅察看了原来南京大学本部、分部和金陵大学、金陵女子文理学院等高校的校舍，还选定了华东水利学院（今河海大学）的校址。孙叔平在制订方案的过程中，表现出细致、冷静、客观、公正等好作风和好品质。院系调整后，孙仍继续担任调整后的南京大学副校长，我则在南京工学院工作，以后和他的接触机会就不多了。如今他虽已作古，但对他的良好印象却永远保留在我心中。

（本文选自《红日照钟山　南京解放初期史料专辑》，1999 年版，原标题为《接管中央大学前后》）

蒋向红*：新时代的乐章——原国立音乐院接管纪实

每当我听到优美悦耳的乐曲和歌声的时候，就不由得想起在南京解放初期，我随王昭铨同志接管原国立音乐院的一些情景。当时在西康路古林寺旁的这座最高音乐学府，随着南京的解放，开始奏起了新时代的乐章。

南下编入金陵支队

1949年初春，随着解放战争的胜利进展，由豫皖苏边区界首迁至开封接收原河南大学并在这里扩大招生办学的建国学院，在党中央发出“将革命进行到底”的号召下，欢送了千余名干部学员组成南下工作团参军编入第十八军等部队后，我们百余名留院干部随即奉命南下。

3月中旬，我们从开封东进经商邱至徐州，再南下经蚌埠于4月1日抵合肥，编入由彭涛任支队政委、宋任穷任支队长的金陵支队。我们和其他解放区南下的文教干部约500人合编为金陵支队第四大队，由原建院老院长任崇高任大队长，徐平羽任政委，建院副院长纵瀚民任副大队长，建院教务长赵卓任政治处主任。我们建院干部编为第一中队，张光任中队长，张鼎超任指导员（后兼任中队长）。

* 作者时为南京市军管会文委大专部接管原音乐院联络员。

其他南下的文教干部编为另外几个中队。

当时，国民党一面高唱“和平谈判”，一面派飞机轰炸解放不久的合肥等地，妄图阻挡解放军南下渡江。我们金陵支队为防空袭，分散驻在合肥南郊的村庄，四大队驻在王上圩、王下圩一带，我们一中队先驻吴家横，后驻小朱庄，一面学习，一面向当地群众进行宣传。

编队后，徐平羽政委给我们做了学习党的七届二中全会文件的动员报告，同时宣布了随军南下渡江接管南京的光荣任务。我们在学习中着重讨论了由乡村转入城市必须依靠工人阶级，以及警惕“糖衣炮弹”袭击等问题。重新学习了《三大纪律，八项注意》和《入城守则》等，并传阅了国民党在南京的政治、经济、文教等部门情况的参考资料，为接管南京做好思想准备。

随军渡江进入南京

4 月 19 日，天气晴朗，队部召开紧急会议，传达上级命令：立即轻装，准备行军。我们于午后 4 时出发，经大兴集，深夜抵达肥东县境的大湖集宿营。后来知道因国民党拒绝在和平协定上签字，毛泽东主席和朱德总司令发布了《向全国进军的命令》，我二野、三野大军奉命强渡长江，因此担负接管南京任务的金陵支队亦需随军南进。

4 月 21 日，天转阴雨。纵瀚民副大队长传达宋任穷政委指示：为防空袭，夜间行军，轻装疾进，注意保密，不要掉队。午后 4 时，我们冒雨出发，路滑难行，当夜到达巢县拓皋镇驻在城隍庙内，次日因雨休息一天。

4 月 23 日，天始放晴。我们抓紧时间晒衣被，上级传达我军已于 21 日胜利渡江，要求全队加快步伐急行军冒雨前进。我们仍于午后 4 时出发，当夜驻古河镇。

4 月 24 日，天降大雨。我们坚持冒雨行军，当夜到一小村庄宿营。次日午后，继续冒雨行进，拂晓抵达全椒县城休息。这时传来南京解放的胜利喜讯。我们虽然累得筋疲力尽，连日淋得衣被全湿，却激动得难以入眠。

4 月 26 日，天气转晴。胜利喜讯鼓舞着我们大步前进，当晚驻在铁路附近的西葛。次日，我们早饭后出发，沿着公路向浦口行进。国民党军队撤退时在公路上埋了地雷，途中看到被炸死的老百姓的尸体，惨不忍睹。我们按照我工兵扫雷部队用石灰粉撒的标志绕道而行，还要防备国民党飞机轰炸扫射，因此行军速度较慢，午后才到达浦口，在一座有几排铁皮活动房屋的空油库内宿营。当时有国民党飞机前来轰炸，幸未造成伤亡。

4 月 28 日，领导布置我们学习待命。时近中午，国民党飞机又来轰炸，我们疏散在江堤附近隐蔽，看到飞机在高空盘旋投弹，我防空部队在对岸下关建筑物的楼顶上架起高炮射击，奈因敌机太高未能命中。国民党飞机高空盘旋投掷的炸弹，大多落入江中，溅起一条条水柱，亦有少数炸弹击中江边楼房，燃起腾腾烟雾和熊熊大火。后来才知道敌机想炸毁下关发电厂，多亏电厂工人奋力抢修，才能及时送电。

4 月 30 日上午，上级命令渡江进城。我们乘轮船渡过长江到达下关，列队经过挹江门进入南京市内，受到群众的夹道欢迎。中午，到达成贤街的国民党教育部，我们一中队驻进附近的原中央大学教工宿舍。这时，已经建立了南京市军管会文教接管委员会，徐平羽任主任，王明远、任崇高任副主任，下设各部、处。其中的大专部负责接管各大专院校及学术研究单位，赵卓任部长，王昭铨任副部长，并兼接管各大专单位的军事代表，戈平同志在大专部任秘书。我们中队的干部和南京地下党调来的部分同志，大都分配在大专部工作，其他中队的干部分别分配到其他部、处，负责接管新闻出版、社会文化、文艺等单位的工作。

5 月初，领导陆续找我们谈话分配工作。因我曾在文工团任干事，因此分配我担任接管音乐院的联络员，并给我讲了音乐院的简单情况及注意事项。

依靠师生接管音乐院

5月上旬的一天，我携带背包随王昭铨副部长乘车前往坐落在西康路古林寺的音乐院，这里张贴了由南京市军管会主任刘伯承发布的布告，任命王昭铨为接管国立音乐院的军事代表，另由徐平羽签发的布告任命我为联络员。当即由学生会主席吴祖强主持召开了全院师生大会，拥护接管并欢迎军事代表讲话。王昭铨副部长宣读了军管会命令及有关政策规定，赞扬了音乐院师生在解放前后积极护校、迎接解放的爱国热情，希望全院师生支持帮助完成接管任务，使音乐院成为培养人民音乐家——作曲家、钢琴家、提琴家、国乐家、歌唱家的音乐学府。他的讲话受到全院师生的热烈鼓掌欢迎，师生代表相继发言，表示拥护接管，并愿积极协助做好接管工作。会后，王昭铨同师生亲切交谈，并介绍我留院和师生们共同工作。

原国立音乐院是国民党的最高音乐学府，1940年创办于重庆青木关，抗战胜利后迁至南京，另有少年班设在常州。该院在我党领导的学生运动中有进步传统，建有中共地下支部，曾有张锐、洛辛（阚大津）、张慕鲁等进步学生先后投奔解放区，后来成为部队的音乐家。

解放前夕，原国立音乐院院长吴伯超教授逃奔台湾时沉船遇难身亡，由训育主任宋广祥教授代理院务。该院的近百名教职员工和百余名学生均留院迎接解放，当时曾由民主人士江定仙教授和党员学生李佺民等组成应变委员会等待接管。另有担任学生会主席的党员吴祖强和罗兰如等，领导同学协助院方共同维持全院正常秩序，还曾教唱革命歌曲，开展文艺宣传活动，欢迎解放军入城，庆祝南京解放。

当时音乐院的中共地下支部书记是学生黄祥鹏，他调往市委党校短期学习，担任支委的李佺民也一度调出学习。王昭铨副部长要我多同吴祖强、罗兰如和黄祖禧等党员联系，共同研究开展工作。

我根据上级指示，首先封存了音乐院的所有档案，要求代理院务的宋广祥教授准备办理移交手续。院长室秘书刘云卿要安排我住在楼上的院长办公室，我谢绝后住进楼下一个小房间，交伙食费在学生食堂吃饭，以便于同师生联系。我请吴祖强陪同拜访了江定仙教授和担任国乐研究室主任的杨荫浏教授，还先后拜会了各系的易开基、黄友葵、储师竹、陈洪、曹安和、刘北茂、陈振铎、陈德义等教授和黄国栋、李昌荪、杨白桦等讲师，并看望了各科、室职员和工友，希望他们坚守岗位，保证各项工作的正常进行，支持做好接管工作。

文教接管委员会及大专部领导对接管工作抓得很紧，我们联络员白天在所驻院校工作，晚上及时赴文教接管委员会或大专部汇报，徐平羽主任及赵卓部长、王昭铨副部长听取汇报并做指示，反复强调要求我们认真贯彻执行党的知识分子政策，团结依靠广大师生共同做好接管工作。解放不久的南京尚不安宁，时有国民党潜伏特务进行暗害破坏活动，领导提醒我们要提高警惕，注意安全。由于音乐院所在地较为偏远，我骑自行车去文委开会，有时深夜才能返回，途经北京西路一带国民党高级官员住宅区，这些宅院大都人去楼空不见灯光，显得更加荒凉。王昭铨副部长对我十分关心，除教我学会工作方法外，还叫我晚上外出时脱去军装，换上便服，这样较为安全。我也没有其他便服可换，晚上外出开会时，就把军帽和佩戴符号、臂章的军服上衣脱掉，只穿衬衣往返。

经过 10 多天的调查研究，报请文委大专部批准，于 6 月间建立了以军事代表王昭铨为首的接管国立音乐院的工作委员会，由江定仙教授和吴祖强及我具体负责领导接管工作，同时由军事代表王昭铨签发聘书，聘请钢琴讲师李昌荪、党员学生黄祖禧、进步学生段平泰以及职员、工友等师生员工代表为委员，共同进行接管工作。但黄祖禧随即被市委调出工作，黄祥鹏、李佺民学习返回后和另一返校的党员学生夏清华等，都积极参加了接管工作。

当时虽然尚未公开党的组织，但这些党员学生以自己的模范行动在院内享有很高的威信。在接管中，我们按照代理院务的宋广祥教授移交的师生员工名册，文书档案目录，财务会计账簿，以及房屋、家具、图书、唱片、乐器等财产清册，进行点验接收，顺利完成了接管任务。然后于 7 月间召开了接管总结大会，向全院师生员工报告了接管情况，同时宣布暂由接管工作委员会负责领导全院工作。

在这期间，教职员工反映，国民党撤退时只发给少量应变费，至今未发薪金，生活比较困难，经向文委大专部汇报后，上级及时拨款暂发临时生活费。设在常州的少年班曾来联系接管问题，经向领导请示答复，按照规定由所在地常州市军管会派员接管。代理院务的宋广祥教授曾问，原已付款在国外订购的巴赫钢琴曲谱是否仍可购置，我按照王昭铨副部长的指示，答复可以购置。研究国乐的杨荫浏和曹安和教授谈到他们正在记录整理无锡瞎子阿炳的二胡曲谱，我说我们支持、提倡民族音乐，应该继续进行。

我看到院里挂着音乐家肖友梅、黄自的大幅画像，却没有革命音乐家聂耳、冼星海的画像，也遵照党的知识分子政策精神未做干预。这时，在中共中央宣传部负责领导文艺工作的音乐家吕骥来院视察，看望了部分教授和学生，调查了解情况，鼓励大家为培养音乐人才办好音乐院。

音乐院响起新时代乐曲

音乐院的学生在 1947 年“五二〇”运动中，曾在地下党的领导发动下，高唱《团结就是力量》《你这个坏东西》等进步歌曲，积极参加“反饥饿、反内战、反迫害”的斗争。解放前夕，他们油印传唱《山那边呀好地方》《解放区的天是明朗的天》等歌曲，积极护校，迎接解放。当我进驻音乐院的时候，同学们正在紧张排练大合唱，纪念“五二〇”运动两周年。随后我也跟同学们一起前往中央大学操场，参加了纪念“五二〇”联欢晚会，在民主人士梁希教授热情讲话后，听到以音乐院同学为主演出的大合唱响彻云霄，受到观众热烈欢迎。

市军管会当时为了整顿南京社会经济秩序，决定打击银圆贩子，推行人民币，以稳定物价。音乐院同学在学生会的领导发动下，积极创作排练有关上述内容的歌曲，乘大卡车到山西路、新街口、建康路等街头广场演唱，取得了很好的效果。

同学们在观看我军文工团演出的歌剧《白毛女》后曾组织座谈，有个别学生用西洋歌剧的标准来衡量《白毛女》，说它不像歌剧，从而引起争论。

我以一个文工团员的身份发言，介绍《白毛女》在解放区演出的情况和效果，提出应该用我们中国的标准看待这部新歌剧。接管期间，由于党的政策深得人心，以及我军的强大威力，虽然留院师生中有个别国民党、三青团的骨干分子，但未发生任何破坏事件。音乐院的同学们不仅用歌声迎接解放，开展音乐宣传活动，并以极大的热情投身于当时的参军参干热潮。沈星槎、岑欢德、武士佺等 20 多名同学，分别报名参加了二野文工团或西南服务团，随军奔赴大西南，后均成为部队音乐家。

盛夏 7 月，王昭铨副部长随任崇高副主任调离文委，前去筹建华东人民革命大学南京分校，由赵卓部长接任音乐院军事代表。当时他召集我们联络员开会，要我们对各院校教职员工分别做留院任教、调出学习等不同安排处理。后来徐平羽主任说，为了贯彻执行党的知识分子政策，对人员安排处理要慎之又慎，等深入调查研究后再决定。

约在 8 月间，我被调离音乐院，到任崇高担任主任的华东革大南京分校工作，由南京地下党的一位同志接任音乐院的联络员。赵卓调到华大任第一副教育长，王昭铨任副教育长，原建院参加接管工作的干部大都陆续调至华大工作。后来音乐院于 1950 年春迁往天津，然后迁至北京改为中央音乐学院。

（本文选自《南京党史资料 24—26　纪念南京解放 40 周年专辑》，1989 年版，原标题为《新时代的乐章——接管国立音乐院》）